美文咏我情

中国好文章书系

《好文章》书系组委会 主编

光明日报出版社

图书在版编目（CIP）数据

美文咏我情／《好文章》书系组委会主编 . -- 北京：
光明日报出版社，2022.9
ISBN 978 - 7 - 5194 - 6739 - 5

Ⅰ.①美… Ⅱ.①好… Ⅲ.①散文集—中国—当代
Ⅳ.①I267

中国版本图书馆 CIP 数据核字（2022）第 151880 号

美文咏我情
MEIWEN YONG WOQING

主　　编：《好文章》书系组委会

责任编辑：王　娟　　　　　　　　责任校对：李　晶
封面设计：中联华文　　　　　　　责任印制：曹　净

出版发行：光明日报出版社
地　　址：北京市西城区永安路 106 号，100050
电　　话：010-63169890（咨询），010-63131930（邮购）
传　　真：010 - 63131930
网　　址：http：// book. gmw. cn
E - mail：gmrbcbs@ gmw. cn
法律顾问：北京市兰台律师事务所龚柳方律师

印　　刷：三河市华东印刷有限公司
装　　订：三河市华东印刷有限公司
本书如有破损、缺页、装订错误，请与本社联系调换，电话：010 - 63131930

开　　本：170mm×240mm
字　　数：314 千字　　　　　　　印　　张：17.5
版　　次：2022 年 9 月第 1 版　　印　　次：2022 年 9 月第 1 次印刷
书　　号：ISBN 978 - 7 - 5194 - 6739 - 5
定　　价：95. 00 元

本书编委会

前　言

　　《淮南子·本经训》中记载："昔者仓颉作书，而天雨粟，鬼夜哭。"文字的力量，由此可见一斑。文字真是一种奇妙的东西，寥寥数字便在书写者与阅读者之间架起一座心灵之桥——娓娓道来的文字能够温暖人心，昂扬激越的文字让人心潮澎湃，蕴含哲理的文字能够明心见性，真情实感的文字催人泪下，让人心生感动。文字让我们的思绪插上了想象的翅膀，带我们飞入书写者用妙笔精心构建与编织的文字世界，让我们在知识与思想的天空中翱翔。

　　"中国好文章"大赛组委会从发出邀请至今，已收到数万名作者朋友们的踊跃投稿，让我们倍感欣喜与珍惜。欣喜的是，你们看到了我们发出的征稿邀请，并勇于展示自己的才华；珍惜的是，你们将自己精心写就的文章托付给我们，是对我们的信任。身处此位，将心比心，每日与文字打交道的我们，更懂得作者对自己文章的用心与爱护。在与这些美文的不期而遇中，我们感受到你们对祖国大好河山的由衷赞美，对故乡故人的深深怀念，对青春往事的追忆释怀，对亲人朋友的真切情感……字字句句皆自肺腑流出，每一段文字、每一篇文章都承载着书写者的人生温度，讲述着书写者的奇妙故事，蕴藏着书写者的岁月感悟。

　　著名作家莫言曾在诺贝尔文学奖晚宴上的致辞中谈到自己对于坚持文学写作的看法："我深知世界上有许多作家有资格甚至比我更有资格获得这个奖项；我相信，只要他们坚持写下去，只要他们相信文学是人的光荣也是上帝赋予人的权利，那么，'他必将华冠加在你头上，把荣冕交给你'。"如今投稿的你们也是这样，不论年龄几何，不论身处何处，曾经，当你的脚步穿过那一排排放满书籍的书架，指尖抚过那一本本微微鼓起的书脊，听到那纸张翻阅的沙沙声，想必有一颗石子落入你如静水般的内心，激起了一圈圈淡淡涟漪，你便也想让自己的文字化为铅字，让每一个爱书之人感受到你笔下文字那鲜活的生命力。于是你们日复一日、年复一年保持着对文字、对写作的热爱，这在当下，是多么难能可贵的品质。我们发自内心地佩服书中各位作者对文学梦的坚守，因此有了我们在"中国好文章"的相遇，才有了这本凝结着你们心血结晶与智慧闪光的诚意之作。

　　一纸素笺，这卷承载着心语的墨香，是你们个人情怀与美德的人文积淀，是你们"文如其人"的最佳彰显，更是你们收获公众好评和认可的绝佳机会。或许今天热爱文学写作的你，明天就能在中国文坛拥有一席之地，成为反映美好新时代的一面旗帜，成为用文字影响他人的文化摆渡人！

　　"文明如水，润物无声。"书籍作为思想文化的载体、人类知识的殿堂，读罢方知心渠如许不彷徨，人间至爽在墨香。本书这些沉睡的文字，如时光与心灵的对白，诉说着少年五彩的梦，低唱着中年朴质的影，浅吟着老年夕阳的红，并赋予各时的震撼或感动、温暖或骄傲、火热或炽烈的瞬间以永恒……此刻，她正散发着墨香，静待有缘相会的读者来唤醒。

"中国好文章"大赛编委会

Contents

目　录

亲情之美

万千之灵

亲情之美

敦煌气象事业的创始人

——缅怀我的父亲李永亨先生

李明光*

在敦煌市工商联查找父亲的历史资料时，我看到 1995 年的干部履历表中父亲的档案。表中详细记载着父亲的履历：李永亨（字伯平），1914 年生，1922 年至 1934 年于敦煌县私塾启蒙、高小、简师读书；1934 年至 1936 年年初，在敦煌周氏私立小学任职教师、校长；1936 年至省（兰州）气象测候训练班学习，毕业后至 1952 年在敦煌气象测候所工作；同年，调入县工商业联合会（筹建）任职会计……

父亲受祖父身教，幼承家学，拜师吕钟（父亲姑父），自幼敏而好学，志坚毅韧；对求知不畏其难，对其职敬畏有余。父亲涉猎广泛，于天文、声乐、书法、岐黄之术均有造诣。

一、艰辛的求学之路

1936 年年初，父亲经敦煌县政府推荐，省气象测候所考试、审核后录取，入省气象测候训练班学习。河西走廊古有丝绸之路的文明，但在 20 世纪 30 年代，甘肃的交通还很落后，没有公路。虽然 1909 年开通了邮电代办所，取代了驿站，但交通仍不便，只有骡马旧道。据甘肃省交通史料记载："1941 年甘新（甘肃至新疆）碎石公路通车，1942 年安敦公路（安西至敦煌）通车。"另据王渊《啊，敦煌》篇载："在此之前（1943 年），敦煌县没有初中、高中。敦煌学子上初中、高中都须负笈千里，坐上牛车、马车，走上半月以至一月去酒泉或省城求学，其艰难困苦，不可言状。"

20 世纪 30 年代，父亲就是在那样落后的交通条件下，沿着绵延千里的茫茫戈壁，踏上了满目苍凉的河西走廊的骡马古道，坐着牛车，拖着行李，背着干粮，跋山涉水，负笈千里去省城兰州求学深造。一路上的艰辛可想而知。今天我们的后辈们在问，在那个没有公路、只有骡马驿道的年代，是什么力量支撑

---

* 作者简介：李明光，建设银行酒泉分行退休。学历大专。论文《筹资手段与筹资竞争的思考》获 1998 年甘肃省投资学会优秀论文三等奖。

着父亲做出那千里求学的抉择？走那不可预测的险途，饱受那茫茫戈壁中漫天的黄沙和烈日酷暑的煎熬，还有那祁连山沿途出没不定的土匪们的劫持，闯那崇山峻岭常年积雪的乌鞘岭的关山险阻。我只能回答：一代人有一代人的历史使命和责任。

在父亲去省城求学前，他有着受人尊敬而又舒适的职业，我们所不解的是他又何必远涉关山，冒着危险，去吃那风餐露宿、鞍马劳顿之苦。其实这就是那个年代读书人为天地立心、为民众立命的志向和抱负以及赤诚的家国情怀。他们用其一腔热血和寒窗苦读学来的知识开化民智、服务桑梓、图强救国。为了实现人生的理想和价值，父亲在那样艰苦的条件下，踏上艰辛的求学之路、叩开气象之门，用自己的青春，用一生的艰辛努力，诠释对人生信念的追求。

父亲的一生可谓是坎坷蹉跎，命运多舛。19 岁时（1933 年），被军阀马仲英抓去当兵。因父亲是读书人，马仲英要让他做文案，他不愿为军阀效力，三个月后逃回敦煌，躲在祖父的世交张桐家（现敦煌肃州乡板桥村）。马仲英的人来敦煌找不到父亲，又将祖父抓去严刑拷问，要祖父交出父亲，祖父始终没有说出父亲的下落，算是躲过了一劫。1936 年 11 月中旬，父亲学成毕业，正值返回时，又遇上了麻烦。1936 年 10 月，我党的西路军部队从宁夏渡过黄河，向新疆进发，开辟新的革命根据地，以打通苏联援助国内抗日战略物资的通道。西路军途经河西走廊时，遭国民党军阀马步芳、马步青军队的围追堵截。在河西走廊，两万余西路军将士与近十万人的马匪骑兵展开了惨烈的交战，狭长的河西走廊成了两军对垒的战场。父亲的回家之路断了。

据明辉兄讲，他小时候听母亲说，父亲当年毕业后遇到路上打仗回不来，是从青海绕道回来的。母亲说的路上打仗，其实就是 1936 年年底西路军过河西走廊时与马步芳军队的那场厮杀战。可想而知父亲当年的回归之路是何其之难。河西走廊的骡马古道走不通，青海的路就更难走了，父亲是怎么走回来的？从省气象测候所 1937 年的《职员录》上看，与父亲同班的同学王笃秀是张掖气象测候所的学生。当时在兰州以西，只有张掖和敦煌的两人参加了第一期省气象测候训练班的学习，估计父亲是与张掖的同学结伴而行，张掖的同学肯定知道另有回家的路可走。在被祁连山横隔的青海与甘肃之间，有一条南北走向一百余里的峡谷，它是从青海通往张掖境内唯一的一条古骡马驿道。无疑，他们绕道青海后从西宁出发，经大通、门源和海拔 3600 米的俄博岭垭口的雪域高原，后入扁都口，横穿祁连山，入民乐、张掖境内河西走廊的中部后，父亲又继续负笈西归。

今天的我们，猜想着当年父亲在那交通落后、土匪出没的年代，是怎样坐着牛车，忍受着酷寒与饥饿，冒着生命危险，在那苍凉的骡马古道上，迎着漫卷的西风和硝烟弥漫的战火回到敦煌的。这样的求学之路，非常人所不可及！据窦侠父《敦煌史迹》中《民国时期的教育》篇载："1918 年到 1948 年敦煌考入酒泉、省城及省外的学子有 70 余人，而 1935 年以前不足 10 人，可见那个年代的教育状态和外出求学深造有多艰困。"看那个年代的热血青年，他们的爱国之心有多赤诚，他们的报国之情就有多壮烈。为了造福桑梓，他们献身于科技、教育事业，以他们的使命、责任、精神，身体力行地传播着传统文化、科学知识和中华文明，正如窦老先生所说："这些人都成为新中国成立后敦煌教育的脊梁。"学成归来后的父亲，亦为开创敦煌的气象事业，披星戴月，数十年如一日，付出了他的艰辛、汗水和心血！

二、开创敦煌早期气象事业

1937 年，甘肃省气象事业的创始人、甘肃省立气象测候所第一任所长朱允明先生编著《甘肃省立气象测候所五周年纪念册》，详细地记载了甘肃省气象机构的组建和发展历程。

该书对甘肃省及各市、县气象测候所的开创与发展有详细的记载。其中就省立气象测候训练班学员的学习内容、招收录用等事项，当时的省政府还专门制定了详细的规则，例如，第五条规定练习生有左列情事者之得令其退学"一是品行不端者；二是染有嗜好者；三是成绩过劣者；四是连续两个月无故旷课至三分之一以上者……"

在书中还载有甘肃省立兰州气象测候所暨各县测候所职员录："敦煌县观测员：李永亨，二十一岁，敦煌，本所第一期训练班毕业，一九三七年元月，敦煌县测候所。"（见《甘肃省立气象测候所五周年纪念册》第 153 页。该书现收藏于甘肃省图书馆西北文献馆）

从朱允明先生的《甘肃省立气象测候所五周年纪念册》一书中，我们了解到了父亲当年到省城气象训练班的学习情况。纪念册中清楚地说明了首期训练班的要求、规定与学习的内容。学成归来后的父亲，既着手筹建敦煌气象测候所，又同时开展气象测候工作。在吕钟先生所著《重修敦煌县志》的《志感他山》篇中，对父亲有这样一段描述："气象测候即古之天文学，内侄李伯平先生，充本县测候所之测候生，课晴问雨、风角占星，于天文部所增益。"1942年，吕钟先生撰写《重修敦煌县志》时，父亲为该书《天文志》篇提供了 1937年至 1941 年五年的敦煌气象资料，见《重修敦煌县志》第 14 至第 18 页《天文志》篇。

朱允明（1906—1960），甘肃会宁人，甘肃气象事业的创始人，1931年毕业于南京中央政治学校，毕业后受农业专家张心一、气象专家竺可桢的教诲和指导，入南京紫金山天文台气象研究所研究班深造；1932年创建了甘肃省立兰州气象测候所。以国计民生为己任，朱允明先生倾其心力，上下奔走，积极筹建甘肃各地气象测候所，建立甘肃气象网，培养气象人才。后经多方努力，经省政府批准，于1936年举办了甘肃省第一期气象训练班。先生著作等身，为甘肃气象事业的开创、发展做出了突出的贡献。1953年调离省气象测候所，1957年反右运动中被打为右派，惨遭迫害；1960年病逝于酒泉夹边沟劳改农场；1979年平反，恢复名誉。2006年，在纪念朱允明先生100周年诞辰之际，中科院院士、国家气象局局长秦大河为其题词："创始陇测候，赤子故园情。"

1937年，父亲呈省气象测候所《敦煌气象测候所工作总报告》摘录（该报告原件现存省气象局）："本县情形甚为特殊，无任何基础，而本所处于交通不便，财政万分困难之区，无场所，一切设备环境莫不可能。幸而感会诸公既各方人士热心指导，对于本所极为重视，兼之……颇具决心……今后工作如何推进，俟中国气象局普遍之记录准确预报，于民生有莫大之裨益，此则尤望诸公共同扶掖并祈有以教之，尤为馨香而祷焉！一九三七年七月李永亨谨述……"从这段文字的内容来看，筹建之初的敦煌气象测候所运行中遇到的具体问题与情况，民国敦煌县政府应召开过专门会议或是省级主管部门有过相关指示或安排，才生成的这份总报告。因资金、交通、人员、环境等各方面条件所限，组建一个带有科技性质的新机构，其难度可想而知。据朱允明《甘肃省气象之刍议》述："当时因财政困难，其除筹建、设备、资金不足外，给县、市气象人员的薪水时续时断。"父亲就是在这样困难的条件下和艰苦的环境中砥砺前行的。交通不便是开展工作的瓶颈。其次是资金短缺，设备、设施、场所更无着落。测候所正式成立后，所长、所员父亲一肩挑。没有办公场所，经请示省气象所同意在家办公。为了及时开展工作，父亲因陋就简，不等不靠，自制器材，创造条件，迎难而上。在气象器材和资金极度不足的情况下，硬是开创了敦煌气象事业的先河，开始了敦煌真正意义上的气象测候的筹建与运行。

至此，在父亲的辛劳努力下，从1937年1月开始，首次对千年敦煌的气象开始了测候与记录，并在气象测候的岗位上，耕耘数十载。数十年间，父亲用他刚毅、坚韧、勤奋执着的精神，在枯燥且乏味的气象岗位上，用他的汗水、敬业，给敦煌气象史留下了百余万字的文献资料及学术遗产，为后世的气象研究，提供了具有参考价值的史料，亦填补了敦煌气象史的空白，奠定了敦煌气象事业的基础。父亲是敦煌气象事业当之无愧的创始者和奠基人。中华人民共和国成立后，全国上下开始重视修史，除吕钟所著的《重修敦煌县志》外，1994 年出版了中华人民共和国第一部《敦煌市志》，之后相继出版的《敦煌市志》，除气象数据的采集从 1937 年至 1952 年更为全面外，敦煌气象机构的沿革及发展，凡涉及天文、气象部分，必有父亲留档的气象资料。

吕钟所著《重修敦煌县志》的《志感他山》篇载父亲撰写、观测记录的气象资料（1937 年至 1941 年），摘录如下："敦煌气候纯系大陆性，寒暑俱烈。温度准、平均为摄氏零上十二度二。极端最高在四十四度一，合华氏约一百一十度。最低多降于零下二十二度六。雨量极少，五年准统计年降三十七公厘五。（敦煌气象测候员李永亨测）风向：（1）敦煌为雪山极高屏障之故，终年不吹南风、西北风，西南风、东风甚多。下雨征象温度最高点五日内。（2）天空布满积云。须层厚，色土黄，鸟燕翱翔。或积云雨。须层厚，行神速，色黑时。（3）积雨云主雷雨，高层云主毛毛雨。（4）雷雨多发于下午三时之后，毛毛雨多发于上午九时之前。（5）下雨方向多由西或西北、西南；云亦由西北向东南散布；风亦由西北争力向东南吹来。（6）必待温度下降（上午九时至下午三时之间）至极度时，雨点始得下降。（7）见烟突，中烟向下垂，则温度增大，定降雨。（8）吹南风定无雨。烈风征象：（1）先由西北起雾或霾，向东南散布，天空模糊不清，能见度达二级至四级，霾时烈风即起，时间很短。倘由东北起点，定续吹数日不止，时间很长。足见敦煌老东风之言，为不谬也。（2）烈风发生之时间，在下午二时，集中不差分秒。（3）温度达到高点。天晴预兆：（1）日落现霞，翌日定晴。霞色愈血红，预兆晴。（2）季夏现积云为久晴之兆，但不可杂其他云状。（3）天空纯为卷云层，天色恒不变。天阴或风之兆一、晚上见月晕时，第二日必风。（4）本日日出时现霞，及发现高层云与其他云状夹杂时，本日定变风或阴。（敦煌气象测候员李永亨测）"以上是父亲撰写的《重修敦煌县志》《天文志》原文。2016 年出版的《敦煌市志》卷二：气候及气象与国土资源管理机构篇，详细记载了父亲 1937 年至 1952 年十六年间记载的敦煌气象资料数据、气象机构的沿革及演变。

根据 2016 年版的《敦煌市志》有关父亲的气象部分资料了解到，敦煌气象站始建于 1937 年 4 月，位于县城内国民政府东花厅，时称甘肃敦煌气象测候所，这是敦煌近代历史上第一个气象测候机构。

父亲也是敦煌测候所首位测候员。当时所内测候设备有：风向仪一架，百叶箱一架，气温最高、最低温度表各一只，干、湿温度表各两只〔其中包括杨炳辰（杨灿）县长捐助的两只〕，测云器一架，量雨器一架，自制露天时刻表一台。由于当时政府不太重视天文气象建设的发展，办公场地无法解决，为了尽快开展工作，父亲征得省气象测候所的同意，办公场地暂设家中，每日观测四次，逐日观测的时间为 6 时、9 时、14 时、21 时，日、旬、月、年报得按规定时间发出或寄出。观测簿分临时、永久两种。临时记录簿中测定的数字经计算核实无误，然后誊入永久记录簿，以求整齐精确。据初步统计，从 1936 年 7 月至 1952 年 5 月 6 日，十七年中保存无遗的观测记录簿达七十四本。

1941 年，甘肃省敦煌县气象测候所为四等气象测候所，父亲对全年各月气象要素均有详细记载、观测记录，要素主要为温度（每日三次，6 时、14 时、21 时，记录平均、最高、最低）、绝对温度、相对温度、风力、风向、云量、日照时数、雨量、能见度及其他杂项。后又增加干球、湿球温度。1944 年，敦煌气象测候所改为敦煌气象测候站，又增添测候员一人，归祁连山测候站和酒泉航空站气象台管理。1949 年以后，敦煌气象测候所曾先后由甘肃省农村厅气象所、西北军区气象处领导。1952 年改名为敦煌气象站，开展常规地面观测和预报业务。1954 年迁至敦煌市东郊，1982 年开始农业气象观测，1987 年更名为敦煌国家基准气象站。同年，成立敦煌市气象局。父亲倾其毕生的精力献身于敦煌的气象事业。他履职气象测候所及工商业联合会期间，给敦煌气象和中华人民共和国成立初的敦煌工商业，个体手工业者的生产、经营、公私合营的状况，留下了百余万字的文献资料。在各时期的《敦煌市志》和《敦煌文史资料选辑》中，都有抹不去的历史记忆。

1936 年至 1952 年，父亲在敦煌气象测候所工作的十七年中，对其本职工作兢兢业业、尽职尽责。现在阅读《天文志》篇时，可以看到他深厚的国学功底和对天文气象知识的造诣，对敦煌地域各季节及昼夜气象变化的观测、预测论述之论点，是那样的一丝不苟，细微至真。就《天文志》原稿中的错字、漏字、添、改处，父亲都盖有自己的印章，足见其敬业之精神、勤奋之坚毅、处事之严谨，堪为我后辈之楷模。我到敦煌市气象局查阅父亲的气象资料遗稿时，据气象局管理档案的同志讲，敦煌民国时期的气象资料档案，无论是永久或临时的资料，在甘肃省县、市内现存的历史档案中，敦煌的气象资料都是最完整、最齐全的；其资料除装订整齐外，气象记录准确，资料精细翔实，无一日缺录，无一页遗漏。省气象局来敦煌气象局归集档案的工作人员称，如此完整的资料，在甘肃省内实属罕见，李永亨先生为后世留下了一笔宝贵的气象学术资料和历史遗产。按气象档案管理的要求与规定，其气象方面的历史资料归省气象局统一管理，十几年前，甘肃省气象局已将这些资料全部调走。

三、离开气象测候所后的经历

1952 年父亲离开气象测候所，同年调入筹建中的敦煌工商业联合会，任该单位的会计。在我们查找父亲的相关资料时，没有看到 1958 年至 1978 年间工商联的档案资料，只有 1953 年至 1957 年前后几年的档案。在百余本的案卷内，约有 80% 的文字都出自父亲之手：收发文件名录记录簿、会议记录、值班日志、各项报告、工作总结、会计账册和用蜡版刻印的各类文件资料等。

在翻阅那些尘封已久的故纸堆里的档案时，我们像是在"考古"中发现了汉竹简，倍感惊喜！当看到父亲用心血和汗水书写的那些隽秀的笔迹和文字时，又好像穿越过了历史的隧道，与父亲相见、与父亲对话；在整理父亲的遗稿时，就像是看到了父亲当年那坚毅的身影和辛勤工作的情景。

翻阅父亲的过往与历史档案，我们看到了父亲那执着严谨的职业精神和深厚的家国情怀。三哥提起他们儿时的往事："我们和父亲在一起，父亲办公、读书时，一坐就是几小时，我们三兄弟（大哥、二哥、三哥）也陪在父亲的身边读书、学习，直到父亲收工，我们才能休息；我们兄弟中如有谁做错了事，除批评做错事者外，其他兄弟都须陪其左右，以受训教。父亲营造这样的学习、教育环境，我们在这样的环境中被启蒙、被熏陶，才有了我们的今天。父亲对我们虽然严苛，但至今忘不了儿时那寒窗苦读时的情景，还有父亲对我们的谆谆教诲！"

1949 年 9 月 28 日，敦煌和平解放了。父亲全身心地投入了社会主义的建设中。1951 年，他把 15 岁的大哥送去酒泉师范学校读书，把 13 岁的二哥（正上初中二年级）送去解放新疆；一个东去求学报国，一个西征疆场杀敌，家里只留下了老与少。兄长们回忆说：我们离家后，父亲给我们的信里总是鞭策、鼓励、教诲，每每在信中都寄予殷切的期望，让我们团结同志、勤奋学习，在工作上不敢有丝毫懈怠。为了使我们受到更好的教育，还常寄一些进步书籍。印象最深的是方志敏著的《可爱的中国》等书。

为家国，为使命，亦为了子女们的未来，父亲一如他当年艰辛求学时的抉择，毅然送子远征，这在当时是何等的胸襟和果敢！父亲在他短暂的一生中，无怨无悔地把毕生的精力都奉献给了养育他的这片热土和他挚爱的气象事业，其精神和事迹永留青史。在父亲逝世六十年后的今天，谨以此文缅怀、追思！

父亲的故事

许振民 *

仲秋时节，我们兄妹五个约好了去看望父亲。一路上秋色怡人，但大家都无心享受，只是默默无语……

小时候家里穷，母亲体弱多病，所有的担子都让父亲一人承担了。尽管平日节衣缩食，但还是十分拮据。有一天吃饭的时候，一堆糠馍馍中间竟然破天荒地有一个玉米馍馍，我们高兴地跳了起来。然而，母亲叮嘱我们，那是留给父亲的，农忙时节活儿太累，怕父亲被压垮。父亲回来后，却用粗糙的大手把那块玉米馍馍分成了几块，塞给了我们。他自己津津有味地啃起了糠馍馍。我记得，那次母亲看着他落泪了。

还有一回，在和父亲去挖野菜的路上，我捡到三块钱，兴奋得心突突直跳，告诉了父亲，我说："爸爸，给我买一根冰棍儿吃吧，一分钱一根。"他没有答应，却说："丢钱的人一定很着急，一会儿就会来找的，我们等等吧。"后来，果然有一个大婶一路低着头找了过来，看样子急得要哭。父亲要我把钱还给人家，可钱在我手里，我就攥着不松手，说："捡来的，又不是偷的。"父亲急了，打了我一个耳光。我把钱给那老人，哭着往回走。父亲追上我，抚摸着我的脸，擦去我额头上的汗水，却一句话也没说出来。

大概是过了几天，他给我买了一根冰棍儿，并且告诉我："不是自己的东西就不能要，人生在世要堂堂正正。"这句话，我记了半辈子，不敢忘啊。

和中国千千万万的父亲们一样，我们的父亲最大的愿望就是能给子女们成个家。为了这个愿望，父亲快乐地辛苦着，年复一年，苦苦积攒。终于，连借带刨，我们攒够了给大哥盖房子的钱，可父亲却在借钱的路上，连饿带冷，病倒了。我们兄弟几个把他背回来的时候，他怀里还揣着一块糠馍馍。

医生说父亲得了肺心病。为了给他看病，我们把买来盖房子的木材又卖了，看着被拉走的木材，我们知道：那是父亲的希望。在医院的病床上，他梦里都嗫嚅着："木头买来了，可以盖房子了，可以娶媳妇了。"在一旁的家人，都难

---

* 作者简介：许振民，男，68岁，高中毕业，河北省唐山市滦南县胡各庄镇南圈村人。自由职业，热爱文学写作，水平有限，承蒙厚爱，拙作曾被本县广播电台及省级报社采用。

受得哭了。

......

"爸爸，我好想你。"妹妹的哭声打断了我的回忆。

父亲的坟到了。

三十年前的今天，是父亲去世的日子。

一封家信《致刘桂艳阿姨》节选

胡宽 *

五十年前，在课桌旁追逐着理想，突然被告知你的理想不应该在这里而应该在田间地头乡下。于是你放下书包，扛起行囊向着一个迷茫的目标出发，蓦然回首碎落了一地芳华。四十年前，你有了一个自己的家，有了嗷嗷待哺的娃，你多想和某叔去海边踏浪、去山中赏花。可现实是，聘位职称一切都要文凭说话。你没有选择，转身去上了电大和夜大。那段生活从来没有琴棋书画诗酒花，殚精竭虑的都是柴米油盐酱醋茶。

三十年前，多美好的壮年，蓝天丽日青松如塔。可上老下小荤素七八，千头万绪生活重压，女儿的成绩费心劳神，医院病床上的丈夫等待手术，担忧的泪痕留在脸颊。已有两个星期没去看望爹妈，焦头烂额的女儿时时把你们牵挂。迤逦一路风吹雨打，尝尽生活酸甜苦辣，唯一一个信念：生活不会苦海无涯。二十年前，女儿上了大学，你却永远失去了老妈，老人家弥留之际说："快坐下歇歇吧。"这是她对你说的最后一句话。重度昏迷两小时后，母子的亲情大厦瞬间崩塌，世界上最爱你的人走了，此后，再没有人喊你回家吃饭，再没人嘱你寒衣多加。你长跪不起，哭得肝肠寸断，泪下声哑。至今你百万楼房不住，天天回平房看看妈妈的家。

小时候相信人生是童话，长大后希望人生是神话，年老了才豁然醒悟人生原本是笑话。看看你那慈祥的面容，黄皮肤、黑眼睛、黑头发，龙的传人，中华血脉。今年你已年近六旬，可还在把激情挥洒。过去努力是落叶随风，现在努力是老树新芽，风雨过往皆为序章，人生大幕刚刚拉开。你不能老去，因为你的外孙还没落地长大，你最大的心愿是外孙学业有成，外孙女披上婚纱。

再过十年，2030 年您已古稀之年，孩子愿您满头黑发满口牙，腿矫健身挺拔，你与好友邂逅，一个都不少，出能游、路能走、山能爬。闲看风云变幻，淡泊富贵荣华。世上瑰宝千万，只有健康无价。

再过二十年，2040 年愿你能在公园里跳一曲华尔兹，高歌一首《茉莉花》。抽刀怎能断水，天命安可叱咤。不管钱多厚官多大，阎王照样往里拉。怀一份

---

* 作者简介：胡宽，现就职于无锡市公安局梁溪分局某大队。

千里共婵娟的心愿随缘听命吧，阿弥陀佛自由自在如来吧。

再过三十年，2050 年我和某某也变成了垂暮之年，有家有势，房子还挺大。那时的我们还想天天给您二老洗脚泡茶，做尽天下美食，共享天伦之家。

一句随笔朴实无华，洒泪天涯，如泣如歌，何止笑话。天下没有不散的宴席，字里行间我的心愿已有表达。愿您健康长寿，人生豁达，吉祥喜乐，笑靥如花。

孩子胡宽

庚子年（2020）四月二十八

雪天里的回忆

黄森林[*]

　　今天下了入冬以来的第一场雪，雪下得虽不是很大，但一朵朵雪花从上午九点开始一直飘飘扬扬下个不停。到傍晚时，那小山、那田野都一片晶莹洁白，树枝都被寸许厚的积雪压弯了，宽阔的公路就像一条黑色的带子从山边蜿蜒铺向远方。小河、池塘就像一面刚刚拭过的镜子，显得格外清新明亮，我站在窗前望着飘飘扬扬的雪花，忽地想起我小时候，那年父亲赤着脚去借钱用来过年的往事。

　　我四岁随母到黄家，养父虽然是从未入过学的农民，但在工作与生活中也学到了一点点文化。父亲视我如同己出。但那时的生活确实非常困难。本就是物资匮乏的年代，一下子加上我们母子二人，三口之家，更是捉襟见肘。

　　记得那年的腊月二十八，邻居家都买好了年肉，备好了年货，浓浓的年味在小山村宁静的氛围里飘散着，而我家却还是冷冷清清，一无所有。天公不作美，雪纷纷扬扬下个不停，地上的雪有两寸多厚，屋檐下倒挂着一串串冰凌。山路早被厚厚的雪封上了，看不到哪里是路，只有那口古井显出一个窟窿，还幽幽地冒腾着丝丝热气。早饭后，父亲坐在火塘边，闷不作声地抽着水烟袋，抽过三斗烟，又闷了许久，父亲忽然对我母亲说："后天就要过年了，家里还什么都没有。过年了总得让孩子吃顿饱饭，玩个鞭炮吧，我去找人家借几块钱。让你们娘俩过个好年。"我娘说："你怎么去，你连双雨鞋都没有。""不去借不行。"父亲忽然脱下脚上的布鞋，赤脚跨出房门，踏进没到脚踝的雪地里。望着父亲留下的那串脚印，我仿佛看到了父亲的脚已冻得紫红，看到父亲那肩膀胸前露出的棉絮和佝偻着的身影，虽然那时我还年幼，体会不到父亲走在雪地上那份钻心的冷，但我哭喊着："爸爸不要去，我不要吃肉，我不要鞭炮。"但父亲还是踩出了一串雪足印，消失在山边的转弯处。傍晚时父亲回来了，脚上穿了一双补了两个补丁的橡胶雨鞋，手里提着一挂猪肉，一个红纸灯笼和几封鞭

　　* 作者简介：黄森林，男，出生于1958年，湖南省平江县人。大学中文专科毕业（函授），中学高级语文教师。爱好文学与书法，崇泊陶公，淡泊名利，常写文章以自娱，兴来亦诌打油诗数句，直抒胸臆。居乡下，与农人为友，自种园蔬。种菜、写字、作文、看书度时光。

炮，还有一包糖果。父亲说，他今天真幸运，发小送给了他一双雨鞋。借了五六户人家，终于有人家愿意借给我们三斤肉，又在一个朋友家借到了五元钱。父亲用这五元钱给我买了个灯笼，还买了鞭炮和糖果。听了父亲的话，我只觉得鼻子酸酸的，不知是感动还是难过。父亲赤脚踏雪去借钱借物，为的就是让我这养儿过个好年，为的就是让我像其他小伙伴一样过年有红灯笼挑，有鞭炮玩，让我过一个快快乐乐的年，而他自己却踏冰雪冒寒风地四处奔波。

在养父几十年如一日的关爱和哺养下，我参加了教育工作，结婚生子，成家立业，有了幸福的小家庭。

现在父亲已离开我们十六年了，我们生活也算小康了，再也不用在年关时东借西筹了，但我总忘不了我的养父，忘不了他赤脚踏雪为我买灯笼的往事。生身父母小，养身父母大。养父的养育之恩我没齿难忘。望着眼前这纷纷扬扬的雪，我又想起了我那含辛茹苦把我养育成人的养父。

母爱，妙不可言

李银喜 *

母亲一直都对我十分严格，每次我看见别的孩子和母亲一起玩耍时，总会感到难过。我会想："别的小孩都有家人陪着，我为什么就只能待在家里、学校里、培训班里学习？"因为妈妈对我的学习很重视，所以我的成绩一直都还可以，但妈妈每次看到我的成绩总会拿我跟别的孩子比较。就这样，我在妈妈的批评和监督下长大，同时我很少和别人交流，导致课上我没听懂的也不敢找同学和老师请教。就这样，我的分数一天天地减少，妈妈看到我的成绩后也是一次次地批评。

终于在一次数学试卷被妈妈看到后，她问我："这次怎么又考这么低？你看看你，再看看王阿姨的孩子，人家次次都是年级第一，你就不能向他学习学习吗？"我没有说话只是跑到自己的房间里思考为什么妈妈只在乎我的成绩，而不在乎我的感受。过了一会儿妈妈进了我的房间说："还在这里站着干吗？快去学习啊！"我把内心的话都说了出来。妈妈听后愣在了原地，似乎在回想我们的种种过往，然后说："那我以后尽量多站在你的角度思考，多鼓励你，不再那么严格。"

从此以后，妈妈变得无比亲切，也开始听从我的意见而不是盲目要求。就这样，我与别人交流的机会多了，也变得不再冷漠，经常和老师、同学一起相互讨论问题。

自那以后，我的成绩一天天地进步，变得不再拖后腿，班上的同学也都来和我一起讨论问题，这样，我在妈妈的鼓励下一天天成长。这一次我也终于理解了母爱。母爱，真是妙不可言。

---

* 作者简介：李银喜，男，15 岁，湖北省黄冈市人。座右铭：青霄有路终须到，金榜无名誓不休。

父亲坟上的那片小花

刘红旗*

记忆中的父亲算不上魁梧，亦不那么懦弱，不是很健谈也不是闷葫芦，走在人群里不上心找的话得费点工夫！

二十世纪七十年代末八十年代初的豫东农村，和很多家一样，我们家里三间土坯房，因为中间用高粱秆夹二道所谓的墙才说是三间。家里弟兄多，年纪大点的哥躺西间，十来岁的小孩就在东间窗下铺张用木板搭的床。

那年哥考上了一所学校，大概相当于现在的技工学院吧。父亲高兴得不得了，晚上去自留地摘个笋瓜（西葫芦），奔了三里多地到大队供销社用四个鸡蛋打了半斤白酒。喝到酣处，竟用两根长短不一的筷子没什么规律地敲起有豁口边的碗来！

不一会儿父亲竟然扯起了鼾声，哥和母亲把他弄到床上，一家人的一天算是安静了下来，朦胧中听母亲说："只顾自己睡得跟猪似的，赶明儿大孩上学咋弄啊？"父亲说："没你事儿，有我呢，睡吧。"

天没亮就听到父亲窸窣着不知弄什么，就听母亲说："就那三四百斤麦子都卖了咋弄啊？"又听父亲那句话："没你事儿，有我呢！"似乎听到母亲哽咽的声音。

晚上很晚父亲才拉着架子车回家，焦急的母亲赶紧把饭端了上去，父亲边大口喝着稀饭边给母亲说："说不让你操心还不信，瞅瞅这是啥！"边说边得意地从粗布汗叉夹层里费老半天劲掏出有现在一万元厚度的一扎钱来，钱有新有旧，但很整齐，没一张窝角折边的，"180块，给亲戚朋友借点，咋样，给你说没你事还不信，看，我还给你带啥啦？"说着从架子车的小把子（两边的护栏）取下一个扎着口的布做的袋子里拿出一块布料来。"想着你哩，给你截块布做个裤子，别让孩他娘露了腚。"母亲本来很美，灯下一笑就更美了（多少年后才明白那么美的母亲为什么死心塌地地跟着父亲）。父亲笑了，笑得像他露着脚趾的鞋子，好久合不上嘴。

那年从秋天到次年夏天，父亲每天很早就起，做完庄稼活就去货场拉架子

---

* 作者简介：刘红旗，男，50岁，河南省周口市川汇区人，自由职业，诗词爱好者。

车送货，大半年下来，一窝孩子竟没有饿过肚子，而且经常吃到白面馍馍，现在想想那时候每月三四十块的工资可真能顶事！

父亲走了，走的时候似乎很安详，没什么遗憾似的，要不然每年他祭日的这个时候，坟上总是开满了小花，小花在微风里招着手仿佛在说："没你事，有我呢！"

小花，谢谢你，我也爱你，你是父亲留给我们的嘱咐，也是父亲戴在母亲头上的花环……

怀念母亲

陆秀红 *

二十几岁时，我得了一场大病，心情极度沮丧，每天唉声叹气，意志消沉。母亲知道我生病后便来照顾我，看到我情绪低落，就用坚定的语气说："没什么可怕的，有病就及时治疗，一定会好的。"说完就出去忙活了。母亲非常忙碌，她没有时间听我絮絮叨叨。她要干家务，做一日三餐，还要为我熬药，侍弄菜园。她种的菜园，春、夏、秋三季都是非常诱人的。现在回想起来，我才明白，母亲用她忙碌的身影默默地告诉我：要坚强！母亲一生忙碌，十八岁时跟随父亲来到新疆，没有娘家亲人，什么事都是亲力亲为。母亲生了 5 个孩子，因为贫穷，家又离医院远，小时候我们生病了全是母亲给我们打针。由于孩子多，在我们小时候，母亲几乎睡不了什么觉，一辈子在辛劳中度过。但她依旧很勤劳，她坚信勤劳可以过上好日子。

一天，我又望着窗外发呆，母亲进来说："出去看看菜园里的蔬菜吧，心情好点，也许病好得更快。"身体原因，六月的我还穿着厚衣服，怕被别人笑话，不想出去。可母亲对我说："不要管别人说什么，自己开心健康就好，全世界生病的人多了，比你不幸的大有人在，也别怕被别人笑话，大家坚强地生活，才令人敬佩！"我被母亲的乐观感染，和母亲出去锻炼、散心。母亲鼓励我振作起来，战胜病魔。后来的日子里母亲讲述了她人生中的苦难经历，并告诉我生活中没有什么是过不去的，只是我还年轻，经历太少，遇到一点病痛，就痛苦万分，将来经历得多了，会磨炼得更加坚强。

我生病时，母亲不厌其烦地四处打听药方，日复一日地熬药，陪我熏蒸，真佩服母亲的毅力。母亲没有文化，却用自己的人生经历和智慧开导着我，在我脆弱的时候陪伴我、鼓励我。多年后，当我有了女儿，也做了母亲，才深切体会到，孩子生病，作为母亲更为担心、揪心，可是她还要强装镇定，陪我聊天，排解我的郁闷。世界上唯有父母才能无私地、无所求地爱自己的孩子！有次我很佩服地对母亲说："妈，你没有文化还学会了给我们打针，真是了不起！"

* 作者简介：陆秀红，女，汉族，新疆维吾尔自治区沙湾市人，目前在新疆沙湾市农广校工作，2017 年驻村负责宣传信息工作，向部分新闻网站投新闻稿件一年。

母亲说："这有什么？你认识的高阿姨，还自己给自己打针呢。"我之前从未听说过还有人能给自己打针，脑海中顿时出现自己给自己打肌肉针的滑稽画面，不禁哈哈大笑，母亲也笑了："傻丫头，这有啥好笑的。"母亲就这样一天天陪着我度过了生命中最难熬、最黑暗的日子。

记得我坐月子时，母亲叮嘱我，不要穿拖鞋，免得以后脚后跟疼，我仗着年轻没有听母亲的话，月子期间图省事穿着拖鞋乱跑，40岁以后脚后跟果然很疼，落下了病，才突然想起母亲的告诫，可悔之晚矣。母亲一生都在为我们几个孩子操心，担忧大姐的生活负担重、二姐做生意不够顺利、哥哥种地辛苦、我和妹妹工作劳累。母亲生前我们总觉得她絮絮叨叨，可是现在再也听不到母亲爱的叮咛……

春天来了，母亲却永远离开了我们。母亲离世那天没有任何征兆，早晨还在家做饭，中午突然大口大口地吐着鲜血，倒地不起，等大姐二姐赶到时，母亲已经闭上了双眼，没有为我们留下任何一句话。可是母亲的勤劳乐观，永远刻在了我们的心里。

母亲去世后，每年春天，我们都会聚在一起聊家事、叙亲情。我们明白母亲的心愿：无论遇到什么困难，都要坚强地生活下去！

生如蝼蚁

——致已故的窑洞师父

杨安萍*

　　去年端午节我同另外十位师兄每人捐了二十元给你过节，我们把事先准备好的蔬菜、干果、干菜等食材拿到供养你的家里看望你，到达之后师兄们做火锅、包饺子，随后和你共餐。

　　这是我有生以来首次见到现实中的佛教师父，正如电影里修行的师父一样，你双腿盘坐在土窑洞里的沙发上，头盘高冠、修理整齐的络腮胡一直到鬓角，高高的个头、瘦瘦的身板，在静静的诵经中，颇有几分仙风道骨，偶尔发出缓慢的声音很有几分仙气。

　　然而就在昨天，师父你——圆寂了。

　　今天一早我就约了一位师兄给你吊唁，在这个乱糟糟的土窑洞里，在一张乱糟糟的单人木板床上，我看见你就躺在那里，脸被毛巾遮住，身上依旧是那套深蓝色衣服，没有穿袜子的脚很显眼地暴露在视野里，显得格外凄凉，身上也没盖被褥之类的东西。

　　我和几个师兄在院子里整整忙了一早上，洗菜、和面，给前来吊唁的客人准备饭菜，整个早上，除了极个别僧人因看望你而使你所在的窑洞门偶尔开闭一下外，其余时间停放着你尸首的窑洞门始终是关闭着，没有人守灵，没有蜡烛之类的供灯，只有淡淡的佛教曲轻轻地循环播放着，显得冷清、孤寂，更让人难以接受的是停放着你尸首的那个土窑洞原是一个堆放杂物的贮藏室。唉！一声叹息！

　　听别人说，你身体一直不好，又不肯去医院，只是偶尔接受无照经营的郎中治疗一下，吃吃药就完事了，有时甚至不吃。宗教渡的是人的灵魂而不渡人的肉体，师父你应该知道这一点，也许你有你的阅历，你有你的想法。随着社会发展，全民的文化程度在不断提高，人们对未知事物的敬畏心越来越少，困

　　* 作者简介：杨安萍，笔名"水先森"，女，生于 1968 年 11 月，陕西省咸阳市人。大专学历，临床医学专业，曾在咸阳市职业技术学院任教。获得过咸阳市卫生学校教学优秀奖，并在本校期刊发表过论文。

顿的人们开始觉醒，以前解释不了的问题得到了科学的解释，不再迷信，不再相信一切都是神的安排，不再对未知的崇拜，你的存在感也就逐渐消失了。

于是，无儿无女、无亲人、无家人的你便失去了生活的意义，在日复一日单调无趣的日子里，早归西天也许是你的梦想，这也许是你身体不适却不愿去医院治疗的原因之一吧。

在自己的哭声中来到这个世界，在别人的闲聊中，师父——你就这样离开了这个世界，没有任何财产，赤条条来，赤条条去，"好一似食尽鸟投林，落了片白茫茫大地真干净。"这是你的宿命，也是僧人的宿命。

愿你在另一个世界一切吉祥如意！

写于 2020 年 5 月

怀念我的母亲

张明举 *

人的生命就是活着，人活着就是要能动，能做事，能创造财富，更希望能创造奇迹。我母亲就是这么想的，也是这么做的。

我母亲于 1928 年 12 月 17 日出生在贫穷落后又战乱不断的旧中国。所以，我母亲有野草般极强的生命力。她中老年时就很少生病，即使感冒了也不吃药，喝碗生姜水就好了。在 88 岁前，她没住过一天医院。在她去世前，两次仅住了不到两个月的医院。父亲健在时为她算了一命，母亲年轻时多苦多难，但老了有后福，享年 90 岁。父亲给我母亲算命时，我母亲才 70 岁左右。我父亲和母亲同岁，然而，父亲的寿命远不如母亲，他未满 75 岁就离世了，而母亲真的如他所愿，活了整整 90 岁，在她 90 岁生日前一天晚上离世。这是件稀奇事。

母亲首先做到了第一条，她活着时能动，能做事。即使生病了，重病了，也依然能动，能自理生活，甚至在去世前 1 小时居然还从床上爬起来大便了一次。我说了你们可能又不相信，我母亲在去世前 3 个月，即没有去市中医院住院前，她都是自己烧火做饭的。她不仅烧了给她吃，还烧了给我吃。她在家除了烧火做饭，还洗衣，喂猪、喂鸡、喂狗，种菜园。只是近 10 年养猪很划不来，我们家才没有喂猪了。从母亲 80 岁的年纪来说，是应该由儿子媳妇伺候的。可是母亲跟我这个幺儿子过，她就没有那么好命了。

约 8 年前，我参加了钟祥市历史文化研究会，写了篇《雷家冲百胜将军墓》的文章交给了历史会。历史会的老人们都不信有这回事儿！特别是出生在东桥的刘永贵老师硬是不信！他说："我在东桥生活了 30 多年，从来没听说过的。"我说有的，他们又不信。于是会长李祖才就带刘和蔡两位老师来东桥考察，叫我引路。李会长说："要是你找不到百胜将军墓，你的文章就被'枪毙'了。"那天他们三个人来了，我引他们找到了百胜将军墓。从山上回来，我们又累又饿，是我 80 多岁的母亲为我们烧了一桌好菜。吃好了，蔡老师说："80 多岁的

---

* 作者简介：张明举，男，53 岁，湖北省荆门市钟祥市东桥镇七堰村人。中专毕业，参加文学院函授 4 年。荆门市作家协会会员，发表了诗歌、散文、小说十余万字。白天务农养蜂做工开出租车，晚上写作。

老妈妈烧了菜给我们吃，真是不好意思啊！"我说这件事只是想证明：我妈80多岁了还能生活自理。

其次，我母亲做到了第二条，努力创造财富。财富是什么？财富是物质的、精神的富有，财富不仅包括物质、财产，还包括人。首先，父亲和母亲生育了我们七个子女，这七个子女从出生到长大，到入学读书，到结婚成家，这要付出多少心血？这是多么地不容易？

母亲能够长寿，我分析了她长寿的原因，除了先天性的长寿基因外，再就是人要有活下去的信心、信念和对下一代的爱心。如果一个人怕苦、怕累、怕病、怕活着，那她根本不会活到90岁！

为了报答母亲的养育之恩，我一个人为母亲办了一个隆重的80岁寿宴。我邀请了市作协主席冯道信，《莫愁湖》主编周桦，《莫愁湖大观园》主编宋天华，作协秘书长龚银娥来为我母亲祝寿了。钟祥四大文人分别穿着三件黑呢绒大衣和一件老红呢绒大衣，手捧鲜花，欢喜地与我母亲一一握手，我母亲很高兴，不停地笑着，她笑得好灿烂呀！

怀 念

飞飞鱼 *

又到一年吃枣季，满市场的枣子：有长的，圆的，两头尖的，大的，小的，中不溜的。每逛一次市场，我都会或多或少买些带回家，一是因为喜欢吃，二是因为吃枣的时候，总会想起姥姥站在茂密的枣树下，吆喝着年少的我们捡枣子的温馨画面。

姥姥家的小院里有三棵树：两棵是枣树，另一棵是桑葚树。三棵树都长得又高又大，甚是茂盛。小时候家里穷，没有什么零食吃，所以只能依赖各种果树结的果子来解馋，从枣树一开花，我们一群熊孩子就眼巴巴地开始盼，放学路过树底下，天天要仔细观察树上的小花儿什么时候变成绿豆粒大小的小青果，熬着熬着，总有那么一天会听到哪个孩子一声惊天动地的喊叫："结枣子喽！"我的兄弟姐妹们就放下正在写着的作业，互相搂着抱着在枣树底下欢呼雀跃，虽然还是一点点的果实，但我们的愿望开始萌芽了，离吃的梦想又近了一步。每当看到这样的场景，姥姥慈祥的脸上都浮现出宠溺的笑容，连她的眼神里都透着爱的光芒。

盼啊盼，终于枣子由小变大，姥姥告诉我们，一到八月十五就可以打下来吃了。从听到姥姥的这句话开始，我们盼八月十五的心情不亚于盼望过年。有时梦里说梦话都是关于枣子的。枣子由绿变红的过程是姥姥最辛苦的日子，小孩儿们嘴馋，等不及成熟的那一天，总想偷偷尝尝鲜，我们想尽了各种办法偷摘：站在凳子上摘，或用一根长棍子站在树下打。不管用什么方法，都是瞒着姥姥的，摘下来的枣子一点儿也不甜，可总比没有吃的强。姥姥发现了以后，就每天搬个小板凳，坐在门口看着，有时她犯困，我们劝她到房里去睡，她坚决不同意，她说："现在我辛苦点儿，是为了你们以后能多吃点儿，没熟就摘下来就浪费了。"在姥姥的精心看护下，枣子终于成熟了，满树的红彤彤的大枣，微风一吹，那叫一个美。印象中的某一个清晨，我在睡梦中被唤醒：起床打枣儿喽！姥姥早已准备好竹竿儿，枣树下铺好了一整块塑料布，我们每人一根竹

---

* 作者简介：飞飞鱼，小名小鱼，是一个幻想着能在天空自由自在飞翔，能在水中自由自在游动的人。

竿，你就使出你的平生力气，肆意地朝着枣树挥舞吧，枣子噼里啪啦得像雨点似的往下砸，不小心的话，头上都能砸出包来，也顾不上疼痛了，心情好得不得了。枣子大丰收，那时姥姥用塑料筐盛着，每年都能收获四五筐。我们可以尽情吃，不过真实情况是每次吃不了太多，因为不好消化，吃多了胃不舒服。附近的小孩儿在我们打枣时都跟小贼儿似的，拼命往口袋里塞，装满了就跑得无影无踪。我吓唬他们，姥姥说："没事儿，大伙儿都吃点儿，那么多呢，够你吃的。"打下来的枣子被姥姥东家一盆、西家一盆地送出去好多，我非常舍不得，姥姥说："枣树能结出那么多枣子，是老天爷的厚爱，不能自己独吞，好东西要大家分享，来年才能结更多的果实。"现在想来，姥姥的心胸多大啊！她虽然是小脚，没念过书，但是她天性纯良，懂得敬畏自然，懂得分享，她教给我们的这种思想，可以说够用一辈子了。

枣子又上市了，看到枣子，想起姥姥，她的一生，平凡得不能再平凡，但她终生的所作所为，就像山野清新的风吹拂着我们，使我们永生都不会忘记！

故 乡

周建霞 *

　　夏日里的朝霞总是晕起半边天空，早起的麻雀在花椒树下叽叽喳喳地吵着，庭院里的花朵还睡着，睡梦中的小羊被叫醒赶去山坡上吃草，昏暗的田边总充满了吆喝驴儿的声音，人们带着欢声笑语走向麦田。

　　八月的太阳蛮横得很，它将天边一缕一缕的红晕打去，一寸一寸爬上山头，啄木鸟与大树的吵闹声吵醒了睡梦中的小女孩，小女孩揉着惺忪睡眼，站在红色的铁门旁，望着太阳打喷嚏。她转身提着袋子向着吆喝的方向走去了，蓝天下的白杨树摇着它深绿色的叶子，地上一簇簇的小草醒了，一朵朵的花儿也醒了。蝴蝶蜜蜂相拥着追逐奔跑，就连那树上的果子也争着成熟了。

　　小女孩一路上追着蝴蝶、赶着蜜蜂，时不时还挖着蒲公英的根，在胳膊肘下擦干净上面的土喂进嘴里。不知道她是在幻想打碗花是怎么将碗打破的，还是看见了被人遗留的草瓜，她露出沾着泥土的牙齿笑出了声。在距离自家田地很远的山头上，小女孩喊着妈妈，她并非真的想妈妈，而是因为听着对面传来的回声很好玩。也不知道是否因为与生俱来的母女情，妈妈在山底应着。小女孩仿佛听不见妈妈回应的声音，一遍遍地喊着妈妈，到最后妈妈也不回应了。

　　从太阳挂在东边到太阳挂在高空中，小女孩提着的袋子不知道被丢到哪里去了，她两手空空总算是找到了妈妈。妈妈问起她装着口粮的袋子哪里去了，她便支支吾吾、哼哼唧唧，指着对面的山说大概是被那边的老鼠抢走了。此时的小女孩也饿了，哭着喊着饿得走不动了。她缠在妈妈的大腿上想要妈妈抱，妈妈背着一背篓青草，左手牵着驴，右手一把提起小女孩将她夹在胳膊下，走在长满野草的山路上，一步又一步地前进。

　　院子里有一个十三四岁的小男孩，靠在花园墙上睡着了。旁边的太阳灶早已错过了阳光，太阳灶上烧的水又变温了，妈妈骂骂咧咧地进了门，惊醒了晒太阳的哥哥，小女孩跟在身后，一副玩世不恭的模样。

　　妈妈在厨房和面，哥哥在烧水，小女孩坐在厨房的门槛上，五音不全地唱

　　* 作者简介：周建霞，23岁，天津传媒学院，一个喜欢摄影的文艺女青年，在无奈的生活里，我想给你诗和远方。

着"村村寨寨，嘿，打起鼓，敲起锣，阿瓦唱新歌……"妈妈和哥哥在厨房笑得前俯后仰，小女孩同他们赌气，继续唱起来，她用脚踩住了自己的手，"啊啊啊"地喊着"妈妈快点，手拿不出来了"，哥哥笑得更凶了。小女孩拿着吃剩的杏核走向外面的老狗，她把杏核给老狗，老狗就帮小女孩咬破了核，小女孩趴在地上剥着咬碎的核。因为上次爸爸回来带着她和哥哥坐在杏树下吃杏子的时候，爸爸就只帮哥哥咬杏核。小女孩嘟嘟囔囔走到了老狗跟前，气呼呼地把核给了老狗，老狗就像这样默默地把咬碎的杏核吐出来，小女孩也就这样趴在地上剥着核。

听见妈妈叫大家吃饭的声音，看着哥哥从厨房爬出来，小女孩也学着哥哥的样子从外面爬进来。妈妈厉声训斥并一把提起了小女孩，重重地拍着小女孩身上的土。哥哥爬到饭桌上，说妈妈我也想走路，妈妈说先吃饭。

当太阳睡意正浓的时候，晚霞映红了对面的高山。哥哥一只手推着一个有四只小轮子的小筐，另一只手里拿着一枝白杨树条，小女孩拿着妈妈新绑的扫把。兄妹俩好似扮演着什么角色，在打麦场上厮杀。那只老狗和四处逃窜的小鸡，像是他们的观众，被迫观看他们出演的世纪电影。邻居家的驴子像是不满意般哼叫起来，就当是为他们喝彩吧。

"嘀嘀嘀"，我被手机铃声吵醒，原来是通骚扰电话。我记得自己好像做了一个很长很长的梦，我不记得梦里的小女孩长得什么样子，只模模糊糊记得她站在大铁门边望着太阳打喷嚏的样子美极了；我不记得哥哥是什么样子，只是记得哥哥说"我也想走路"的样子很让人心疼；我也不记得妈妈都骂了些什么，只是记得她抱起小女孩的样子很威武。我起身站在窗边，看着拔地而起的高楼大厦，看着来来往往的车辆，看着繁华吵闹的街道，我只感觉梦里的地方确实很美。我在手机上查询梦里的地方在哪里，搜到的都是数以千计的旅游胜地和网红打卡地。因为梦里的地方给我留下的印象十分深刻，在后来的日子里我一直都在找寻那个地方，就像《桃花源记》里渔人所及的地方，再回首已了无踪迹。

那个地方就这样一直存在于我的梦里，无法寻找，但那个地方又一直存在于我的梦里，魂牵梦绕。

纪念一位故去的共产党员

陈红琴*

每当"七一"来临之际，我们会想到许多，特别是那些为了共产主义的信念奉献生命的共产党员，像共产主义的先驱李大钊、向警予、蔡和森……课本里常出现的刘胡兰、江姐、董存瑞……他们都没有等到胜利的到来，但他们坚信这一天一定会到来！今天我要说的却是一位中华人民共和国成立之后的共产党员的点点滴滴，他就是我的二爹。

回首往事，我见过二爹可能只有五六次吧。

第一次，可能我只有四岁左右吧，在堂屋凉床上午睡，睡醒之后见家中无人便号啕大哭。突然听到大门"吱"的开门声，我立刻止住哭，睁开眼，以为是奶奶回来了，却见一个陌生人进来了，我瞪着两眼问："你是谁呀？"来人笑着说："我是你二爹呀！"他又问："奶奶呢？"我说："不知道。可能去上班了。"他见我哭得嗓子嘶哑，就拿出冰糖给我，嘱咐我以后一个人在家要插好门再睡觉。说完就去找奶奶了。奶奶回来后，我对奶奶说二爹回来了，奶奶说二爹是回来开会的，下午开完会就回单位了。

第二次，可能是又一年的夏天了。父亲、二爹和我在前院乘凉，他俩说着话，我在凉床上边玩边听他们说话，有好些话我是不懂的，但二爹临走前说的话我是明白的，他要父亲多关心关心我，教教我一些生活技能和做人做事的常识。他走后，我问奶奶："二爹怎么又走了，只在家待一会儿呀？"奶奶告诉我，二爹是回来开会的，统一住在县招待所。

第三次见二爹的时候，他终于可以回家和我们一起过年了，不用值班了。而且这时候他已经成家，是两个孩子的父亲了。

我们姊妹四个在前、后院子里玩得不亦乐乎，一会儿骑马，你追我赶；一会儿玩捉迷藏，东屋蹿西屋的只差上房揭瓦了。而二爹在厨房里也是忙得不亦乐乎，忙着做各种过年的食物，那一年是一家人员全到齐的一次过年！

---

* 作者简介：陈红琴，笔名"吴尘"，女，湖北籍人士，出生于 20 世纪 60 年代，毕业于师范院校，加入了中国共产党，工作期间自修汉语言文学专业，从事党的教育事业三十六年。现为当地作协会员。

第四次见着二爹的时候，我已经上师范一年了。暑假的一天，我一人在家做家务，二爹在爷爷的带领下来到我家，问了一些我学习上的情况，鼓励我要好好学习。这次见他，我第一次有了心疼的感觉。虽说爷爷是一头白发，父亲也是，可他们在我的记忆里一直都是。二爹不一样，他的乌黑乌黑的头发变成了花白，走路也没往常矫健了。过后爷爷告诉我，二爹是专门回来看我的。

再后来，听说二爹二妈都调到县政府工作了，可我在外地上班成家，回家的次数也有限了，只是过年聚会的时候见过几次，每次他总是微笑地看着大家，轻声细语地说些家常。

最令大家痛苦的是1995年的春天，那天我接到我妹妹的电话，她哭着说："姐，快请假回来，二爹出事了！"我想：出什么事？他那么一个正直的人能出什么事，难道是车祸？二妹告诉我："二爹突然去世了！"

好好的一个人，怎么说走就走了呢？我不相信这是真的！等我回来，走进县政府大院，看到大大小小的几排整齐的花圈，看到我二爹已经平躺在灵堂上，我眼泪立即止不住地流了下来，我双膝跪地，烧纸……接着就是许多我不认识的男女老少前来……我问三妈："他们是谁呀？是我们的亲戚？"三妈说："不是，是你二爹以前工作上帮助过的人来祭奠！"

晚上，我们在给二爹守灵的时候，议论二爹埋到哪里，是否火化。当时刚提倡火化，很多人不理解，包括我们，我们还执意想埋在奶奶墓地旁边，不埋到公墓去。二妈最后劝我们说："燕华的性格最听公家的，一辈子都按党的原则办事。要是他活着，他会怎么办？这一次也让他最后一次按党的原则办吧。"

出殡那天，襄阳市纪委书记亲自致追悼词，我不大懂政治，只记住了说我二爹为国家、为人民追回了多少公款之类的意思。之后，我辈几个大的护着二爹的遗像站在第一辆车上，缓缓前行，泪眼蒙眬，只见全城街道两旁站满了人，有的人竟然胸前佩戴白花，胳膊上戴着孝，目送灵车，灵车后面的一百多个花圈，好长好长……

烧头七的时候，二妈对三妹和大弟弟说："你们爸爸最后一个月的工资，就是他留给我们的唯一遗产了。"

二爹的去世，我们是瞒着70岁高龄的爷爷的，但出殡那天，虽然我们请了亲近的人陪着他，但他通过种种迹象猜到了原委，在陪护人的陪同下在街道边白发人送黑发人，两眼发红，其内心的痛楚可想而知！他的爱子走了，他的骄傲走了。他整整一天不言不语，不吃不喝……

对于二爹，我知之甚少，只知道他工作忙。刚开始知青下放，后安排在供销社上班，被调到派出所，历任所长、镇长、镇委书记……在深山老林一干就是二十七个春秋，后调到县政府任职。

对于他的先进事迹，也是在他去世之后才被宣传报道了出来，我也才得以更加全面地认识了我的二爹。第一次是在荆门游玩时，看到湖北省级党内刊物上登了一篇题为《一个光荣的共产党员》的文章。当时看到这个题目还不以为然，后来再看小标题"——记湖北南漳县纪委副书记陈燕华同志"，原来是写我二爹的；第二次是一个叫于济阳的记者写的《一位监察局长的离去》，1995 年登在《天怒》刊物上。原来我的二爹先后资助贫困家庭三十多个，失学儿童近四十名，每名四十元；在职期间，从不挪用公款；不以权谋私，当过水泥厂厂长，家里盖房子，也没往家里弄过什么物资；经常下基层调研，却很少报销往来车费，总想着是党培育了自己，自己就要为党工作，为人民奉献……那时候，作为局长，他生活俭朴，很少置办新衣服，就连出差开会都舍不得买套像样的衣服。人走了，单位上同事自发给他买了条高档领带和一件高级羊毛衫……

二爹，您是我们的骄傲，您是我们的榜样！当时我们以为我们的天塌了，经过了风风雨雨，我们坚强地走过来了，特别是您的女儿已经成长为一名优秀的公安民警，您的儿子已经成长为一名专家级医务工作者，您安息吧！

母　亲

高有兵[*]

　　水孕育了生命，滋养着一切生物，自古人类就择水而居。我们村也是中华大地上，无数个择水而居的村落中的一个。我们村位于江苏里下河的下官河中段，南起兴化昭阳镇，北至古镇沙沟。从我们村一直向南到兴化，有二十多千米的水面路程，现在交通发达，这点距离不算什么，但是在以船作为交通工具的年代，这是很长的一段路程，去一趟兴化总共需要一天。

　　父亲在1991年去世，那时母亲只有25岁，哥哥5岁，我3岁。很难想象母亲是哪来的勇气，在如此艰难的困境中一步步坚持过来。在那个面朝黄土背朝天的年代，人们还没有外出打工的概念，都是看着天的脸色，靠着各自的一亩三分地生活。对于那时候发生的一些事情我是没有任何记忆的，全部来自长辈和一些村里人的述说。一个女人在那样的年代是很难靠自己养活家族的，听说后来在母亲的姑姑的撮合下，母亲和隔壁村一个开帮船的男人组成了家庭。他每天开船往返于兴化和村子之间，相当于现在的班车。对方也有两个孩子，一个男孩，一个女孩，要大我们三四岁，并没有全部住在一起，这个我们喊了十几年爸爸的男人住到了我们家。这样的组合家庭是不被看好的，四个孩子的负担太重了。我们这边有父亲家族人的各种担心，那边也有着对方家人的各种顾忌。

　　过去是没有公路的，出行到兴化购置东西都需要坐船，船的行驶速度是很慢的，对于急性子的人是一种煎熬。二十几千米路程，总要行驶两小时才能到兴化，到了兴化也就算是进城了。哥哥早我两年上学，我在上学前一直跟母亲随船往返于兴化。其实那时还是没有印象的，真正的深刻记忆是从换了新船开始的，水泥船换成了要大很多的铁船。

　　新船还是大舅舅装修的，那时大舅舅还没有到北京打工，在我们村是一个出了名的木匠。新船非常漂亮，分上下结构，上面的船棚漆成黄色，阳光的照射加上玻璃的反光很是耀眼，和暗色船体形成鲜明的对比。上面分三部分，船头、船舱、船尾。船头是驾驶室，远远看去像一座灯塔，左右各一个推拉门，里面可以坐上三个人，在这里就可以控制着整条船行驶，在那时我认为这是相

---

　　[*] 作者简介：江苏省兴化市人，文学爱好者。

当神奇的事情。方向盘的右边是控制速度和前进后退的拨动杆，右上角有一根软管，软管另一半是喇叭，这边一吹就能发出清亮刺耳的声音，和现在汽车的喇叭是一样的作用。这声音对于上街和等待船靠码头的人是闹铃，然而对我来说，这清亮刺耳的声音成了母亲启航时的叮嘱，傍晚归来时的呼唤，因为码头就在学校的西边，我总是能清晰地听到。中间是船舱部分，早到的顾客总会找一个靠窗靠前的位置。在驾驶室的左侧有一个门，门下面是通向船舱底部的楼梯，中间是一人宽的过道，可以一直走到船尾，两边是用长长的木板搭成的座位。舱的顶棚是平行的，用来堆放顾客的各种货物，记得和表哥一起在货物中间玩耍过，玩累了躺下来看着蓝蓝的天空，云朵在不断地往后跑，缩短了分秒而过的时间，一会儿就到家了。船尾部分是居家的，两侧的门比驾驶室的门要大很多，中间是通向两边的过道，过道的前面是生活用品，左边放着一木筐，木筐里面放着炭炉子，木筐边上堆着一些蜂窝煤。右边是一个大水缸，那时还没有自来水，都是饮用河水，用吊桶打满撒上一些明矾起消毒作用。过道后面是上下两层隔开的，隔层下面是一个房间，说是房间，也就一张床一个床头柜的空间大小。隔层上面是吃饭的，客人多的时候会坐在隔层上，也只能是成年人坐着的高度，设计还是很合理的。隔层的后面是两台发动机。

　　班船一年四季春夏秋冬是没有休息的，除了春节那几天，每天的一来一去就是日出日落。母亲早晨会给我们做好早饭，赶紧开始自己一天的工作，然后我们自己吃好去上学。放学后我总是先跑到码头上看一看，有时收拾快了母亲就先回家了，带着一点点失落我就一口气地往家跑，很多时候母亲是还在船上的，我就等着母亲一起回去，母亲总会给我带一些吃的，相比同龄人，在吃的方面我是优于别人的，这也成了我一天中最快乐的时候。现在我也会经常带一些吃的给女儿，哪怕随手拿的一颗糖，看到女儿兴奋得手舞足蹈的样子，我会很释然，也许对于母亲来说，分别了一天的情感也是如此吧。放假的时候我总会缠着母亲把我带上街，哥哥倒不是很乐意，也许是因为这样他就没有了自己的好玩伴吧。渐渐长大后童年的快乐已经不再，我发现母亲每天工作是很辛苦的，母亲常年扎着头巾只露出一张脸。冬天是最折磨人的，船面上的水汽会结成冰，窄窄的班船是最容易出事的，母亲有一次就连人带炭炉子一起掉河里了，冬天都穿得很多，冰冷的河水，在当时很容易淹死，哪怕是会游泳的人。早晨启航时母亲要先拔起码头上的锚，然后一脚站在船上一脚撑着地，把全部的力气用在两条腿上把船撑动，再拿起长长的篙子，用篙头的铁叉插到河里把船撑离码头搁浅的地方。通常篙上都有一层厚厚的白霜，用人体的温度把霜化开，冰冷的空气会迅速把手牢牢地粘在篙上。轰隆隆的发动机强劲而有力，会灵活调转船头驶向目的地，母亲一般等船驶过了平旺湖就开始到船舱收票，然后看看炭炉子，打开下面的风门让火旺起来，顾客的茶水量是很大的，需要让炭炉子一直烧水。行驶中很怕遇到水草，水草的出现会影响行驶速度，还有可能会把船翼缠住。河道里常见的是一种叫作水花生的植物。远远地看到水草，母亲会从驾驶室跑出来，从舱棚上快速地抽出篙子，用篙头的铁叉对准前方的水草，仿佛这是母亲最厉害的武器。把水草撑开分到两边是需要技术和力气并用的，母亲会沉下身体半蹲着，篙头尽量平行地向前伸出去，准确地将篙子插到水草最密的地方，利用船身做支点，快速用力把水草推开去，常年的动作早已娴熟，倒成了身体的习惯。到了兴化的码头，母亲会早早站到船头，靠把准备好放在手边，防止船头和码头水泥堤面的碰撞，也要注意防止船的两边碰撞到别的船，靠边以后母亲一手提着锚快速地跨上码头带上锚，水位浅的话还要搭上沉重的跳板让顾客下船。顾客走后，母亲开始打扫卫生然后去准备做饭，这就算是半天的工作结束了。到了下午，上街办事购物的顾客开始回来了，母亲就招呼顾客，安排顾客的货物堆放，等待着到时间起锚回航，班船的出发时间是定点的，很少会迟到。回到村里顾客走完，母亲就开始清理顾客留下的垃圾，最后算好账准备好明天的找零就算一天结束了，这就是母亲的一天。

2000 年以后农村基础建设、道路建设在整体推进，渐渐地公路通了，公交车的出现减少了人们上街乘坐交通工具的时间，一天里也多了很多的班次，方便人们的出行。班船的生意一天不如一天，家里就将船卖了，我不知道母亲他们最后一天的班船是如何度过的，伴随着那一代人的出行方式消失在社会发展的潮流中，消失得无影无踪。后来母亲和继父一起到了北京姨夫的工地打工，在北京渐渐出现了各种生活摩擦，他们吵来吵去，终究和平分开了，结束了十几年相扶相持的生活，任何人都没有权利去评价这段生活的好与坏，只有母亲他们两个人各自感悟。

二十几年过去了，我知道这些都成了过去的回忆，母亲也在日出日落的岁月中慢慢变老，身体已有些臃肿，她总是穿得比别人要多一点，就连跟着母亲生活的小侄子也较别人穿得要厚重一些。如今我一年也回去不了几次，算算一年下来一个月的时间也没有。学校早已改成了村部办公室，西边早晚繁忙的码头已变成了砂石堆，村子的老房子已经消失得差不多了，北面的农田矗立起一幢幢漂亮的别墅，道路在不断变宽，各式各样的汽车停满道路的两旁，城乡之间的公交也统一由市里交通公司运营了，河道偶有船只走过，已没有了昔日的繁忙。唯有那下官河的水从来没有变，像人体的血液，在静静地流淌着，孕育着河边一代又一代的人……

怀念父亲

刘金元 *

每年的清明节和中元节是我心情最沉重的时候，也是我想念父亲最深的时候！

我不是父亲亲生的，我一岁多的时候随母亲嫁过来，他们的结婚照里都有我。但我无法用"继父"这个词来写我的父亲，我觉得那是一种亵渎，那是对父亲极为不公的称谓，我对他无可挑剔，能遇到我的父亲，我觉得是上天对我这个可怜的孩子最大的恩赐。

父亲是一个地地道道的农民，曾经当过兵，在部队的炊事班当班长，这也许就是父亲一直掌勺的原因吧。父亲只读过小学，却写得一手好字，年轻时在村上当民兵营长，后来在村上当组长，他为人耿直，正直无私，村民亲切地叫他"山爷"，我看过父亲当兵时的照片，超级帅气，大大的双眼皮，方正的国字脸，戴着军帽，就像电影明星。

其实从我懂事起就知道我不是父亲亲生的，我甚至有点嫉妒弟弟，为什么他是亲生的而我不是，幸运的是，父亲从未看轻我，给了我满满的父爱。

记得读初中时，我在镇上读书，有 8 千米的路程，每天骑自行车去上学，那时候去学校的马路有一段必经之路在修建，路上堆着很高的黄泥，特别是下雨天人走路鞋都要陷进去很深，我个子小无法将自行车推过去，每次下雨天父亲早早地就和我一起出门，帮我把自行车扛过去，下午放学回家时，父亲撑着伞又早早地在那堆黄泥那里等我，然后又把自行车扛过去一起回家，每每在黄昏的雨天远远看见父亲撑着伞站在那堆黄泥处等我时，我就觉得那是世界上最美的画面，内心暖暖的，很幸福，很感动。

还记得我 16 岁那年，我的脸上长了很多的青春痘，很着急，偶尔看见电视里打广告的"可蒙"面霜可以祛痘。有一次父亲要去镇上赶集，我就和父亲说我想买这种面霜，要他带回来，被母亲听到了，母亲当时就河东狮吼起来："哪

---

* 作者简介：刘金元，女，大专学历，文学爱好者，株洲市爱心公益协会创始人之一，株洲爱心公益协会副会长，翰墨百家诗词会会员。深圳市澳林森化工科技有限公司总负责人。爱好阅读、写作、书法、唱歌、运动。

有这么多闲钱买这种东西，不出去赚钱，就只知道花钱。"在那个年代，"可蒙"面霜要 16 元一瓶，还是很贵的，那是有钱人消费的，对于一个普通的农村家庭来讲是消费不起的。我很沮丧，觉得这个面霜肯定是泡汤了，中午的时候，父亲回来了，我还在房间生气，父亲走到房间递给我一个盒子，说："妹子，看是不是这个擦脸的?"我一看是"可蒙"面霜，我一下子蹦了起来，就是这个! 就是这个! 我开心得不得了! 可是父亲却因为这件事经常被母亲念叨，他们一争吵母亲就说这件事，说我爸乱花钱，就知道惯着我。我有时候甚至会有错觉，我是父亲亲生的，母亲才是后娘。虽然这只是 16 元的事情，却是我终生最昂贵的记忆。

满满的父爱陪伴着我一路成长，记得我去县城念高中的时候是父亲送我去的，当时农村的被子都是缝的，没有被套，父亲送我到学校的时候买来了针线，用他长满老茧的手一针一线把被子缝起来，虽然缝得不整齐，但是我觉得那床被子是我睡过最暖和的被子。

时光飞逝，转眼我成家立业了，忙于事业和家庭，对双亲少了很多的关注和关心，这也是我最愧疚的地方。2010 年 6 月的一个晚上，弟弟给我打来电话，说父亲查出肺癌晚期，已经到了人生的倒计时，这个消息犹如晴天霹雳，我无法接受这个事实，在家哭了整整一晚上。第二天就回到父亲身边，因为我们对父亲隐瞒了病情，父亲看到我回家很开心，还安慰我说："妹子，我是小毛病，不用担心，吃点药打点针就好了!"背着父亲我和弟弟哭得天昏地暗，商量着就是倾家荡产也要为父亲治病，我和弟弟一起承担父亲的治疗费用。因为父亲有一个肺全部碳化了，另外一个也只有 1/4 是好的，并且癌细胞把气管包围了，无法手术，只能保守治疗，我们为父亲买了最贵的中药治疗，把他的 X 光片发给很多权威专家和医院，希望有奇迹告诉我们父亲可以康复，可是所有的回复都惊人一致，患者最多能活半年。全家人都接近崩溃，但是在父亲面前还要装作若无其事，那种精神折磨真的是无法用言语来表达。我把父亲带回深圳，珍惜和他在一起的每分每秒。因为他咳血，父亲看到血情绪就会很低落，像个无助的孩子那样落寞，我的心就像针扎一样疼，我每天都带他去打进口止血针，为他熬药，但是还是不能完全止血，时有时无。父亲坚决不打了，他说又不是很有效果，还要几百元一针，他心疼我为他花钱、为他操心。父亲住了一个月坚决要回去，他说想家了，看见父亲焦躁的模样，虽然万般不舍还是同意弟媳来接他回家，走的时候父亲哭了，那是我生平第一次看到父亲哭，他可能冥冥中感觉到什么了，他说："不知道还有没有机会再来深圳!"我们父女俩抱头痛哭，我安慰父亲一定会好起来的，现在医学技术这么发达，我们倾其所有都会为他治病，让他不要有后顾之忧。然而，父亲那一次真的就是最后一次来深圳。

父亲回湖南后，我就奔波在深圳和湖南之间，因为中药治疗没有什么效果，就到医院进行放化疗的保守治疗，无论我们怎样精心照料和治疗，都没有留住父亲，父亲于 2010 年 12 月 19 日带着病痛的折磨和对这个家的无限眷恋永远地离开了，看着被放化疗折磨得只剩下皮包骨的父亲的尸体，我哭得几度昏厥，我和父亲这辈子的父女缘分在刹那间戛然而止，留下的只有撕心裂肺的怀念。

这么多年过去了，每每站在父亲的坟前，心还是那样地疼，还是那样地不舍，满腹的话想说却什么都说不出来。父亲啊，如果有来世，当我上了奈何桥，我绝不喝孟婆汤，我愿意跳进忘川河，忍受油煎火炙，为的就是找到您，投胎再做您的女儿，再做您一辈子的"小棉袄"。

致儿子——生命精彩，无限可能

刘昭辉 *

亲爱的儿子：

你好！

一晃你就 15 岁了。一转眼，你就从记忆中蹒跚学步的小宝贝变成了壮壮实实的小伙子了！由于爸爸的工作性质，陪伴你的时间太少，爸爸很抱歉让你孤单地成长了这么多年。但我的心里，最牵挂的仍然是你。借这次老师建议家长给孩子写信交流的机会，爸爸有些话想对你说说。

琴剑，前段时间，你有过厌学的想法，这让我很震惊和自责。震惊你有了这样的想法，自责于对你的心灵成长关心不够，是我失职了。经过和你的沟通，一起对文凭、自由、个人爱好以及社会等方面进行了探讨交流。

在较早的古代，人才选拔通道被门阀士族把持垄断，平民百姓的子弟基本没有被提拔重用的机会。后来进步到科举制，普通人家的子弟才有了读书改变命运的机会，但很多家庭条件差的，大部分还是读不起书。千百年后，就连我们小时候，都还有很多同学因为家庭穷困和家长观念落后，小学读完就辍学了。现在我们国家实行义务教育制度和高考制度，才让所有家庭的子女有了读书求学的机会。文凭不是成功的唯一条件，也不是生存的必要条件，但就目前的教育和选才制度来说，读书和高考，对我等普通人家而言，是最公平的竞争制度和成才机会。庆幸你生在这个好时代，望你珍惜这种机会。多读书，以后你的日子绝对会过得容易些。

你说你喜欢自由，说明你长大了，有了独立的思想。爸爸高兴之余也有担忧：

比如，同样是周游世界，有些人成了流浪汉，衣不蔽体食不果腹，而有些人成了旅行家，写了传世的佳作，优美的游记。

比如，同样是喜欢开车，有些人成了危害社会的飙车党，有人成了专业赛车手夺了冠军……

所以，在这个差异之间，我觉得是容易把业余爱好和真正的特长搞混的。

---

* 作者简介：刘昭辉，男，汉，48 岁，建筑工程师，文学爱好者。

认识分清自己真正的特长和业余爱好，找准发展方向，明确目标，才是更好的成长道路。如果还没有明白自己的发展方向，没有关系，不要感到焦虑和迷茫，静下心来，把基础知识学扎实，到一定阶段，你自然会知道自己想往哪方面发展。"读万卷书，不如行万里路"，这是说，实践比书本理论知识更重要。但从另一个角度来看，没有知识底蕴的行万里路，只是一场无效的散步，对自身的提升是非常有限的。琴剑，以你现在的知识储备，如果想去认识这个世界和踏足这个社会，肯定是会走很多弯路的，对你的成长和成才是有弊无利的。

爸爸给你讲一个小故事吧。一位将军在红军长征时，为了掩护一位女战士生孩子，命令部队阻击敌人追兵。牺牲了不少战士。有些人不理解，责问他，为了生一个小孩，牺牲这么多战士，值得吗？将军回答道："我们所信仰所奋斗的一切，不都是为了孩子们的幸福生活吗？"这个故事，让我很震撼，也印象很深，感触很深。我的理解是，这种精神，是一种爱的传承，更是对生命、对人类的最高赞美和守护。

一颗渺小的种子，会长成参天大树；而一个幼小的生命，会神奇地成长为了不起的人，成为各行各业的精英。爸爸想对你说，我期待的不是你活成我要的款式，而是活成你想成为的样子，平凡或非凡不重要，重要的是，你认真努力过，将来才不会后悔。将来成为一个有担当的人，给社会创造价值，过得快乐幸福，我会为你骄傲，为你点赞！

儿子，我不能给你规划人生，也不能让你放任自流。我不能对你拔苗助长，也不能让你做温室里的花朵。我知道，读书这个任务挺辛苦。说实话，当爹这个职业也不容易啊，哈哈哈哈……感谢你在我生命里出现，让我学着做一个父亲。有时好想时光倒流啊！以前做得不好的地方，请多包涵，今后做得不好的地方，请坦诚说出，有什么心里话，请跟老爸说。让我们珍惜永远的父子之缘，共同成长。

儿子，你的生命，有无限可能。你的绽放，自有花期！

我唯一能做的——耐心守护，静待花开！

共勉。

2018 年 11 月 9 日父笔

老爸老妈的幸福生活

宋艳秋 *

如果命运是世界上最烂的编剧，你就要争取做自己人生最好的演员。

当你有一天回首往事的时候，你会觉得那些奋斗的岁月是你一生的精华。

这是当教师的老爸送给我的人生金句，也是他人生的感言。

老爸今年 86 岁，老妈 88 岁，他俩慈眉善目，身体硬朗。家里经常欢声笑语，村里人很是羡慕。

老爸老妈能拥有今天的幸福生活和他们当年的付出是分不开的。

父母一辈子养育了 9 个孩子，在当时缺吃少穿的年代，抚养这么多孩子是很艰辛的。

父母对我们非常疼爱，尤其是在教育孩子这方面尤为突出。

父母是智慧的，父亲是名教书匠，在那个年代，工资很低。但老爸坚信知识能改变命运，再苦也不能苦了孩子，到了入学年龄就必须上学。我们姐妹 8 人学历最低的是初中，小弟是大学生。比起同龄人的大字不识，我们是很幸福的。

小时候的一件事，让我至今记忆犹新。

记得在我小升初的时候，我破天荒考了个全公社第五名。父母欢喜得不得了，决定星期天带我和妹妹去县城看电影。

星期天早上，爸爸便骑着自行车带着我和妹妹出发了。

来到电影院，爸爸买了票，给我和妹妹找好了座位，他自己却没买票。他说他要去二姑家坐坐，二姑最近身体不大好。并再三交代我们一定不要离开座位，一定要等他回来。我们忙着看电影便不住地点头应着。

电影很精彩，可电影都放完了，爸爸还没回来。

我们急了，随着拥挤的人群，我们走出了电影院。

可往哪条路走啊！我们忘了回家的路。我自作聪明地说往人多的地方走，边走边迎爸爸。结果背道而驰。最后我和妹妹急得哭了起来，我们走丢了，找

---

* 作者简介：宋艳秋，从小酷爱文学，也曾在青春年少时参加了写作函授，老师也给予推荐。尔后也发表了几篇文章。

不着家了。

正哭着，我听到一个熟悉的声音急切地喊着我和妹妹的名字，我转身一看，是爸爸。"爸爸，爸爸……"我们欣喜若狂。爸爸也发现了我们，他示意我们不要动，路上车辆太多，站在原地不要动。

爸爸气喘吁吁地说终于找到了。妹妹一个劲儿地告我状，我没吱声，的确是我的错。爸爸说："找到就好了！"爸爸说他到电影院时已经散场了，他拔腿就往电影院跑，结果空无一人。他慌了，边跑边喊，找了好几条路也没找到。现在终于找到了，都怪爸爸不经常带你们出来玩。

爸爸从口袋掏出来糖果递给我和妹妹，"真好吃"，我们破涕为笑。我递给爸爸一颗，爸爸说他最不喜欢吃糖了，我就相信了。

回到家后，爸爸被妈妈狠狠地批评了一顿。说省那几毛钱干啥，小孩差点丢了。我们都知道爸爸最抠了。

第二天妈妈给我扯了块花布，做了一身新衣服留着开学穿，我当时甭提有多高兴了，就跟中了大奖一样。

父母很勤劳。每天早上4点多母亲就起来了，家里人口多，吃饭是大事。一大早妈妈便煮好了一大锅豆沫糊涂①，是用草锅②烧的。在当时，这样的饭菜已是很不错了，我们百吃不厌，那浓浓的豆香味至今仍让我回味无穷。

家里开支大，父亲这点工资，加上妈妈在生产队干农活挣的工分以及姐姐们割牛草挣的工分是远远不够的。虽说亲戚也接济不少，可那个年代家家都穷。父亲便带领我们姐妹几个搞起了家庭副业打草包。草包是双层的，里面装泥沙是为了打海堤③用的。每次卖草包数我们家卖得最多，我们经常加班加点。再后来老爸又搞起了水貂养殖，特别忙。脏活累活都是老爸干。我经常看到老爸晚上一边备课一边打盹儿，他怎么能不累呢？

最苦最累的要数推磨了，我最害怕推磨了，我们家三天两头就要推磨。

我们这地方家家户户都吃煎饼，一天三顿。那时没有面粉，就把干麦子泡好洗净，通过推磨加工成水糊状的面粉，再烙成煎饼，费时费力，妈妈经常累得腰酸背疼。

推磨一般都在夜里干，又困又累还冷。我也推过几次，可推着推着我就睡着了，磨棍掉了下来，糊子溅了一地……

---

① 豆沫糊涂：打磨的黄豆还有大米加工成细粉，放在锅里煮，再加点盐巴。

② 草锅：农村支的锅台上面有锅洞放锅，地下放草烧。

③ 打海堤：为了加固在海边打堤。

我不得不佩服母亲的毅力，她竟然推了几十年磨，烙了几十年的煎饼。听姐姐说母亲多次刚生完产没几天就开始推磨了，我们都埋怨她太不爱惜自己身体了，她说哪能眼瞅着一家老小喝西北风啊！

父母的养育之恩无法用语言表达……

家和万事兴，百善孝为先。父母一天天地老去，为了不让他们的人生留下遗憾。我们应当多抽出时间去看望他们，让他们知道，虽然我们已经长大，但并未走远。多带他们出去走走，欣赏人世间的美景。更要多和他们交流，让他们知道他们的生活我们也会成全。而不仅仅是只有如果……

其实，父母与子女之间，就是一场因爱成就的彼此成全。

献给可爱的人

王思媛 *

谨以此文献给那些童年不幸的孩子，希望听了她故事的人都可以得到治愈。

她叫向暖，出生在三伏天，在她一岁之前，她爸妈还没离婚，她和母亲都生活在她的生父那里。

随着她的出生，家里的开销越来越大，她从小就营养不良，体弱多病，瘦瘦弱弱的。后来她听外婆说，她妈当时是嫌弃她的生父没本事养活她们娘俩才跟他离婚的。很久以后，向暖长大了一些，每每想起这一点，多少有些埋怨她妈，她好想质问妈妈，既然嫌弃他这么没出息，当初又为什么选择在一起？再后来，向暖就有些懂了，不是不愿意，而是不能。一个没有结过婚，不，准确来说，是一个没有拥有过孩子的人永远也理解不了妈妈对孩子的爱，那被称之为伟大的母爱。

在向暖的回忆里，外婆是这样说的："你姨妈当时一直想要个孩子，她和你姨父两个人干着急，奈何一直没要上，你妈那时候刚离婚，身无分文还带着你，你姨妈当时就跟你妈商量把你交给他们夫妇俩抚养，你妈舍不得你，毕竟是从自己身上掉下来的肉，就没答应。"在准备离婚的那段时间，她妈不忍心她继续留在那个穷困潦倒的地方，便和她的生父争夺抚养权，最后因为生父没能力抚养她而胜诉，就这样，她们从此相依为命。

慢慢地，向暖又长大了一些，花销更大了。她妈就出去打工，把她托付给外公和外婆照顾，她的大半个童年都是和这两位老人一起度过的，我想可能无论谁都没办法和她感同身受，她的外公外婆，两个年近七八十的老人，治愈了她不幸的童年。

那时候，乡下一对夫妇开了个私人幼儿园，外公和外婆就把她送进去上学。她小时候对语言很敏感，老师教的英语单词，总能记得清清楚楚，每天放学后，外公背着向暖，邻居爷爷背着自己的孙女，向暖趴在外公背上，乌拉乌拉地说

* 作者简介：王思媛，2002 年 7 月 22 日出生，女，汉，陕西省渭南市白水县人，现就读于扬州大学广陵学院英语专业，是谦虚谨慎静默低调而又爱党爱国的社会主义好青年。曾获"圣陶杯"全国作文大赛三等奖，"汶川地震十周年"征文大赛一等奖以及"新时代好青年"征文大赛一等奖等多项奖项。

英语单词，邻居爷爷就会问向暖外公："栓子，暖暖一放学怎么说个不停，我这孙女一句话也憋不出，你这孩子还真是聪明啊。""孩子打小就爱这样，回了家嘴里也说个不停。"向暖听她妈说她小时候总是用右手写反的"2"，她妈打了她手背好多次也没有改过来，也不知道是何种缘故，后来她外公手把手地一笔一画教她，她才好不容易学会的。

向暖对于小时候住在外公家的那段记忆是比较清楚的，再后来她妈再嫁，刚到新家庭的记忆却很模糊。犹记得，那天放了学回到外公家，天微微暗了，每每睡觉前她都要吃点东西垫巴垫巴，这天也不例外，外婆给她热了娃娃头高钙奶粉，泡了几片饼干，吃了一碗还意犹未尽，耍着小孩子脾气，一种说不清道不明的情绪在心中晕染开来，可能是不大好意思说的缘故吧，第二天就跟外婆和外公闹脾气。每次一闹脾气，嘴上就会说着要回去找自家妈，扬言再也不要来了，大抵她这人是真的从小性格不太好，也不排除那时候小孩不懂事，才在后来的每一年里，就像是慢慢地，循规蹈矩地长大一样，她渐渐领会了这些行为给她后来的心理上所带来的巨大压迫感以及前所未有的尴尬不适。

那年的春节聚餐上，向暖的外婆从始至终都没搭理过她，对着姨家、舅家的哥哥姐姐们嘘寒问暖，她感觉到很委屈。那时候她真的是个自私的小孩，从来不考虑他们的感受，又任性又执拗，向暖想："如果还有机会重来，我一定会懂事一点，听话一点，不那么让人生气就好了。"直到后来，她还经常会去外公外婆家待，就像寒暑假，肯定是都要去的，那种已经刻进骨子的联系是无法淡去的。这就是成长带来的思想成熟，她也渐渐懂得了什么是隔阂，人与人之间产生隔阂是不可避免的，但这却需要尽心尽力去打破，更需要毫无保留地倾诉。

后来她便释怀了，见过太多的生离死别和牵挂思念，自然而然就不再多想那些事儿了。我想，她大抵是个矛盾体，一边渴望着得到来自四面八方的爱，一边又想着哪天突然没人爱自己了，没有什么比从小和慈祥的外公外婆生活在一起更幸福的了吧，老人可以治愈小孩子不幸的童年，甚至可以给予他们超然的爱。晚上和他们一起睡，早上外婆每天都会给她蒸鸡蛋，每天早上吃着加了生抽和香油的蒸蛋时，就会觉得自己一定是这世界上最幸福的人了吧。晚上向暖会和他们看电视剧，有时候外公还会陪她看动画片，她的外公其实是个很严肃的人，可在这种欢乐的气氛下，他也难以遮掩内心的愉悦。

那时候向暖喜欢和村子里的孩子疯玩，经常玩得忘记回家的时间，外婆就会站在石桥上拉着长长的声喊她吃饭，那一声一声的"暖暖——暖暖——"，那是她再也回不去的童年。

7岁以后，向暖就跟随她妈来到了现在的家庭，她的新父亲也有一个孩子，后来又添了一个孩子，是她的妹妹。向暖刚来这个家庭的时候，对他们要多排斥有多排斥。她妈结婚那天，很美，小小的暖暖在心里默默地祝福着她。她希望这是一个很好的开始，在婚礼上，她被要求喊新爸爸，新爸爸的女儿，也就是她的姐姐不准她喊，她们俩当时就在婚礼上大打了起来，可能这是她们孽缘的开始吧。渐渐地，向暖慢慢长大了，她和她的家人们天各一方，上了大学以后，日子渐渐忙了起来，她还是会记得每隔几天给他们打个电话，聊聊这几天的事情，她也在这样按部就班的生活中慢慢成熟了起来。

让向暖崩溃的是，在高考前外公查出来患了胃癌，还好是早期，发现得早。在那段最紧张忙碌的日子里，没有人告诉向暖，更没有人告诉她妈，为了能让她保持正常的心情参加高考，他们一直瞒着向暖。在她听到消息后，便马不停蹄地赶回了老家，向暖一进门，没控制好情绪，"哇"的一声，甚至都没法完整地喊一声"外公"，当她断断续续地说完后，这个年近半百的老人也湿了眼眶。我不知道有没有人能够和向暖感同身受，那种感受根本无法说明。她几乎一整个暑假都在外公家陪着外公，刚开始会问外公一些做化疗的事情，当他说医生给他左胸腔插了根管子时，她实在心疼得受不了，便转过头悄悄地抹泪，她害怕外公看到她哭会唠叨她。她外公在说起病情的时候，脸上总是一片云淡风轻，就好像他已经做好面对任何结果的准备。再后来，外公情况好转一些，她便去上大学了，刚到学校安顿好，就给外公发了视频，她给外公讲学校的事情，带着视频里的他在校园里到处转，给他看校园的建筑以及荡漾的湖水，外公不厌其烦地提醒她按时吃饭，在外面一定要照顾好自己的身体。其实我知道，大概每个人的家人在他出远门时都会这样叮嘱，说的也不过都是这么几句话，可是我觉得对于向暖来说那几句家常话绝非一般。

向暖回忆她那段时间生病，发了高烧，当时新冠肺炎疫情形势很严峻，担惊受怕了一整天，熬了一天，第二天还是没忍住给外公打电话，电话里头，外公一句句的安慰让她更加委屈和难受，这大概就是不能见面的无奈，当时向暖站在荷花池的桥头，哭得身子不停抽动，她那时候就在想，自己大概真的是个离不开大人的小孩吧。后来室友陪她去了市区的医院，挂上点滴不久，外公电话打过来问她的情况，她不大记得外公说了什么，只记得他说了好长时间，挂了电话后，坐在空荡的隔离室里，失声痛哭。

我想，这大概就是远离家乡后难以言喻的苦楚吧。当一个人踏上远离家乡的路时，就说明在身后的路上有牵挂你的人和你牵挂的人。这是发生在我身边的真实的故事，是我的一个陪伴了我十多年的朋友，希望看到我这篇文章的朋友能够和她一样，不管你再怎么任性，也可以一直牵挂着并且被牵挂着，有人爱着。

天使的依恋

谢晓霞 *

北风呼啸的一个冬天，她被一个善良而淳朴的女人带到这个世界。和小猫小狗无异，这世间多了一个会呼吸的弱小动物。她不知道自己的出生带给母亲什么样的感受，欣喜满意？怅然若失？还是平淡无奇？那时无从得知，后来才明白，带给母亲的是身心的劳累与辛苦。

她出生一个月后，母亲为了生计需要出去工作，她就被放在家里一个方正的小土炕上，从此，她学会了等待，等待妈妈上班中途赶回家喂自己吃奶。每当母亲风风火火进门，匆匆洗洗刚摘完辣椒的双手将自己抱在怀里时，她觉得眼前有太阳、有月亮、有星星。依偎在母亲温热的怀里，贪婪地吮吸着香甜的乳汁，她黑豆似的亮眼睛时不时看看母亲，母亲也正温柔地凝视着自己，大抵最幸福的画面就是这一幕吧。父亲母亲都说自己很乖，因为每每回家来看护她，她几乎都是睡着的模样，可不是吗？兴许哭得累了睡一会儿，醒来后，又哭着找人，找不到，百无聊赖又睡着。只有那平柜上一架古老的座钟嘀嗒嘀嗒应和着她的哭声，嘀嗒嘀嗒陪伴着她进入梦乡。这个婴孩是不是连做梦都在寻找人的身影？

几个月后，她学会坐的本领，父亲匆匆上班，出门前，将她周身围了一圈高高的枕头之类的物件，用来遮挡，生怕没人时，她掉到地上。她的确很乖。父亲上班中途不放心，赶回小院，在窗外的台阶上，用双手搭在额头紧贴玻璃窗向屋里探望。这玻璃上映出父亲高大的身影，令她开心万分！她看到父亲的脸，她看到父亲望过来的眼睛，于是，围坐在被子里的她——笑了，一双黑亮清澈的眼睛里含着喜悦的泪水。父亲冲她挥挥手，笑一笑，嘴里发出几声哄逗的"哦、哦"，然后说，"爸爸得去上班了"。她能听懂吗？她听不懂吧！她看到父亲的身影从窗外消失，她便双眼向左望向家门，以为父亲就要开门进来，拥抱她，亲吻她，她看了又看，等了又等……屋里又恢复了平静。她靠在围挡

---

* 作者简介：谢晓霞，女，1976 年生，中文专业，教育工作者，国家二级心理咨询师，喜欢用文字记录生活点滴，代表作长篇小说《若兰溪》，散文《月满中秋》《秋天的童话》等。人生信条：相信相信的力量，人生处处皆风景。

的枕头上沉沉睡去。

又过了几个月，她学会了爬。大她七岁的姐姐领了父母下达的一个任务：照看妹妹。那个年代，家家户户的父母忙于维持一家子生计，不是务工就是农作，大孩照看小孩，成了无形中的统一模式。

小土炕已不再满足她的世界，她要探究更大的方寸之地。她的姐姐，本是天真烂漫、结伴玩耍的年纪，却不得不守在屋里，守在妹妹身边。

这一天，母亲刚做好午饭，生产队的喇叭喊村民开会，母亲将她交给大女儿，和邻居一同去了队里。姐姐给她盖好小花被，一边给她哼儿歌，一边用小手轻轻拍着她的胳膊。院墙外小伙伴们热闹欢腾的嬉笑，像百灵鸟的声音不断传入姐姐耳窝。姐姐眼巴巴地趴在她脸侧，心里默念：小妹妹，快点睡着吧。边想边开始用小手由上至下抚盖妹妹眼皮，一遍又一遍，她以为姐姐在和她做游戏，双眼睁开闭上，闭上又睁开，反反复复，终是累了，渐渐睡着。姐姐长吁一口气，轻轻下了小土炕，又轻轻掩上房门，走到院子，迅疾飞奔到大门外，加入了小伙伴的游戏里。

她很快便醒来，屋里依旧安静，她躺着看不到姐姐，她翻身坐起看不到姐姐，她试探着向炕沿边爬，她见过家人们都是从这个地方离开小土炕的。爬到炕沿边上，她一动不动，她看不到姐姐，她看到了地上有一个矮的木头板凳，上边铺着的一大块碎花色布垫吸引了她的目光，她伸出小手想抓一抓，她高估了自己的能力，布垫没抓着，她将自己摔到了地板上。她被自己发出"扑通"的一声巨响吓了一跳！以至于忘了摔下来的疼痛。她东张西望，没有了小枕头，没有了小花被，她来到了一个全新的地方，她笑了，憨憨地笑了。她坐起来，身边就是那张花布垫，她用小手拉扯着看了又看，她又捏一捏自己身上的花棉衣，有点像，嗯，花色真的很像。

她扭头看到了一个小门，这是母亲常进出的地方，她不由分说地爬过去，一步一步，不紧不慢，门是开着的，她爬了进去。好陌生，一进门的左侧是一堆黑乎乎的东西，她有些不知所措，她向右爬去，爬了三五步，手心冰凉凉，她沾到了地板上一大摊水，她后退着爬几步，脚碰到了门框，小门慢悠悠合了回去。好黑呀，她害怕。继续向左爬去，爬上了那堆黑乎乎的东西，有些硬，有些冷。她看到灶膛口闪着忽明忽暗火红的亮光，她爬过去，伸出手抓握搭在上边的柴火，抓一根，扯一截，她感觉到了温暖，摆弄了一阵，她看到自己的手变了颜色，双手由白变黑，她疑惑地挠了挠头，不知道自己在哪儿，不知道母亲为什么愿意来这儿，而此刻却还未出现。她急得哭了几声，没有人应答的哭声，除了证明自己害怕，什么作用也没有。爬累了，哭累了，她伏在灶台边的炭堆上慢慢睡着了，眼泪流过她粘了煤灰的脸颊，淌出几道灰白泪痕。睡梦中，她觉得好闷热，觉得有些难受，有些惊恐，她想念母亲，想去找母亲，但她没有力气再爬，她想哭却发不出任何声音，觉得自己越来越轻盈，她在梦幻般的红色光晕中看到了母亲，母亲正微笑着向她走来，母亲伸开着双臂要拥抱她，她闻到了一阵浓郁的奶香，湿润的、甜蜜的，令人充满依恋……

爱情之花

错 过

冯玉郎 *

从前，冯圩庄的庄圩上有很多大橡树，还有百日红、合欢塔松、茶叶树等各种花木，环境非常优美，引来了百余种鸟类来冯圩筑巢，每棵树上几乎都有鸟巢，人与自然非常融洽。

后来，冯圩的大橡树被伐光了，生态环境遭到破坏，鸟类平静的生活从此被打破了。现在的冯圩栽种的都是一些矮小的观赏花木，不适合鸟类筑巢。

冯圩庄，我的家乡，我见证着它的岁月变迁，它亦见证着我的成长、成家、立业。

1963 年的春天，有朋友给我介绍女友。但当时家庭穷困，我良心过意不去，不想拖累别人，就都推辞了。接着朋友又替我介绍了一人，虽说人很平常，但很称我心意。我也去过她家，她没有母亲，家里有父亲、哥哥、嫂子、姐姐等人，我在她家过了一宿，全家人对我非常热情，第二天我就回来了。回家后我就反思了自己，我家贫困，而严家条件较好。如果嫁到我家后受苦受累，那可如何是好，而且我也不愿让她来承担这些困苦。为了改善家庭经济条件，也为了能担起养家的重任，我离开了她，开始外出寻求出路。但经过近四个月的探索，我未能找到满意的赚钱路径。因此内心歉疚又悲愤，故赋词一首。

> 匆匆相识，匆匆离别。水深鱼沉何处问，雁不传尺素。悠悠四十载，心如刀割。四十二载又相识，鬓发已白。沉思往事，犹如梦里？天未老，人未偶。将此恨，对谁诉说。

忽而想起因不能及时传信，我们彼此错过的遗憾。

随水浮萍定居无，鸿雁无能传素书。沭沂不知我心意，怕误春时择巢居。

1964 年春，她同我在沭阳剧院看了一场京剧《杨家将》，戏没看完她便不

---

* 作者简介：1941 年生，江苏省宿迁市沭阳县人，笔名"月仙"。原在南京水利厅工作，1963 年被公社安排在综合厂搞业务，因不适合这份工作于 1964 年离开。喜欢绘画、写日记。

看了。当晚在光荣旅社住下了，第二天各自回家。回到家后我开始思考，为了她过门后能过幸福的日子，我决定奔走东北三省，便在当年五月离开了沂，寻找出路。因她不理解我的心思，认为我抛弃了她，便在当年离开了我。这并不怪她，因当时我是随水浮萍，无固定地址，鸿雁无递，绿衣无门。等我得知她已结婚的消息，我也非常悔恨，我也多次想去找她，把经过当面说清楚，但又不想去破坏她的幸福，只有自己承受着这份痛苦。我痴痴地等了十个年头，直至 1972 年才结了婚。有些人，真的，一旦错过就是一辈子。内心的遗憾久久无法散去，故赋词两首。

其一

六四三月，絮飞蝶舞，伊人初识，戏观杨女，半场夭折。光荣之旅，情思万箸，悄悄之语。一宵离别，难言之苦，四十春秋，鱼无尺素。

其二

六四三月，风吹柳黄，携手共观杨。春意难锁，戏观半场。光荣罗帐，语意情长。天涯旧恨，独自凄凉，柳花随风无人问，棣花又着风雨狂，痛心之语诉与谁详。

梦断香消四十年，沭河柳老不吹绵。改革如今多变化，光荣旅社已无迹。

别后情书

谢江洲 *

我给你写了一封信，信里有我对你的思念与爱恋，可我没有将它寄出，因为我早已没有了思念与爱恋你的资格。多么做作的情绪，一面否定，一面期待。或许我真是永不开窍的石头，开不出妖艳的花朵，可我即使是在冰冷的海里也要做多情的珊瑚。

可时光易逝，容颜易老，生活如同白驹过隙，再没有空闲留与我对你的思念，我与你如同隔着整个宇宙的距离，我朝你的方向伸出手，也只握住了空中飘浮的尘埃。可我不要悲伤，隔着整个宇宙也并非不能相见，牛郎织女的爱情仍被世人传颂。只是再过去千千万万年，牛郎织女也只是传说。我与你只好在梦里相遇。梦里没有牛郎，没有织女，没有阻隔我们的银河，只有你。

我于是在梦里给你写信，把心里对你的思念与爱恋都寄给你，把心里我的悲哀与忧郁都寄给你，我在梦里把信念给你听。

我总是想起你，在太阳初升时，我看着天边的云彩，就像看着你的侧颜；我总是想起你，在冰雪消融时，我看着晶莹的雪水，就像看着你凝脂般的肌肤；我总是想起你，在这冰冷的时代，我看着冷漠的行人，总能回忆起你的笑容。我想你，我总是想起你，这所有的、一切的、该死的情绪总是化作我对你更深的爱意，它像决堤的洪水一样奔涌出我的身体，化作仿佛实质的悲哀笼罩着我的身体。我站在这人生的道路上，不去纠结诸多的选择，我只要还存在，便永远也只会奔向你的方向。可我不能说爱你，我无法说爱你，我只能看着你像骄阳一样升起，成为你脚下一个卑微的蝼蚁、命运的奴隶。在这冰冷的时代，我无法去反抗命运，于是我把回忆中你的笑容收藏，找来日出时的云彩，一刀刀刻下你的侧颜，望着将要消融的雪水，臆想出你凝脂般的肌肤，然后融入冷漠的人群，成为一个冷漠的行人。哦，对了，我还要将我对你所有的、一切的、该死的情绪隐藏，不露半点、不泄分毫。这样我才敢在这冷漠的人群里无声地表达对你的爱意，才敢去想你。

---

* 作者简介：谢江洲，一名"00后"，出生于贵州省铜仁市，土家族，喜欢读书，热爱特摄。芳华之年，未来可期。

　　这是我写给你的信，这是我没有寄出的信。我的信里满是忧郁，你的生活尽是欢喜。我们的生活如此格格不入，我们的意志如此背道而驰。所以我没有寄出这封信，害怕给你徒增忧虑。于是我在梦里独自默念这封信，这封我在梦里也不敢寄出的信。

心的历程

叶顺思[*]

本人 90 后。小学时期，便有同学成双入对地恋爱，可我直到初中毕业，也没有心动的经历。小学时期虽属差生之列，却也过得随心所欲。初中时期，成绩虽然有所提升，日子却过得小心翼翼。

幼儿歌唱，"小小少年，很少烦恼"。可在我 15 岁那年发生的一件事，令我尴尬不已，终生难忘。

14 岁进入初中，主课有 7 科，共 2 位女老师，一位是语文老师，一位是英语老师尧平老师。

故事……哦，不，应该说"事故"更为恰当吧。事故发生在我和我的英语老师之间，以我从同学处了解到的，不考虑老师的学习及恋爱经历，以她 18 岁结婚生子来算，她的年龄与我父母不相上下。可是在一次偶然的机遇下，见到一张记录表，左边一列是老师的姓名，右边一列是年月，她的姓名右边的年月是"1986 年 8 月"，我竟然以为，这是她的出生年月。

初中二年级的一天上午，英语课下课铃响起，随着她的一声"下课"，同学们先后收拾课本，冲出教室。我收拾准备出去的时候，刘老师尚未整理完毕，还在讲台上。我每次从教室出去有个习惯，人走到教室门口时，右手会把住门框，双脚完全走出教室才放下右手。这次也一样，可是在我拿回右手时，却一不小心碰着了老师的手臂。本来如此触碰并无大碍，可是我有一帮爱瞎起哄的同学。在我碰了老师的手臂开始，到同学们七嘴八舌议论我的这段时间，我的头脑一片空白。

老师走出三五米远，才有同学问了一句："顺思，你刚才在干吗?"听见这句话，本分的我，一阵恐惧涌上心头。他们这种偶尔有男女生在走廊拦住彼此去路，他们都能议论一两天的性格，让我避之不及。

几年后，在我收拾书房时，发现了事发后第三天，自己写下的日记，记住了那一天的日期，那一天是我 15 岁那年的 10 月 12 日星期三。

---

[*] 作者简介：叶顺思，原名叶必顺，生于 1993 年 10 月 12 日。一个无意之过，成就了我的写作能力。从"对不起"开始，离别后思念成疾，也不知道对她的思念算什么。

起哄的同学一路追着我到处议论，当时的教室，处在三楼的中间一段。老师的办公室，就在走廊的尽头。当他们在走廊上追着议论我时，我准备跑向办公室向老师告状。可是事情的起因，是自己不对，让我怎么开口？他们在操场上追着我议论时，我捡起石头准备砸他们，可是初中时的我，不如小学时期那般暴躁，捡起的石头却砸不下去。所以他们才能肆无忌惮地议论我。

在校期间，我想到了让老师知道的办法。我知道她办公室里的办公桌是哪一张，趁吃饭时间，办公室没有老师，我留字条约她。晚自习，最后一节课结束后，我走在最后，她问我字条是不是我留的，由于我一时不知道怎么开口，只能做否定回答。

她不知道的是，我掌握了她每次出入学校的时间。我站在教学楼上，距学校门口最近的地方，迎接她进入学校，直到她走到教学楼下，我看不见的位置；目送她出学校，直到她走出校门，我看不见的地方。每次站在教学楼上，真是怕她看见我在盯着她，又怕她看不见我在注视着她。

历经一个学期，道歉走投无路，我只能以优异的成绩来回报她。开始认真听课，仔细做笔记。自接触英语起，英语的考试曾经从未超过 30 分的我，中考时，120 分的英语试卷，我得到了 62 分的成绩。我看着自己的成绩，想着：顺思，这样的成绩对得起自己这一年多的努力了，也算对得起刘老师了！

初中毕业后，开始了对她无尽的思念。走出初中，进入职校，职校在县城外围，知道她住在县城中。职校不如初中那般课业繁重，自从在初中教学楼上，用目光对她迎来送往，后来，竟成了习惯。在职校，没事时也常常站在教学楼上，呆望着校门口，奢望着她能从门口经过。有一次看见校门口从家乡至县城方向，一个身材与她相仿、提着布袋的女人经过，头脑中只有一个念头，是不是她？可是我的初中学校所在地，距县城有十多里的路程，她怎么可能步行往返？

由于时常想到她，我开始怀疑自己是不是爱上她了。曾做过半个月的记录，看着最低纪录 6 次/天，最高纪录 22 次/天，算出平均记录每天十多次，我不敢再继续做记录。不敢说自己爱她，可是这样的记录，我该怎么解释？如果说我爱她，那么我十几岁的年纪，对她从未有过幻想，不曾向她求爱，我又该怎么解释？

职校第一任班主任，性别男，与初中英语老师同姓刘。我们每次放月假回家前，要经家人知晓，那时的我，还没有手机。当第一次知道班主任姓刘，就曾猜想：他会不会和尧平老师，有什么亲戚关系？不过也只是想想而已。每次给家里打电话，都是拨奶奶的号码，几个星期后却拨出了爷爷的号码。爷爷的号码，和尧平老师的号码前五位一样，按完五位数，手机屏幕下方出现了"尧平 13762……"的字样。由此我十分肯定现在的刘老师，和曾经的刘老师一定有亲戚关系。我借作业任务，在日记中寻求班主任的帮助。

在日记中，我诉说着对尧平老师的歉意，以及自己无尽的思念。日记的最后发问："通讯录里的尧平是您的谁？如果是我当初的刘老师，望引见。"老师给我的评论："通讯录里的尧平是我的堂姐，老师很感动，同时很欣慰你能和我说这些。如果她知道了你的想法，一定会哭，是感动到哭……"看着老师的评论，我想着，感动？我即使是想见她，都是一面难求，只要她能听我诉说心中的歉意就够了，哪里敢要求感动到她呢？

职校第二年，我很荣幸被学校评为"学习雷锋标兵"，得到奖品日记本一个。于是我开始了长达三四年，为她写作、写诗、改写歌词的创作，数计百余篇。

曾经为这位尧平老师而写文章，被同学看见，有过"你想让她看见可以出书啊"这样的提议。可是我怀着深深的歉意，写下的这些文字，在后来翻看时，仿佛还是有或多或少的爱意掺杂其中，我只能摇头说不。

在我为她写作的作品数量有八十多篇后，每当翻动自己的日记本时，常常会问自己还要继续吗？答不要。可是每当思绪起，却又不愿搁笔不写。每当为她写作时，自提笔写，到搁笔止，中途无须多想，完全一气呵成。

这段年少时的记忆本该封存。今逢网络有此平台，如果非要问除了被选中发表出去，从而获得奖励的其他目的，那么就只有对学生的忠告了。对努力学习，成绩却永远在差生一列的莘莘学子的两条忠告：

一是迷美色，但不近美色。

二是忍住不表白。表白无非两种结果，一种是对方同意，一种是被对方拒绝。对方同意，你们从此开始了甜甜蜜蜜、轰轰烈烈的恋爱，而忘了学习。如果被对方拒绝，可能会从此心灰意冷，再也无心学习。

友谊之魂

"王同学"之巨变

依长江*

时光流逝着青春，岁月积淀着成长。我自 2006 年年初调入武警北京总队某部工作后，今日算起来已有十六载。这期间两次返回我的家乡，我都见到了高中时期与我非常要好的一位王同学。他给我的记忆清晰又深刻，改变之大令人敬佩又欣喜。

2008 年，母亲因病住院且需要做手术，我匆匆向单位请了事假第一次回家乡探望照顾母亲。在母亲病情稳定之后陪伴之余，我见到了阔别已久的王同学。在我读高中时，我和王同学都是学校的住宿生，也就经常在一起学习和生活，现在说起来，应该算同甘苦、共患难的兄弟吧。相似的求学经历和实现梦想的那份努力，使我们结下了深厚的同学情谊。回来前我们也曾通过几次电话，虽对各自这些年的情况有些许了解，但这一次见面，还是大大地超出了我的心理预期。见到他的那一刻，我尽可能掩饰内心的惊诧和疑问，大脑就像一部高速运转的机器，努力地捕捉学生时代的记忆碎片，这还是我曾经一直视为榜样的那位求学上进、简朴阳光的王同学吗？此时的他虽正值而立之年，但体重已呈现出脱缰野马般的失控状态，173 厘米的身高，足有 200 斤了，就连和我边走边聊都有些吃不消……我俩已是多年不见，当然是相谈甚欢，我也在交谈中迅速而又精准地了解到王同学的工作生活状态，他告诉我，他现在每一个周末几乎都在外面应酬吃饭，平时严重缺乏锻炼，近几年明显出现了"三高"预警状态，而他的工作目标和标准就是"无为而治"和"以静制动"。正当我思绪万千时，他猛拍了一下我的肩膀并调侃我说："我看到你的第一感觉是你还是在工作状态，一天活得多累呀……而我是珍惜当下，享受生活，做一只快乐的硕鼠。"好像现在这位"只求过得去，不求过得硬"的他，对工作生活的理解与曾经那个奋斗的少年已是渐行渐远……

2020 年年底，父亲病情突然恶化，转院回乡度过最后时光是父亲的临终心愿，于是再一次受到单位领导和同事们的关怀帮助，我又一次告假回到家乡照

---

* 作者简介：依长江，男，1978 年 12 月出生，中共党员，原武警某部副团职，中校警衔，随部队转制到某消防救援总队任职，现在在中国消防救援学院任职。

顾和陪伴父亲……这一次又在大街上偶遇了王同学，如说视觉上的冲击给了我第一次震撼，那接下来的聊天将是第二次震撼。十二年悄然逝去，又迎来一个鼠年。昔日自称"硕鼠"的王同学，已告别了臃肿的身材，取而代之的是"眼中有光，心中有路，脚下有力"的新人新气象。我半开玩笑地说："今昔阔别十二载，'俩鼠'再聚心感怀啊！"王同学告诉我："自中共中央八项规定实施以来，我就像从噩梦中猛地醒来一般，说起我的改变嘛，可能就是被动挨打和自我觉醒的'2+1'组合拳的功劳吧。从 2012 年开始，我大量减少周末的应酬和远离烟酒，养成了跑步和打乒乓球的运动习惯。如今'三高'和'硕鼠'早已远离我，我也通过不断努力钻研业务和提高服务意识，一步步地找回了'初心和梦想'，十年间我多次在省里获奖，前年就提任到正科级领导岗位了……"

是什么力量使王同学得以重拾初心和成功逆袭呢？是时代召唤下的星火必然燎原，还是为人民火炬长存心间？这一瞬间，对照自己的工作学习生活，也有很多警醒和升华。多年的一路芬芳、一路泥泞，我始终坚守原则，"没有苦难，就没有坚忍，没有积聚；没有胜利，就没有激情，没有尊严"。也正是这样，我才能不断地从一个胜利走向另一个胜利！黑格尔曾经说过，人是靠思想站立的。2021 年，正值中国共产党建党百年，正值中国消防救援学院阔步前行之际，正值每一名党员践行初心本色之时，作为拥有 23 年党龄党员的我，以什么向党献礼，我已经找到了答案……

其实王同学的改变给我最多的是喜悦感动和力量指引。也正是因为有千千万万个这样优秀的"王同学"，这样乐于服务人民和奉献社会的"王同学"，家乡才有希望，国家才有希望，民族才有希望。新时代新际遇，新风尚新契机。愿我的家乡、我的祖国在今后的伟大征程中，这样的"王同学"越来越多，而无论在什么时候、什么岗位，都能始终保持一名共产党员的初心本色，真正做到权为民所用，情为民所系，利为民所谋！

亲爱的，我有些悄悄话

羽宁 *

不知从何时起，我们走到了现在这一步。不再坦露心声，遇见无关紧要的事选择互不打搅。慢慢地，我们变得有话，但不再表达；无话，不再相谈。

我闭上眼睛，夏夜的晚风迎面袭来。长大后的我学会了独自漫游在这座城里，傍晚的公交车的靠窗位上总会出现我的身影。我眺望着窗外，思绪被拉回了我们的那些年。

那时的我们真是把"不知天高地厚"这几个字展现得淋漓尽致。我记忆里的自己或对方，都是能干成伟大事业的大人物，而彼此都是对方的"头号马屁精"。凌晨的夜宵摊、半夜的马路牙子、人烟稀少的小巷、人来人往的大街上都有过我们发出的嘻嘻哈哈的"交响乐"，我们也曾一本正经地指着江对岸的高楼大厦，说着"以后那就是我们的天下"的胡话。

如今的我们，都到了曾经日思夜想的年纪，却缺少了少年时期的勇气。现实把我们摩擦在地上来回揉搓了几个回合，我们也早忘了十六七岁少女的心事及对未来的渴望。

几天前我休息，在起床的片刻我就想好了今日的目标：回到属于我们的老街，走走我们原来走过的路。

学校在道路的尽头，一路向前走去。街道两旁的超市门店上方还是大大的红字招牌，街角也还堆积着几大片几大片的纸皮。我仿佛回到七年前的那个大中午，几个十五六岁的小女孩站在道路的另一边窃窃私语、你推我搡，好像在密谋着什么。

不过一会儿，一个小女孩站了出来，径直向超市的收银处走去。片刻后，她走出来对着对面疯狂点头，手舞足蹈地招呼着对岸的小伙伴过来。她们并非冲向她，而是拐了一个小小的弯，走到了一堆纸皮前。三下五除二就把大半的纸皮搬在自己怀中，生怕被人抢了去。路上又传来了忽高忽低的声响，似乎在

---

* 作者简介：羽宁，一名南方的伪艺术青年。普通的打工人，普通的生活、恋爱、工作，一路从敏感玻璃心到努力练就钝能力。格外擅长在劝说别人时说出大道理。喜欢摆烂，没放弃文字，偶然入行，但愿能力配得上野心。

提前庆祝着"纸皮机器人"一定会在运动会中拿奖。

再往前走去，我又看到了更多熟悉的景物。这些景物，似乎都还停留在我们的记忆里。可奶茶店的叔叔没有想起我，把我当成了陌生的来客；米粉店的婶儿还是像当年一样的和蔼，笑呵呵地招呼着来往的过路人；小卖部的阿姨坐在店门口，翘起了小腿哼着歌儿。学校的保安叔叔换了新的面孔，严格值守在学校的大门口，我与他四目相对了几个来回后，只好甘拜下风，眼巴巴地看着学校的大门口，心想既然进不去，那就算了吧。

孤身一人行走在熟悉的街道上，我总能想起那时的我们，那时的你。常常会有些孤单的小尾巴一摇一晃地跟着我一路前行，每当这种时候，我总能想起那些我们一起走过的许多条路，想起你总在我耳边说起的闲言碎语以及芝麻般大小的琐事。

我也总能记起，在我们共枕眠的那些黑夜里，你细想着我们以后一起出游的每个地方，总是将车票、住宿、吃喝玩乐说上一遍又一遍，生怕漏掉哪些细节；我们会互说着喜欢的那个他最近发生了哪些事，自己又与他发生了什么美好的故事；会说起奶奶的手帕对自己有着怎样的影响；会惆怅情感的远方好远；会憧憬着以后我们的模样，约定以后一定还要像现在一样。

冬夜里，我们总聊着初夏。那时候的我们总幻想长大，而如今的我们，各自在这座城的两边过着不同的生活。当时形影不离的少女们如今也独自慢慢走在两条不相干的道路上，但正如数学学科里的相交线与平行线一般，我们会有相交之时。这是我们用了无数个日日夜夜的陪伴后换来的丰硕果实。

在这熟悉的街道中，我打通了你的电话。电话铃声响起，少女的声音又喧哗起来。在这条街上，我也不再觉得那么孤单了。电话那头的你讲述着自己又趁着空闲之余，和不同的人前往了不同的地方，那座城的物价比这座城便宜了不少；控诉着自己的男孩，总是忙于工作，没有时间陪伴自己；念叨着奶奶的手帕，要是还在该多好。絮絮叨叨的话，前不搭后一句的语病是那样熟悉，那是你特有的表达方式。我们一路说着话，声音从呢喃到沙哑，陪着彼此走回了家。

我害怕黑夜，但是我会想起今天的落日时分，想起絮絮叨叨的你，来自七年前的盛夏九月。

山河之秀

三游九龙口

王春红 *

单位发的旅游卡眼看要到期了，平时上班也没空去远游，好在半天时间还是有的，闺密掐指一算，可以游九龙口。九龙口在家乡还是小有名气的，近几年扩建，面貌大变样，今年已去了两次，一次游了中心路，还有一次游了中心路北边的一大片，这次闺密说要逛逛没看过的景。

于是我们从东边的小路出发，首先看到的是一块大石头，上面有字——"湿地幽径"。

无意中看到路边还有块石头，隐约可见上面几个红字——"游龙埠"，不细看还真发现不了。在这里往北看是可以出租的多人自行车，还有个小型水上游乐园，适逢深秋，乐园静悄悄的；往东看，有个翘角翼然的长方形凉亭"凌埠轩"，柱上楹联为"繁华四季开成海，秀水九龙舞作龙"，可惜我们来得不是时候，现在已是深秋，只看见零星的花花果果，亭前放着单人出租车，累了可以坐在上面小憩。

沿着蜿蜒的小径，一路向北，沿途风景应接不暇，通过路边的告示牌介绍，知道原先这里有村庄——高庄、于庄。不过，为支持九龙口度假村建设，整体进行了搬迁，感谢他们的支持让家乡有了这一片人间仙境。

沿路吸引我的景致可真不少，最引人注目的是无边的拱形长廊和石凳，虽然不累，但也忍不住上去靠一靠，坐一坐，好惬意。

看见形态各异的木凳，这不禁令我想起第一次来九龙口时白天坐的鸟巢似的吊凳——茧形的，心形的，中间都是镂空的，精致通透。在上面或坐，或躺，物我两忘。

一边呼吸着新鲜的空气，一边欣赏着风景，时不时地还会被路边的告示牌吸引。看看介绍，还真增长了不少知识，遐想万物复苏时，鸟语花香，莺啼燕舞，定然会是另一番景象。

只要在路上就会有惊喜。深秋季节，随处可见的芦花成了独特的风景，只

---

* 作者简介：王春红，江苏省盐城市建湖县秀夫初中高级教师，多次在报纸杂志上发表文章。

等那肥头大耳的花絮缀上苇秆的顶梢，一片片，一簇簇，轻飘飘，软绵绵，间杂在枯黄的大地上，摇曳在萧瑟的秋风中。它们的盛开，伴随的是斑驳的落叶，枯黄的乱草，让人不禁想到，冬天就快到了，眼前仿佛看到飒飒芦花雪点成。

这个季节，芦花的自然景不可少，人工景点也不少，这儿一个亭台，那儿一处轩榭。个个别具匠心，巧夺天工。

九龙口河道众多，理所当然也少不了形态不一的桥梁，有的似飞虹，傲然跃于天际；有的如长龙，蜿蜒游于碧波之上。依据所处位置，桥的材质也有讲究，木桥、石桥居多，我还是比较喜欢形态不一的木桥，自然、纯朴、古雅……

初游九龙口，时不时会在路边、河畔见到一些救生圈，有的还挂在一根长长的直冲云天的铁杆上，怪异的是铁杆顶端是一个大大的金属环。我是丈二和尚摸不着头脑，不知河边放这么多这种玩意干吗，还是闺密聪明，她说应该是用来救落水者的，我这个梦中人顿悟：九龙口安全意识浓，防护意识强。

九龙口管理到位，随时可见有人打扫、清理。看，木柱上都长了灵芝，这可是野生的，虽然长得过于随意任性了，但还是令人眼前一亮。没被污染的水面清澈油亮，触摸细腻凝滑，耳畔似乎陡然传来当地的歌谣："九龙水，灵又灵，苍生社稷保安宁。"看一池碧绿水，望无边青纱帐，视千变万化的晴空，呼吸通畅，心胸开阔，名利不在，宠辱皆忘。不知不觉陡听白鹭鸣归巢，又见残阳伴秃树影湖面，置身其中，如同进入世外桃源。在这样的环境中游玩，清新、自在。

难怪在这里，政府会统一规划建了不少民居，在这里生活的居民真是有福之人，天天都是神清气爽、心情愉悦。这次在外围，没走到民居处，想起第一次到其中一户人家看到的白天和夜晚，那时还是夏天，荷花正艳，狼尾巴草正盛，自是另一番美景。

不知不觉，快要走到了入口，这时想起在入口附近的我们上次冒雨来看的红草——粉黛乱子草，于是特意来到上次的打卡处。上次来红草开放已近尾声，风大，雨密，虽然红草经过洗刷清新粉亮，但拍的照片显得好狼狈。现在，深秋的景色才可谓名副其实，自成一景，我刚一蹲下，闺密就直嚷嚷"鸡窝，鸡窝"。因为我属鸡，她看到啥都会和鸡胡乱联系一番。

行走在这里，时刻提醒你这儿是九龙口，淮剧之乡，一会儿看见一个小龙玩偶，一会儿看见龙太子人形雕像，连石桥的名字——凤翥、龙翔也让人产生遐想。看见可以装扮唱戏的，爱唱歌的我忍不住把脸凑到模子里，吼一嗓子……

　　夕阳西沉，回望九龙口，一步一回头，恋恋不舍，打道回府了。这次我们只是游了九龙口的一些边边角角。

　　深秋季节，天色渐渐灰暗，遗憾的是三次游玩都没能到达中心岛——神龟驮着的永不沉没的龙珠岛（沉浮岛）。岛上著名的五谷树，等着我，下次一定去拜访你。

将自然拥入怀中

任春江[*]

看过了江天禅寺那古朴神秘的庙宇，听过了寒山寺那优美动人的传说，闻过了瘦西湖中那淡淡的菊香，我充满了对大自然的期待，置身于自然之中，感受那份原始的美。今年八月，我如愿以偿，从坝上草原乘越野车，一连行驶四小时，去感受草原那份野性的美。

越野车没行驶几公里，就穿梭于野山野道，而你唯一的福利当然是欣赏美景。那野花坡，是我们造访的第一站。说是野花坡，其美之处并不仅仅限于野花，放眼整体，这里形成了一种富有梯度的美。远处是连绵的青山，此青山与他处不同。他处的青山，山体一片青一片灰，时而裸露出一片山的肌肤。而这里的山则是通体的绿，据说这里的山是砂体结构，山上全部被齐刷刷的小草所覆盖，形成一面面翠绿的屏风，又像给大地扎了一个个美丽的发髻。眼前是一片片野花，看上去是如此耀眼，红的、白的、蓝的、紫的……如果这是一幅画的话，一定不是那单调的水墨画，就算是凡·高，也要辛苦历经才能画出这样美的画。游客真想将这美景拥入怀中。有的人徜徉花间，有的人纵情花海，有的人则展开双臂，让手机将美好时光永远定格在幸福的一刻。在身后是一片悠悠白桦林，地上堆积起一层厚厚的枯叶，脚踩在上面，会让有点诗意的人想到生命的轮回，也会让多情的人有点感伤。

转眼间来到第二站，青龙潭。也许是此处海拔高的缘故，阳光虽毒却并不感到一丝丝的热。一阵微风拂过，潭水荡起的阵阵涟漪似乎是在欢迎我们的到来。青龙潭，两畔古木环绕，潭水澄澈、清凉。随意进入幽深之境，此处已有很多游客来访，夏风吹红了孩子的脸蛋，吹乱了少女的秀发，人们静静地欣赏这青龙潭，那池中的水，会让你浮躁的心顿时归于平静。

乘着越野吉普车一路颠簸，驶过天道般的山路来到两界河。这里的一切都是那么有情趣。据当地牧民所讲，小河的这边是河北省，小河的另一边就是内

* 作者简介：任春江，天津市津南区葛沽实验小学教师，津南区语文学科带头人，津南区教科院继续教育特聘教师。曾获得天津市素养大赛一等奖，市级双优课一等奖。平时喜好写作、书法、演讲、主持等。曾获得天津市教师现代诗创作三等奖，全国"盛世文学杯"散文大赛三等奖。

蒙古了。虽说是小河，却看不出河的样子。河水太少了，宛若潺潺小溪。河边断岩参差，说是岩石，却不足半人多高。但是为了不弄湿衣裙，也要小心翼翼，寻小河最窄处迈过。踏一路幽径来到草原，草原上并非绿意遍野，半草半土点缀野花点点。我偶尔摘一朵野花，戴在女儿的头上，女儿喜不自胜，活像个山间小野娃。捉两条蚂蚱，放入塑料瓶中，忆起童年的趣事，旅行、放松，让我们找回童心、找回凡心，让我们被名利冲昏的头脑在自然中享受短暂的宁静。放眼北望有一座小丘，丘上一片白桦林。导游说："登上去，我们就在那里野餐了。"我们一路拖着疲惫的身躯，惹起心中的思绪，让我想到谢灵运，真盼着他能跨越时空送我一双"谢公屐"，攀之如履平地。一座几十米高的小丘，登了足足近一小时。登至山腰，以树为伞，以草为席，尽情地欣赏丘下美丽的风景。喝口啤酒，敞开襟怀，咬口干肉，香风袭来，生活如此多姿多彩。

汽车行驶在天道，我们将心悬在了喉间。一路驰骋，终于到了盼望已久的草原。司机师傅给我们献上了洁白的哈达。漫步草原，不仅让你烦躁的心得以舒缓，更让你的思绪浮想联翩。有多少人总想要访遍名山古刹，可置身山林，渺小得犹如一丝草芥；又有多少人总想驰骋原野做草原的征服者，可置身旷野，渺小得犹如一只虫蚁。人与自然相比，渺若微尘。唯有那悠闲的牛儿，仿佛能洞察自然的奥妙，悠闲地吃着野草。是啊，从容平淡地面对生活，这也许就是草原带给我最大的感受。

当我们回到木兰围场附近的山庄，已日落西山。晚上酒足饭饱之后，院内传来了欢笑。当篝火点亮星辰，整个院落成了欢乐的海洋。四周群山环抱，冷若深秋，披上暖衣，笑声阵阵，人心倍感温暖。

旅行中的颠簸与劳累已然消失，最终能与自然相拥，这就是幸福的体验。

双塔山游记

王利民 *

　　承德是一座闻名遐迩的旅游城市，有著名的避暑山庄和外八庙。在它的周围有棒槌山、椅子山、元宝山、罗汉山、鸡冠山等奇山怪石，而双塔山就是这其中的一绝。

　　小的时候，我经常和几个小伙伴到双塔山上玩耍，山上植被很少，光秃秃地裸露着岩石。我们一去就直奔四周的几个岩洞，悬崖很高，崖壁上仅有一条狭窄的洞口，荆棘密布，爬到里面空间就很大，也很凉爽。在岩洞里捉迷藏、打扑克，很是惬意，玩得尽兴就忘了时辰，回家怕挨打，在山上挖点猪草带回去，就能减轻处罚。秋天运气好的话，还能捡些蘑菇，大人们拿着自制的火药枪，在山上还能打些山兔、野鸡等野味，后来野生动物吓得纷纷逃遁。那个时候，人们不懂得对自然瑰宝的保护和建设，更不用说去发现它的美了。至于山顶上的两座山峰，人们每天都见到，也就司空见惯了，又有什么值得好奇的呢？

　　50 年过去了，如今的双塔山，修建了山门、围墙、护栏、索道，山上还修建了寺庙、亭廊，昔日名不见经传的双塔山，变成了旅游胜地，吸引着八方游客纷至沓来。

　　怀揣着一颗还未泯灭的童心，伴随着熙熙攘攘的游客，我踏进了山门。过去的情景在脑海里涌动，仿佛久违的故人重逢，熟悉又陌生。远远地望去，两座山峰傲然耸立于高山之巅，酷似两位历经沧桑的老人，俯瞰着天地轮回、万物生灵。沿着石阶一步步往上攀登，越走山势越陡峭，野花、野草长满山坳和沟壑，迎风摇曳，在阳光的照射下，泛着晶莹的露珠，洋溢着勃勃生机。走过一段山梁，眼前的松树更加稠密，有的长在平缓的山坡上，悠然自得，显出一副潇洒的模样；有的长在绝壁的缝隙中，身姿挺拔，威武不屈；有的张开双臂，仿佛他们才是这里的主人。其他的榆树、槐树也占有一席之地，满山遍野变成一片绿色的海洋，恰似一幅水墨丹青画。

　　我费了九牛二虎之力，总算登上了山顶，山顶的视野如此开阔。这里是典

　　* 作者简介：王利民，63 岁，已经退休，原丝绸厂、钢厂职工，曾经在承德日报发表过《最美的心灵》，在《群众报》发表过《八月十五月又圆》，在《晚报》发表过《母亲》。

型的丹霞地貌，两座山峰比肩而峙，酷似两个人的头像。据传说，这里原本是汪洋大海，海面上有两块巨大的礁石，海水退去后，两块礁石神奇地变成了今天的模样。站在它的脚下，仰视着这一对从远古走来的恋人，他们的目光是那么地坚定；他们的神情是那么地从容；他们向世界见证了爱情的永恒，被永久镌刻在历史的长河里。望着它那面部，由于海水冲刷形成的若干个不同形状的坑洞，可以知晓它也经历了沧海桑田，俯视着这一方土地荣辱兴衰的变迁。

特别值得一提的是，两座山峰的顶端，各有一个佛塔，青砖绿瓦，原建有三层，里面供奉着石佛，可谓巧夺天工，双塔山也因此而得名。由于年代久远，现在仅剩一层了。据专家考证，这两座佛塔是辽代的建筑。北峰高约35米，南峰高约30米，这么高的山峰、刀切般的石壁，古人是如何上去修建了佛塔？辽代距今也不过1300年的历史，而双塔山的形成有上亿年了——这也就成了千古之谜。

站在山顶，举目眺望，山峦起伏，怪石与岩洞、双塔山遥相呼应，相得益彰。此时我想到了杜甫的诗句："会当凌绝顶，一览众山小。"正南方的一对鸳鸯石憨态可掬，任凭风雨的洗礼，始终不离不弃；正东方的母子石，母亲紧紧抱住孩子，恐怕有一点闪失，上方的椅子山又太高了，母子俩怎么也上不去，一抱就是上万年；还有毗邻双塔山旁边的龟石，据说海水退去后，一只海龟来不及游走，化作一块礁石，它每天都盼望着海水涌来，早日回归大海。这些有灵气的石头，环绕着双塔山，也镇守着千年佛塔。

走过山脊的长廊，前面是长长的崖壁，一群猴子在山崖和石缝间攀爬跳跃，根本不怕游客，你若是拿着食物，它会毫不客气地抢去。在嬉笑声中，三仙观隐隐约约矗立在绝壁之下，走近一看，香烟缭绕，三尊佛像栩栩如生，透着睿智，似乎在为来者答疑解惑。沿着石壁再往前走，如来佛祖侧卧在凹进去的天然石床上，笑容可掬，仿佛乾坤尽在掌控之中，它充分体现了中华文化的博大精深。

走过石壁的尽头，天空豁然开朗，云层浮动，太阳露出笑脸，刹那间，灿烂到阳光刺得人睁不开眼，我张开手臂挡住光线，只见迂回曲折的山路围着崖壁逶迤地伸向远方，茂密的树丛，郁郁葱葱，一眼望不到边，我陶醉在大自然的风貌里，边走边看，只见前方一轮圆月，正悄悄地看着我，我惊愕，这大白天哪来的月亮？是虚像吗？我揉揉眼睛，仔细端详，原来，是崖壁上的一个岩洞，斜上方风化出一个圆圆的天窗，光线透进来，当你站在合适的角度看上去，恰好是一轮圆月当空，此景叫作日月同辉。翻过陡坡，眼前峰回路转，一边是悬崖峭壁，一边是山涧沟壑，远山与白云相接，使人透不过气来，不过也没关系，山谷里的风，一阵阵袭来，使人感觉非常惬意。据传说，山谷里有风眼直通海龙王的宫殿，冷风是海龙王喘气儿带来的凉气。的确，每当夏季最炎热的时候，你若来到双塔山脚下，会感到骨子里都透着凉气，这里是难得的避暑纳凉的好地方。徜徉在这重峦叠嶂、绿树成荫的幽美风貌之中，我突然觉得眼前一亮，一道瀑布从崖顶涌出，飞流直下，像一条白色的丝带，蜿蜒飘逸、直泻谷底、气势壮观，也许这就是双塔山脉动的旋律吧！此情此景，我不禁想起刘禹锡的两句诗："山不在高，有仙则名。水不在深，有龙则灵。"这不就是对双塔山最真实的写照吗？

踏着石板路走下山来，在沟底的另一侧，有一把青铜剑，足有四米长，摆放在高高的台基上，后面巨大的岩石被劈成两截，上面写着"试剑石"三个红色的大字，难道青铜剑真有如此的威力？望着新开凿的石阶，诱使我登上明媚的山路。身旁雪白的槐树花一串串沁人心脾；往护栏下看，几丈高的老槐树长在石缝之间，似乎与山石融为了一体。走到山的半腰，行人要和岩石相撞，还好，这里搭建了栈道，行人可以贴着石壁缓慢通过。转过身仰看契丹的起源图，雕刻在倾斜的绝壁上，人物细腻逼真，每一幅图画，都诠释了契丹文化的形成及演化过程，其实也是中华文化的一个缩影。

在回去的路上，山路迂回，溪流相伴，一会儿流向左边，一会儿流向右边，如影随形，好像在与远方的客人依依惜别，也为旅途的劳累平添了一丝柔情。再见吧！美丽的双塔山。再见吧！我可爱的家乡。

快要结束这短暂的旅行时，我也学着游人的样子，拿起手机拍下双塔山这傲骨雄风。同时我也觉得双塔山不仅越来越美丽了，而且有着更深的文化底蕴，就像百花园里盛开的一朵奇花，有着自己独特的韵味。

炊皮山庄有座网红桥

杨才富*

　　宽广的路面像一张张大的嘴，几乎要把主路咬断；沿路两边高高的电线杆上，安装着一款环保的太阳能板，我顿时感到一阵欣慰，我们也赶上了这个新时代。远远地往里看去，绿色的树，让你怀疑这儿是否已经到了春天，可我们仍穿着棉袄，喜欢阳光明媚的日子。这儿有山、有水、有漂亮的别墅，还有内心抑制不住的好奇，想去探个究竟！

　　越往里走，你会看见一栋栋新修的房屋沿路顺位修建，建筑风格很自然，让人看了感觉很舒服。墙面上一张张的壁画讲述着曾经的故事，仿佛要把你的记忆勾起：在那个艰苦朴素的年代，我们用最朴实的劳动，收获金灿灿的谷堆；我们用智慧架起井口的辘轳，品尝一汪汪的甘泉。劳动创造了财富，也改变了世界。过去就像一本教科书，记录的是一个个艰苦勤劳的背影，焕发的却是自强不息的精神和潜滋暗长的力量！

　　继续前行，我看见了火红的高粱，像极了我们现在的生活；也看见了白色的小花，干枯的莲秆，清廉二字尽收眼底，是一种诠释还是一种警示？我更看见了这里曾经的红色革命，硝烟和生命赋予这一片土地的安宁与繁荣。敬畏生命，我们一样热血沸腾。

　　见惯了水泥路，走了一段青砖铺的路，仿佛走了一段古道，那韵味让我情不自禁哼唱："长亭外，古道边，芳草碧连天……"一路的红灯笼伴着喜庆，将我们引向"不见黄河心不死"的好奇。乱石横七竖八地舔着鞋底，一不留神，会给你来个特技摄影，让你扑地啃石。不由得让人揪心，怎么有这一路坎坷，与这美景也太不搭了。还好，向前走着又看见了一段青砖路，是要穿入谷底。山上满眼的绿，不，是满眼的黄，一道道金光，我拂袖越过，唏嘘一声"爽"，这是一种怎样的潜台词："天做屏幕我广告，山橙等你聊故乡。突然一声我真爽，甜言蜜语心敞亮。"

　　走过乱石路，看见了一片还没有长大的风景树，在冬日的残阳里和满是衰

---

　　* 作者简介：杨才富，男，52岁，湖北省公安县黄山头镇人，是一名执业医师，平时喜欢看书，经常写随笔，关心时事，善于通过现象探寻事物本质。

老的枯草说着悄悄话；也看见了远处的湖面上有一座桥，穿着中国红，向这边眺望，这就是人们常说的"网红桥"。多好听的名字，也注入了多少可以延伸的年轻的画面和美丽的语言。

到了到了，我想象着你的模样，我以为你是因为成就了一对对美好的姻缘而得名；我以为你像有些年轻人一样，渴望成为一名网红，所以你就给自己定了一个目标；我以为你一定爱热闹，你仰躺在湖面上，鱼儿舔食你冰冷的肌肤，风却另起幺蛾子，浪起你的裙衣，而我们却在摇晃着你的肚皮舞蹈。我有时会担心你受不受得了摇晃，我担心你会将我埋藏；我也会想象夏天，湖面的风撒一波清凉，让人卸下一天的疲劳。我想象得太多，只因为你取了这么时髦的名字。

炊皮山庄，有一座网红桥！桥上有人舞蹈，桥下有风作妖。枯枯的莲秆看着网红桥，默默地说等到了夏天，我给你一身的香，还有绿衣裳。

落红不是无情物

张小兰 *

　　桂峰村，本深藏于闺中，遗世而独立，却因秋天的柿子、冬天的梅花、春天的桃李花，夏天的清风渐渐被世人知晓。

　　霜降，农历九月十八，我们的车子在山路上盘旋。车到山顶，大雾散去，风起云涌，山峦被环绕。近处有半坡绿，半坡粉，低洼处还有几大片火红，几片金黄。还没来得及看清楚那一片又一片是什么，车便驶进了村庄。

　　路旁散落了一棵高大的柿子树，紧靠一座黄泥砖墙屋，满树的柿子压弯了枝丫，透过树枝和红彤彤的柿子，是湛蓝而又深邃的天空，四周还有翠竹相映成趣。我很想定格这一幅绚丽的中国画。只见一对老人在树下转悠，老先生拿着相机，让老太太跟柿子树合个影，老太太看见旁人有些不适应，我走开，再回头，看到老太太紧紧依偎在树旁，笑靥如花。

　　我们没有急着奔向柿子林，而是绕着村庄慢慢走。

　　田间的稻谷刚刚收割完，浅浅的稻桩铺了一地的金黄，踩上去嘎吱嘎吱响。偶尔可见遗落在田间的稻穗，重温儿时拾稻穗的模样，在田间寻寻觅觅，拾到一根稻穗便拾得一阵喜悦、一种幸福，这种喜悦和幸福绝对不是从孩童清澈的眸子中能看到的。

　　菜地里的南瓜花、丝瓜花、豆角花、小溪边的野菊花，还有石缝里钻出来的绿草，都散发出十足的野性。不知谁的犁头和草帽还放在地里。远处炊烟四五家，那犁地的人应该回家吃午饭了吧？索性戴上花草帽，挽起裤脚，扶着犁耙开始劳作。不管是谁家的地，用心去感受这里的每一寸土地，每一缕泥土的芬芳，耕种在我心里有了别样的味道。

　　午饭后沿着溪流源头方向走，上下左右，道道相连。矮砌的砖墙，黄泥的，灰白的，红砖的，黛青的瓦。家家户户门前种了树，开着花。有妇人，身着花布衫，背着小婴儿，坐在矮小的墙边向过路的行人吆喝。旁边搁着大小不一的篮子、簸箕、箩筐，装着自家的花生、红薯、南瓜、蜂蜜、柿子。

---

　　* 作者简介：张小兰，笔名"六月飞雪"，文学领域优质创作者，喜欢用温情的笔触书写温暖的文字，曾在报纸杂志上发表过多篇文章。

屋檐下，竹林边，好几树李花已经开了，开在深秋的李花并不多见，娇小，洁白。我走到树下，披了一身李花。风吹，有李花轻轻飘落下来，我拾起一朵，白色的花瓣夹着浅绿的花蕊，真的美到极致。即便是掉了，也白到无瑕。此时，我只想用"白锦无纹香烂漫，玉树琼葩堆雪"去赞美它们。

小溪旁，庄稼地里，一大片一大片柿子树，有的树叶已经掉光了。红彤彤的柿子，一团团，一簇簇挂满枝头，在秋日午后的阳光里泛着光，成为空旷的深秋里的一道温暖的风景。它们又是那么地晶莹剔透，那么地蓬勃绚烂，整个村庄几乎都被点燃了。树底下的人婀娜多姿，妖娆妩媚。一袭红衣，系着围裙，戴着头巾，提着竹篮，胭脂水粉，将丰收的喜悦洋溢在她的眉宇间。

鸟雀在枝头间跳跃，啄食甜美的柿子，这难得的美味就是它们嘴尖上的盛宴了。有熟透了的柿子，落了一地，"秋千未拆水平堤，落红成地衣。"秋天只有柿子这样的"红"才能在地上铺出一番旖旎。但愿落红本是无情物，化作春泥更护花。

曾多少次，驱车六小时，往返八百里，只为桂峰。无论哪个季节，无论哪一次，都让我在将要离开时，就开始惦记下一次探访。溪水之清兮，可以濯我足；清风之清兮，可以抚我心；山花之美兮，可以入我梦。但，一切又远不止于此，在这里我找到了梦中的田园，儿时的故乡特有的泥土芬芳。今夜，是否又会梦回桂峰？

重阳登巢湖卧牛山文昌阁感怀

周明*

　　江淮之间，巢湖之畔，有名邑居巢，三面青山一面湖，秀外而慧中。卧牛山兀立城中，其巅有阁曰文昌。阁高有六，下三方正端庄，上三八面玲珑，正合天圆地方之意，冀文风昌盛长久之情昭然。

　　登阁四顾，茂林深深，鸣声阵阵，城郭环绕，车水马龙。荫漏阳光而黛绿分明；风送清香却草木莫辨。遥见八百里巢湖波涌帆移，日散金光，水漾金光，船载金光达江海；九千尺长空霞幻鹰击，碧云依旧，莽山依旧，四时依旧及万物。极目远眺，银屏散兵，旗鼓相当，半汤蓝澱，湖岛青螺，真乃吾乡壮丽，气象万千也。

　　是时思如脱马，穿时空，越万年。刀戈冷辉，映彻吴头楚尾之大地；山河远阔，挥就流传百世之华章。昔有巢结庐，洗耳恭听，上古传说不绝于耳；望梅止渴，草船借箭，尽显前人之精智；程门立雪，抱书桥边，典故凿凿谕后人；淮军故里，四上将乡，英雄辈出盛名扬。更有伍子胥昭关一夕白头，范亚父鸿门奇计未售，操四越巢湖兮而不成，羽四面楚歌兮斗志休。或小乔初嫁，或霸王别姬，或御倭安澜，或奥运金枪。嗟乎！代有英才横出，时有群星璀璨。孔武将士如穿林之虎，文人奇士犹过江之鲫也！

　　呜呼，水由点滴漫延而成汹涌澎湃之势，岳有沙砾渐高而为顶天立地之脊。经风雨，历万年，呈现眼前瑰丽之景象，余有幸睹之，其荣也殊；史由前人创造而成波澜壮阔之卷，今有中华复兴必载彪炳千秋之册。共奋发，同图强，造就当下振兴之辉煌，余有幸与之，其荣也大！清居巢刘公欲仁联曰：凭山脊以为堂，士品宜从高处立。借湖光而作鉴，文风须向上游争。信哉斯言！做人作文，当汲取山水之精华，具坦荡五车之品学。德高文尚，乃吾辈所思矣！

　　* 作者简介：周明，安徽省东至县人，出生于 1955 年。长期生活工作在安徽省巢湖市。大专学历，经济师职称。普通的文学爱好者一枚。作为中国人，我无比热爱我的祖国，我的故乡，我生活工作的地方。那里的山水风貌，那里的人情世故，我念兹在兹，无日或忘。用我拙笔难以描绘出其万一。我只有勉为其难，留下这一点乡愁，以慰我心！以报我乡！

一个无法忘记的年代

裴新华 *

2017 年秋的一天，我收到了老厂席汝忠主任的一条短信，他让我写一篇关于老厂的文章，回忆那段难忘的岁月。但我从哪里下笔呢？可能是日有所思、夜有所梦的缘故吧，昨天竟然梦到了老厂，梦到了馒头山。

我的老厂坐落在"北方的香格里拉"——芦芽山景区境内，是一个去了就不想走的地方。

那山那水那小村
那年那月那群人

昨夜，是那山那水那个风景如画的小山村走进了我的梦乡，还是我走进了那个如梦一般像桃花源的村庄？大概是个春天吧，杨柳依依，泉水潺潺。好像是在干打垒的地方，有几个农家小院，还有我喜欢的篱笆墙，噢！是我的家园吧，院里有带着芳香清新的微风吹过，我在石桌上书写着最美丽的诗歌，倾听着从屋前流淌而过的小河细语般的歌声，看着小鸟飞翔，望着夕阳西下，在这个如诗如画般的世外桃源里冥想田园生活的美妙、静谧。夜晚看着满天的繁星点点，想起了古人那"去年今日此门中，人面桃花相映红，人面不知何处去，桃花依旧笑春风"的佳句。啊，我原来是找恒光朋友的哟！

那年那月有那么一群人，青春年少，风华正茂，他们其中既有翩翩男子，也有窈窕淑女，有些是转业军人，也有年轻学子。他们满怀豪情，带着理想，憧憬着未来，离开了喧嚣的城市，来到了风景宜人、山川秀美的小山村，在这里建起了属于他们自己的家园。从此大杨树为他们站岗，小磨坊成了他们的邻居，一条川流不息的小河为他们唱歌，满山遍野的树木为他们起舞。骆驼峰是他们的骄傲，十里长沟是他们工作的地方。

---

* 作者简介：裴新华，1973 年至 1976 年在宁武县第二良种场插队；1976 年至 1985 年在宁武县国营恒光机械厂厂办机要室工作；1986 年至 2006 年在晋南 541 十分指学校工作；2006 年 3 月退休。

草长莺飞二月天

拂堤杨柳醉春烟

馒头山的春天姗姗来迟，"人间四月芳菲尽，山寺桃花始盛开"。当晚春时节来临，这里有满山遍野的小花、山韭菜、野葱、蕨菜、油瓶瓶、面果果、山丹丹等数不胜数的山中珍品，这是城里人吃不到的纯天然绿色食品。当燕子在画梁呢喃细语时，是不是诉说着远方的恒光朋友们对故乡的思念，还是乡亲们对恒光朋友的呼唤，归来吧，漂泊天涯的游子。

黄梅时节家家雨

夜深微雨醉初醒

馒头山的夏天是个多雨的季节。云雾缭绕，细雨朦胧，山峰若隐若现，空气清新宁静，是否也撑一把油纸伞在林中漫步。这时的木耳蘑菇等待着人们的采摘，此时又想起了古人"花开堪折直须折，莫待无花空折枝"的佳句。倘若在老乡家里喝上一碗鲜菇汤，是多么地惬意，那真是神仙也羡慕的日子啊。这里是我们的家，这里是我们的根。待到春风传佳音，我们再相逢。

今夜月明人尽望

不知秋思落谁家

馒头山的秋天是个五彩斑斓的世界，十里长沟漫山遍野层林尽染，五彩般的树叶，伴着风铃般的悠扬，舞动着它的飘逸，在这收获的季节，夕阳西下，牧童归来，笛声悠扬，秋风飒飒，这是一幅多么美妙的画卷啊。当夕阳被夜色拉走，它趁机呼唤出了秋月，秋天的月亮更皎洁，更迷人，一轮明镜悬空，挥洒下如水月华，嫦娥、玉兔、桂树把我们带入了一个童话般的世界。"碧云天，黄叶地""暮云收尽溢清寒，银汉无声转玉盘"等古诗佳句又浮现在眼前。秋已至，天转凉，鸿雁下斜阳；红花谢，绿林黄，莫忘添衣裳；欲惆怅，享阳光，天籁语铿锵；桂树茂，菊散香，徐风携清凉。恒光儿女多安康。

晨起开门雪满山

雪晴云淡日光寒

馒头山的冬天是个冰雪的世界，那皑皑的白雪装饰着大地，皓然一色。"水晶帘外娟娟月，梨花枝上层层雪。"初冬的第一场雪要等到来年的春天才会慢慢地融化。整个冬天，人们戴着口罩，穿着厚厚的棉衣棉裤，这可苦了我们这些爱美的姑娘，但苦中有乐，乐在其中。我们为了祖国的国防建设贡献着自己的青春年华。这是我们一生最无悔的选择。

"藏在深山无人识，一举成名天下知。"更惊喜的是我们的故乡现在开发成了旅游区，欢迎全国各地的人们来这里看看，这里的村民淳朴好客，这里的美食天然绿色。当络绎不绝的游客纷纷而至时，祝愿我们的故乡闻名天下，村民过上更加美好富裕的日子。

任凭时光老去
我在这里等你

写完了以上六篇短文以后，想着是否还缺点什么。噢，我是从写梦开始的，怎样才能再回到我的梦境中呢？我冥想着，好像还是在干打垒的那个地方，还是那几个农家小院，还有我喜欢的篱笆墙。在一个大雪纷飞的傍晚，我来到小院门口，院里的灯光微微，我学着古人的样子，轻叩柴门，"绿蚁新醅酒，红泥小火炉，晚来天欲雪，能饮一杯无。"主人开门迎客，我们烤着火炉，喝着美酒，拉着家常，诉说着恒光儿女和乡亲们的手足之情，鱼水之恩。这山这水这小村里的老乡们，呼唤着那年那月那群来到这里的人们，归来吧，我的朋友，任凭时光老去，我们永远在这里等你，等你。

写于 2017 年秋

杭州印象：西湖龙井与绣眼鸟

史永胜*

去年春上，与老伴到杭州儿子处住了几日，在要返宁前，想着买点什么带回去。在杭州，首选当然是龙井茶了。儿子说不要买，知道我们没有别的嗜好，唯喜欢喝茶，已准备好了。但我还是想去茶叶店里看看，这是我的习惯：每到一处，喜欢逛逛商店，看看当地的土特产，有合适的带点回去。两层意思：一是为满足心愿，二是通过买卖之间的交流，长点见识，顺带学到点知识。

哪里出特产，哪里卖特产的店铺就多，杭州也不例外，在街上随便逛逛，便能见到规模大小不一的茶店。清一色，西湖龙井茶。在从一家店里出来后，街的对面，有一家茶叶店引起了我的注意，店面不大，与众不同的是门头招牌有别于其他家——木料做的，二尺来宽，四丈左右长，黄漆底子上四个正楷黑字"翁家茶行"。看上去古香古色，典雅大方，与杭州这座旅游城市，与龙井茶叶的悠久历史倒是契合。蛮好的，我便走了进去。店里只有一个人，是位年轻的后生，站在收银台前，台子上面有个鸟笼，他正在忙着往笼子里放着什么。见到我，抬头看一眼，说随便看，算是打了招呼，继续忙着他的事。

我环顾四周，门面虽不大，收拾得井井有条：各式各样的大小不一、装茶用的听听罐罐，整齐地摆放在架子上。粗略估了一下，有近百种。每个听听罐罐上面的图案都很精美：山山水水，花鸟鱼虫，唐诗宋词……几乎是中国历史文化的浓缩，千姿百态。颜色搭配得也十分漂亮。茶器上面有乾坤。什么事只要认真去做就好，浅浅的道理都懂，如何去做有学问。

我在欣赏，兴致正高时，突然听到一阵噗啦啦的声音，走近一看，他手里拿着掰开的碎馒头在喂那鸟儿。动作大了点，吓得鸟儿上下直窜，张着翅膀扑打着龙骨。以我的经验：眼前这鸟儿是生头，后生也是个外行，便忍不住说，把食放进食缸里，水缸里加满水就行了，挂起来不要管它，饿了它会吃的。你这样它害怕，反而不好。

"嗯嗯"，他觉得我讲得有道理，照办了。将笼子挂在墙上后，打量了我一眼说，"你会养鸟?"顺手递过来一根烟。

---

* 作者简介：史永胜，男，1957 年出生于江苏省南京市。大专学历。

"谢谢，不会抽。知道一点。"

之所以"知道"一点，是曾经养过一只，熟到每天早上打开笼子由它自己飞出去玩一会儿，在窗前的梧桐树上跳来跳去，叫上一会儿，过足了瘾后又飞回笼子里，梳理梳理翅膀，然后站在水缸旁，头伸进去勾着水往身上洒……只要天气合适，每天如此。养了整整 7 年，最后老了，脚抓不住杆子……有一天清晨，我没有听到那熟悉的叫声，感觉到不对劲，一看，它四脚朝天死了。为此，还难过了几天。现在，眼前的情景使我想起了曾经的过往。

"唉！"他突然叹了一口气，我回过神来。他说："让这只鸟儿烦死了。"原来，这只鸟儿是自己飞到他店里来的，他认为是吉利，那么多店不进，偏偏进他家店，所以买了个笼子养了起来。原以为简单，上手后却不是那么回事；想放掉，又舍不得。鸟儿不大，一身绿毛，大大的眼睛四周有一道白色的圈，像绣上去一样，看着漂亮，怕养不好死了，又不好。打电话请教别人，都是同行，对茶叶头头是道，对养鸟儿一窍不通。今天遇到我，他很高兴，向我讨教。

世人对美好的东西看法几乎是一致的——正因为这只鸟儿长得漂亮，带来喜庆、吉利，所以他才愿意花精力伺候它。

"知道是什么鸟儿吗？"我问。

他摇摇头，"觉得好看，养着再说"。

"叫绣眼。你看它眼睛……"我告诉他，此鸟儿就漂亮在眼睛上，名字也由眼睛而来，但各个地方叫法不一：南京叫"六丁"，行话叫"丁子"。很多人喜欢养这种鸟。每日清晨，经常在街上能见到养鸟人提着笼子从四面八方来到就近的公园里，挂在"老地方"后，点上一支烟，在烟雾缭绕中，笑眯眯地欣赏它的叫声，是种享受……好的"丁子"，一口气能叫四五十声不停口，在大家的羡慕中给主人争了脸。

清晨街头公园的一大景观。

"这么厉害！你帮我看看……"显然，被我的话打动了，要取下笼子，急切地想知道这只绣眼的品相如何。我摆摆手劝道："现在是生头，还看不出来，先养着再说……等过一段时间养熟了，开口叫了，就知道了。"

"嗯！"他应允着朝笼子看去，眼里满是希望之光——希望有一天，他打开店门时，迎接他的是悦耳动听的叫声。

其实我明白，这鸟儿之所以飞到他店里来，无外乎两个原因：一是养鸟人发现是只母鸟儿，便把它放掉了（养鸟人是喜听鸟儿的叫声才养鸟的，母鸟叫声单一不好听）；二是给它洗澡过笼时，不小心让它飞掉了。当然，不管出自哪种原因，我都不会说出来，那样他会扫兴的，也坏了他的"吉利"。

深一步交谈，说到了鸟食上，告诉他花鸟市场有专门的鸟食卖，如果嫌不好，自己做：把炒熟的黄豆磨成粉，加上适当的熟鸡蛋黄拌在一起就行了。他认真在听我说，突然，他手机响了，我便让开，不妨碍他接电话。他看了一眼便关掉了，走近我说："大叔，还应该注意些什么？"

此时，他心思完全在那鸟儿身上了，电话都懒得接了。我补充道，隔段时间再加些熟绿豆粉在里面，老吃黄豆粉容易上火，眼睛睁不开……讲究一点，再弄个荸荠串在笼子里，它自己会啄着吃。荸荠是下火的。

看他表情，似懂非懂，我说："不要着急，养一段时间就明白了。"由鸟儿引起的话题，无形中拉近了我们之间的距离，像是成了忘年交。他手一伸，示意坐在沙发上谈，我继续说："另外，再买些'皮虫'喂它，增加蛋白质。"

"皮虫？"他问。

"就是春天柳枝上挂着的、拖着长长丝的那种虫子。"怕他又不明白，详细地告诉他，"西湖边可能就有。用剪刀把前面裹着的一层皮剪掉，用手一挤，虫子就出来了……"

"大叔，你真在行！"这回，他听明白了，有些激动，"还有这么多的讲究。今天幸亏碰到了你……"

我的话他以前闻所未闻，算是帮了他一个忙，也连声道谢。

"不客气，知道一点。你店不大，品种倒不少。那些图案设计很漂亮！"我还没有完全从刚才的"审美"的状态出来，转开了话题。他笑笑，告诉我，这是他家开的几个店面的其中之一。规模不小，我由衷地赞叹，同时又好奇地问道："和同行相比，你家生意算不算大？"话一出口，我突然觉得问得不妥，唐突，生意人也忌讳这样的比较。"还行吧……大家都差不多。说好吧，也好不到哪里去；差也差不到哪里去……听老辈们常说，长江水，大家喝。"

我笑道，在理在理。赞同他的话。都说江浙一带人会做生意，其中秘诀就是抱团取胜。他告诉我，他是"翁家山"人，离市区不远。在他们那里，家家祖祖辈辈都是以茶为生——从茶种下地，到采摘成品、销售都是自家在搞的，现在茶山都分到各家各户了。清明前后是最忙的时候，从早到晚停不下来。茶叶看着一天一个样，来不及采摘，最忙的时候饭都顾不上吃。早采摘一天和晚采摘一天，价格上是有差别的，全年收入的好坏就靠这段时间了。原来采茶工好招得很，现在越来越难招了，太苦，没人愿意干了。茶叶最大的成本是付采茶人的工钱。另外这几年，杭州来了很多外地人，有不少人也做起了茶叶生意，竞争得厉害，没有以前好做了。

看着眼前这位与我儿子年龄相仿的他，像是换了个人似的，说到茶叶头头是道，我们侃侃而谈。我想，这应该是他对生活的认知和感悟，也是他从小到大生活里的内容。现实教会他许多书本上学不到的知识，现在向我这个他父辈般的陌生人，讲述生活的不易。说完，他叹了一口气，仿佛要将生活中的"种种不易""叹"出来才舒服些。

"能理解。"我告诉他，我也种过茶，知道里面的艰辛！那是四十几年前，十八岁的我作为一名知青，下放在安徽大别山区一个茶林场里，每天和茶林树木打交道。正如他讲的那样，清明前后是一年之中最忙的时候：每天清晨，东方刚露白，便上山摘茶草。看似简单的活，其实不然：要眼到手到，双手像是在茶树尖上跳舞，一刻停不下来。一天茶叶摘下来，累得腰都直不起来，第二天还得继续……当时，一级炒青是一枝两芽；一斤明前茶，需要两万个左右米粒般大小的嫩芽才行。冬去春来，一场春雨过后，茶叶疯长，耽误了采摘，茶叶长大了，品相不好，价格自然上不去。所以，再苦再累大家都咬牙坚持住，不能耽误。为了保证质量，摘下的新鲜茶叶不能停在林场过夜，当天晚上必须挑下山，然后再用板车连夜送到大队部的茶场进行加工制作。初春的山区晚上，寒气逼人，我们却浑身冒着热气，谁也没有心神说话，只有板车发出"吱吱"的响声在陪伴着我们前行。头顶上明亮的月亮在静静地注视着我们。月光下，我们的身影被拉得老长……前面用力拉，后面用力推，心里想着早点送到，早点回来美美地睡一觉，第二天此景还得重现。大家就像陀螺一样铆足了劲，因为现在的付出和我们的切身利益相关：到年底时算工分值就体现出来了。稍好点的，一天五毛钱左右，差一点的只有二到三毛钱。

"大叔，你今天要买点吗？"见我陷入沉思，他突然问道，"价格上你放心，会让你满意的。"

我俩回到了现实中来。

我笑笑，拍着他肩膀说："好，小伙子，宁可三日无食，不可一日无茶。"

"大叔，一人得神，二人得趣，三人得味，七八人是名施茶。"

哈哈哈……我俩大笑起来，心照不宣，说的话在墙上挂着呢。

"自己喝，还是送人？"

"自己喝。"

见他从一个大的罐子里拿出一袋茶叶来，递在我手上说："大叔，你给200元行了。明前茶，昨天刚送来的。"

我注意到是500克包装，标的价格是1200元，他只收了零头。我忙说："不行不行，这样你不是亏了吗？"

"大叔，能认识你是缘分，我很高兴。"

都说在商言商，他却回避谈钱，让我感动。

谢过他的好意，在此逗留的时间不短了，不能耽误他做生意。他送我至门口时，我指着招牌说："漂亮！"他答："谢谢！有空去翁家山看看。"

"好，我记住了。"

次日，车沿西湖边一路前行，不久便是弯弯曲曲的山路，沿山路再有三十来分钟的路程便到了山顶上。下了车，视线一下开阔起来：山虽不大，但也有"远看成岭侧成峰"的气势！蓝天白云下，山峦起伏，随处可见的茶园，一块块，一排排，镶嵌在半山腰的山脚下，像是被大山揽入怀中熟睡的孩子。茶园里，有不少人在摘茶。此处便是龙井茶正宗产地之一"翁家山"。地方不大，几十户人家住在这里，靠龙井茶过活。

在住家户的前面是一块蛮大的空场，空场的一角有一口井，见有一个中年汉子正在打水，我走了过去。

"南京来的?"他很精明，见我车子是苏 A 牌照，未等我开口，先问道。

"是的。你在打水?"我有点明知故问。

"南京好地方啊，六朝古都。"他边往上提水边说。

"杭州也好，人杰地灵。上有天堂，下有苏杭。"

他笑笑，我也笑笑。陌生人初次见面，赞美对方家乡，是拉近距离最好的方式之一。

说话间，他一桶水提了上来，倒进了他带来的桶里，还有剩下的，顺手倒进了井旁边的小沟里，淌走了……

"你们现在还吃井水?"我有点不解。在我看来，现在人几乎很少用井水了。

"泡茶……你可能不知道"，他朝我嘿嘿一笑，"有说法的，讲给你南京来的朋友听听，用这口井里的水泡茶味道是不一样的，只有我们当地人知道……香！"

看来此人很健谈，最后一个"香"字，语调提高了不少。说实话，井水泡茶好，头回听说。因喜欢喝茶，知道点茶叶的故事：茶有茶道，其中礼仪，多有讲究！追溯历史，丝绸之路，郑和下西洋，茶叶便是重要的必带物品之一。甚至古人喝茶，是用上江水还是下江水泡的茶，都能品得出来。足见"功力"不一般。

我去过武夷山的九龙窠，拜访了长在石崖上三棵有着 350 余年树龄的古茶树——大红袍母树，心怀敬意，朝它鞠了一躬。方圆百里的大红袍茶树都是它的子孙后代。去过黄山，见到沿途山脚下一块块的茶田，知道"黄山毛尖"由此而来，也明白"信阳毛尖"与"黄山毛尖"同样有名，其中茶王"蓝天玉叶"的名气更大。也到过六安瓜片产茶地齐云山，茶王"许道仙"名气不小。

也爱喝安溪铁观音，其中茶王"赛清香"是当地冠首。

当然，还有贵州"都匀毛尖"、普洱茶里的"锦绣茶王"、太平猴魁、祁门红茶，也都不错，享誉中外。

更稀罕的是有着六百多年历史的广东潮州"凤凰宋种1号茶"，由乌崇山凤凰水仙群体品种的自然杂交后代中单株筛选而成，生长在位于海拔约1150米的乌崇李仔坪村顶厝几块巨大的泰石鼓之间。

说到茶叶，大名鼎鼎的苏州"碧螺春"，几乎人人皆知。

现在，站在翁家山的土地上，不得不说到主角——西湖龙井茶，一直被冠以中国十大名茶之首。其中，"御前八棵"是龙井茶的掌上明珠，每年产量只有区区二两，价格没法用确切数字衡量。

龙井茶，每天在喝，如何炮制，我很在意，也深谙此道。今天看来遇到"高人"了，也好长长"见识"。为了证明他的"理论"成立，他补充道："知道这叫什么井吗？"

噢，听他这一说，我这才仔细打量起来：井是有年代了，四周满是青苔……井口的上方一转边已磨成半圆弧形，里口有很多勒出来的道道痕迹，在向我展示着它历史的厚重和流淌的岁月。我正要俯身向下看去，他连声提醒我注意上衣口袋有没有东西。不少人吃过亏，一弯腰，手机或钱夹子掉下去了。自己受损失不说，还污染了井水，捞上来是件很麻烦的事。

我谢过他的好意，检查了一下，向下看去，深不见底，水面上现出一个60来岁的男人脸来——我笑，"他"也笑，我眨眼，"他"挤挤眉……

"这井有年份了"，我直起腰后，对他说。

"是的。有故事的。"他朝我摆摆手，继续说道，"你先前没在意，后退几步再看。"

经他这么一说，后退几米，再仔细一看，有答案了：井上刻有"龙井"二字。由于年代久远，字迹有些模糊了，不注意看还真不容易看出来。

"明白了吧！你不好用手指的！"

他见我用手指着井上刻着的字连忙向我指出，又见我有点莫名其妙地看着他，笑了起来。"开玩笑的。"他向我解释其中缘由，"说来话长，讲给你南京来的朋友听听。"他侃侃而谈起来：乾隆有次下江南来到此地，正值夏季，口干舌燥，令人打井水解渴……一碗水下肚后，暑气全消。水又润又甜，很高兴，便问这叫什么井。众人被问愣住了，这口井从老辈传下来原本就没名，现在，皇上问道，真不知如何回答是好。"皇上，这叫龙井。"随行中有一个地方官员头脑灵活，现取个名字，以博乾隆高兴。果然，乾隆一连说了三个好，他知道这是奉承他的话，但爱听。

"皇上，要不到人家家里坐坐？"见日头很晒，一官员提道，乾隆点点头，众人前呼后拥，来到了一户农家。茶，自然是最好的茶；水，也就是从井里面取的水。山脚下是西湖，山上是龙井，泡的茶顺理成章叫作"西湖龙井茶"。

趁乾隆高兴，笔墨已准备好了，他大笔一挥而就，写下了"龙井"二字。……后面的事不用多说了，村里人找来石匠将龙井两个字刻在了上面。

见他绘声绘色地讲着从祖辈上流传下来的故事，我心里想，这也是他们引以为豪的一件事情。无论哪个国家，哪个民族，也不论是什么肤色，道理是一样的：只要在历史上发生了一件与他们有关、值得自豪的事情，哪怕是杜撰的都会感到荣耀。突然他停住了，说："都是老辈传下来的，不晓得是真的假的。"为了不扫他的兴，我说："应该是真的。此处是风水宝地。"

"南京朋友，要不要到我家去坐坐。不远。"他听了很高兴，手朝前一指。

"好！"我点头答应，也当了一回"皇上"。

不一会工夫便到了他家。他告诉我，家里人都忙茶叶去了，他忙里偷闲回来喝喝茶。和抽烟的人身上是一股烟味，喝酒的人身上是一股酒味一样，做茶的人家便是茶的味道。刚一进屋，便能闻到龙井茶特有的醇香，使人感觉到由衷的舒服。从外面看不出来，到了屋里，情景就不一样了——龙井茶给他们带来的"荣耀"充分展现了出来：堂屋墙上的照片，有不少是政府要员陪同国外政要人物来此参观留的影。不少人电视里常能见到。趁他去厨房烧水的工夫，我看着墙上的照片。

"都是以前的事了"，时间不长，他从厨房走了出来，一副见怪不怪的样子。我知道，凡是到他家来的人都会被墙上的照片所吸引。"来，南京朋友，喝喝龙井水泡的茶，有什么不同。"他顺手递给我一杯刚泡的茶，继续说道，"早些年来参观的人很多，到杭州了，顺便来看看。"他和刚才讲"皇上"一样，一脸骄傲！

龙井茶赋予了他们荣耀，也给了他们很好的回报，让世世代代过上比较富裕的生活。

有了前面故事的铺垫，有了心理的暗示，真的觉得井水泡茶香，有别于其他水所泡的味道。两口茶下肚后，我对他说出三个字：甜、润、滑。再要说，便是回味无穷，直抵心扉，把龙井茶的香味充分发挥出来了。"豆饼味不是那么重了。"我知道，给龙井茶上肥用的是豆饼，所以喝起来有点豆饼味道在里面，有的人不太喜欢那味道，而鉴别龙井茶的真假，往往就是通过豆饼的味道来鉴别的。他向我竖起大拇指，说在行。

我突然想到那句"一方水土养活一方人"的话来，真是太对了。眼前这位中年汉子，和开茶店的小老板以及许许多多靠龙井茶生活的人，虽然一年当中有几个月苦点，但家家过得很滋润。相比其他的地方，想吃这样的苦，还吃不着。所以，我对他说，很羡慕你们。他笑笑，没有回答。可能这样的赞美听多了，也就习以为常了。在又续了一浇水喝完后，他要忙他的事了，我也要返回了。谢过后，离去。在经过"龙井"时，我又停下来看看，想到刚才在喝茶时他又聊到这口井的一些趣事：许多外地人慕名而来，就为了看看这口井是什么样子，各有各的心事：想升官发财的，打一桶水上来，朝旁边的沟里一倒，叫"一统江山"；赌钱赌输了的，打一桶水上来洗洗手，叫"金盆洗手"，告别过去。还有一些不学好的，打一桶水上来洗洗脸，在胸口上抹抹，叫"洗心革面"，改邪归正。五花八门，什么样的人都有。当然，许多人临走时还是要买上点茶叶带上的。

龙井与茶与人，皆大欢喜。

南京朋友，再见！

杭州朋友，再见！

谢谢你的招待，谢谢你让我长了不少见识。

汾河流水，哗啦啦

程晓文 *

　　流行于二十世纪六十年代的山西民歌《人说山西好风光》，山西籍歌唱家郭兰英老师唱响了神州大地。"人说山西好风光，地肥水美五谷香，左手一指太行山，右手一指是吕梁，站在那高处望上一望，你看那汾河的水呀，哗啦啦啦流过我的小村旁……"一首描写我的家乡山西省的歌，经过我的想象，带着仙姿玉貌进入了我的脑海。

　　其实这个印象源自那年"六一"儿童节有幸在太原晋祠公园里，看到的美丽景象，从此，晋祠的山水像仙境永远刻在了我的心里。

　　那歌词唤起联想，把一个黄土高原的美丽景色想象得像晋祠般美丽。一个浪漫主义的写实手法的歌，迷蒙了我很长时间。汾河流水，像美丽的种子流进一个童稚的心田。

　　汾河是黄河第二支流，从北向南几乎贯穿山西全境。同黄河一样，在流经黄土高原时携带了大量泥沙，水色浑黄。我家在汾河中游省会城市太原，我的童年和少年时代正好跨越二十世纪五六十年代。我家住桃园路一带，紧临汾河。半个世纪多，见证了汾河的今昔变迁。

　　新建路，是中华人民共和国成立后，在太原市西城墙外新开辟的一条路。我们住的市委西院宿舍更靠西，人们叫西门外。是政府在荒地建的简易宿舍，离汾河很近。暑假，一群小孩相约到汾河坝堰玩。第一次参加小伙伴们的探险活动，我还是有些紧张。头顶烈日，我们一行翻过土墙，抄着近道，穿过旱西关农民的菜地，涉过齐腰的灌溉干渠，爬上 10 米高的土坝大堰。在高大树荫的遮蔽下，居高放眼望去。一望无际的汾河滩，尽收眼底。虫唱鸟鸣，蛙鼓蝶飞，一幅荒芜的原始画卷。坝堰阻挡了汛期洪水对太原市城区的威胁。

　　好奇的兴奋夹杂冒险的害怕，在老油条们的引领下，我紧紧地跟着前边的人，一步不落地踏着新踩出的草丛小道，穿过没顶的蒿草，不时惊起飞鸟蛙跳，

　　* 作者简介：程晓文，男，山西省太原市人，1954 年 3 月 18 日生。当过兵，做过工人，曾在太原市财政局、国有资产管理局工作，2000 年退休。二十世纪八九十年代在省市级报刊发表过多篇专业文章，退休后开始文学作品创作，并少量发表。

倒把自己吓得头皮发麻。还好没有遇到蛇和野狗。穿过滩涂草地，耳畔响起了轰鸣的水响。第一次，我近距离地看到汾河的雄壮。

宽阔的河面反射着午后的白光。黄色的水流冲刷着岸边的土块。不时听到"轰隆"一声，掉进湍急的河水中的岸头泥块，激起的漩涡很快就淹没了它们，水流不断侵蚀着河岸，让人害怕。胆大的大孩子，光着屁股在黄汤里游泳嬉戏。一些游泳完在岸边晒太阳的人，抖落身上因水分蒸发而显现的黄沙细粉。汾河因含泥沙显黄色，水缓处泥沙沉淀抬高了河床，弯弯曲曲的河水不断地在沙洲间寻找着出路。

汾河常因夏季的暴雨而泛滥，洪水盖过沙洲，淹没岸上的蒿草，水天一色浩渺广大。水退之后，原来碧绿的草地变成黄色的滩涂。好多天不能涉足。一脚踩下去，没膝的黄泥巴紧束双脚，让你身陷危机。

不知从何时起，滩涂成为倾倒城市垃圾的场所。多年倾倒集聚了大量垃圾，有生活垃圾，还有不多的工业垃圾。腐败的气味随处飘散。每遇冬春季节，朔风吹起垃圾，漫天飞舞。初春的劲风，很容易造成局部的旋风。扬沙飞尘几近遮天蔽日。残酷的现实摧残着男孩脑海中因那首歌而构筑的美图。

一次偶然，在一份资料上，我发现太原市政府早在1954年，就规划了汾河城区段蓄水绿化的治理方案。这一年是新中国成立以来，制定第一个五年计划的开端。那一年我刚出生。无奈守着这样一条河，度过了童年和少年。虽然也有忘不掉的天然野趣，但我还是希望尽快治理荒蛮。期待，盼望，一年又一年……

弯弯的月亮下，有一条弯弯的小河，弯弯的小河旁边，有一位小孩，小孩淌着泪，唱着那首流行的歌谣："人说山西好风光，地肥水美……"歌词里藏了太多的梦想。我始终不愿意将眼见到的现实毁了心中的对那首歌的构图。终于我决定远走他乡，故乡的落后不变让我灰心。

一晃多年过去，改革开放的春风吹向神州大地。祖国一派欣欣向荣，到处高楼林立，车水马龙。在一次摄影展上，我看到故乡的奇景。那是利用无人机在高空拍摄的图片。从汾河二库蜿蜒南下，一条深蓝色的飘带，穿城而过。没错，那就是汾河。东西两岸的滩涂长满了绿植。风格各异的跨汾大桥，装点得汾河景区美艳妖娆。得知汾河公园获得环保奖。一种冲动，火速驰往。满眼的新奇，找不到过去的痕迹。踏足汾河岸边，早已是泪挂两腮，它超出了我童年构筑的梦境。

春风吹绿了柳梢，波光粼粼的汾水荡舟沉鱼。水鸟展翅，燕雀呢喃。晨练的人们自信地踏出舞步。花甲人、少年郎尽情奔跑在青草绿树间，大口呼吸着富氧空气。心情好到极点。这条狭长的绿地号称城市绿肺，极大改善了城市空气质量。

伏天的夜晚，逃出闷热的高楼，人们徜徉在汾河岸边的步道上乘凉。河风吹来，格外凉爽。汾河公园东西平均宽度五百多米，南北长度超过十千米，是太原市最大的城市公园。设置梯级橡胶坝，使汾河城区段全年蓄水，提高了空气湿度，改善了大气环境。舒适的气温，柔和的路灯，无边的漫步伴随路边音响播放着的清脆的钢琴曲，脑畔掠过一丝灵感。醉弹琴曲梦吟诗，那是神仙过的日子。

> 漫步
> 一晚汾河边
> 二目空如水
> 三更不思归
> 四面听琴曲

多雨的秋季，不见了汾河上的浊浪黄沙。上游拦洪蓄水筑坝，调节全年枯丰流量。东西两岸以砼构筑的暗涵式坝堰兼具步道功能。城区污水顺着暗涵汇集到下游的水处理厂。分水坝兼顾了蓄水和泄洪功能。宏大的工程耗资巨大，用了数年时间，终于办成了以前想办而没有办成的大事。2000 年，汾河城区段蓄水成功。老太原人纷纷前来一睹。新世纪随着太原市扩容和城市拉伸，汾河公园不断向南延伸。这项利国利民的千秋水利工程，只有我们社会主义举国办大事的体制才能做到。厉害了我的国！我骄傲，我自信！

一阵春风一阵暖，一场秋雨一场寒。一说下雨又想起一首诗来。

> 折松煮大肉
> 拈花泡小妞
> 雨中看江湖
> 醉后读春秋

雨后的汾河公园，丽日高照，芳草扑鼻。艳丽的美女忙着选景拍照。附小诗一首，略显风骚。

> 采风
> 一早汾河边

二目挑好久
三步录一景
四时不知归

冬日汾河，冰封河面，一场大雪，遍地白银，雪压松柏，红梅傲放，冰挂枝头，冬鸟起舞。冬泳的人们，凿开一道冰面畅游，看呆了外地游客。原来冬泳也是一道风景，有诗为证。

咏冬
赤膊冬泳人
迎寒白鹭鸟
寒鸟不知冻
泳人不知冬

泳梅
赤膊冬泳人
傲雪红梅开
世上有高风
人间有傲骨

耳畔又响起郭兰英老师那首老歌"……你看那汾河的水呀，哗啦啦啦流过我的小村旁……"如今，汾河的水，不再是哗啦啦地流过，除了橡胶坝的高差。她被勤劳勇敢善良的人改造、教化、美化，安静得像个处子。

远处，随风飘来悠扬的歌声，像著名歌唱家马玉涛《解放军进村来》的曲调。"小河的水清又清，绿草爬满了坡，春风起，雨水来，水岸桥梁照影来……"

花甲一轮阅览红尘，汾河美景终于圆了那个男孩的梦。梦醒时分白发已添。忙碌一生，终于可以静下心来享受生活。偷得浮生半日闲，寻得闹市有静处。心静，水静，风静，天、地、人，一幅和谐的美图。圆满了，知足了，有生之年过上了神仙的日子。

神奇的七仙女山

陈祖荣[*]

贵州省黔西南州安龙县城郊巧洞村的七仙女山（距县城约二千米），从其对面的大丫口村（距县城约一千米）看去，有高大的头部、发结和圆圆的双乳，仰天卧于巧洞水库之上活脱脱的睡美人形态，是全世界独一无二的奇景，为我神州大地所独有。为什么这样说呢？因为我看过网络上很多睡美人山的图片，那些睡美人山，仅是轮廓相似，没有立体感。巧洞村的睡美人山，头部是一个独立的大山，发结是两个山头，鼻子也是一个突出于这大山顶上的小山，双乳是两个独立的圆形小山，连接双乳的脖颈是倾斜的山地。这些山体的大小比例，跟女性人体比例一模一样，是女性人体的真实再现，所以称其为睡美人山名副其实。

七仙女山双乳下面，是一片平缓的坡地，直抵水库，巧洞村就坐落在这片坡地上。

七仙女山的奇特之处，除头部、双乳神似女性外，旁边还有一个符合人腿比例的山。在这只"腿"的膝盖至脚掌中部，又有一个小山，形似襁褓中的婴儿躺着。

因此，从七仙女山整个山体布局看，其寓意着一个幸福美满的家庭：女人、丈夫、孩子，在一个没有贫穷，没有饥饿，没有纷争，没有战乱，处处充满着爱的世界里安静地小憩着。在蓝天下享受着阳光，享受着安宁，是人类幸福生活的象征，这样神奇的美景其他地方有吗？肯定没有！

七仙女山由头、发结、双乳、脚、婴儿等七个山体组成，是大自然的鬼斧神工，亦是奇特的地质景观。

在大丫口村前的田畴衬托下，七仙女山景色秀丽，令人惊叹。

夏天，七仙女山如睡在绿色的地毯上，秋天如躺在金色的地毯上。原生态的七仙女山景色，令人久看不厌，让人终生难忘。

清晨，薄雾轻飘，朝霞满天，七仙女山的形态，令人神往；晴天，彩云飘

---

* 作者简介：陈祖荣，男，81岁，贵州省黄果树风景区原白水学校（现思源学校）退休教师，现住于贵州省贵阳市。

过，遮住部分七仙女山，这时的它似有了女儿家的羞态，随着云朵的变幻，亦是千姿百态，令人赞叹；雨天，雨雾蒙蒙，七仙女山又似卧于纱帐之中酣然入梦的仙女，神秘莫测；雨后，薄雾似轻纱在山间飘绕，令人惊叹。

站在巧洞水库边看七仙女山，水中倒影似佛塔的尖顶，又似宝瓶浮水，别有一番情趣，令你久伫难移。

龙是中华民族的图腾，令人称奇的是，七仙女山上空居然现"龙"了。2014年7月24日，一场大雨之后，傍晚6时42分，大丫口村与七仙女山相对的小山包上空，现出一片头、角、髯分明的龙头形状彩云。一小时后，七仙女山上空，又现出一片有头有尾，似龙形态的彩云。天意难逢，我有幸用相机拍下了这一神奇美景。

2014年7月29日下午3时53分，七仙女山上空出现了蘑菇云。蘑菇云逐渐升高，横贯大丫口村上空，晚10时仍未散去，令人惊叹。

我认为，七仙女山是大自然赠予人类的尤物，具有高度的美学观赏价值和地质科研价值。

七仙女不恋天庭无忧无虑的神仙日子，下凡嫁给了始见于三国时期曹植（公元192—232年）《灵芝篇》所记的董永，在人间过上了男耕女织的幸福生活。

20世纪90年代，严凤英主演的《天仙配》唱片发行量超过一百万张。据中国电影发行总公司的统计，从1956年到1959年的四年中，《天仙配》巨幕电影在海外各国就拥有了约三百万观众。在中国大陆共计有一亿四千三百万影迷。

《天仙配》是代代相传的爱情故事。七仙女山正是这个美丽动人故事的佐证。

七仙女山寓意着人间有女人、丈夫、孩子的幸福家庭。七仙女山是人类幸福生活的象征。

若开发七仙女山为旅游景点，应该保持其原生态的美景，让当地百姓能照常在田地里耕种劳作，插秧收谷。更可让游览者亲自参与劳动，既能锻炼身体，又能体会到粮食的来之不易，不再浪费粮食，这一点对生长在城市中的儿童、青年，是很有意义的。

所以，应把龙城睡美人——七仙女山的美景，建成保持原生态的景点。

遗憾的是，2015年，迁走三户人家后，征收了大丫口村百余亩的田土，修了一段公路，砌筑石坎，说是要修蓄水池，给安龙县城供水。

然而，这万吨蓄水池的水源，不是近在咫尺的巧洞水库，而是距安龙县城50余千米的平桥水库。通过人工渠抽水引水入池，给安龙县城供水。但选址在大丫口田畴上，水池明显低于安龙原县政府和原安龙一中等地。为什么不把水池建在高于县城位置的其他地方，反而要毁坏大丫口村的百余亩田，破坏原生态自然景观，修这个需要二次加压甚至三次加压才能进行供水的水池？令人不解，幸好工程在 2016 年停工。

2019 年我在今日头条上看到"贵州投资圈"作者发布安龙平桥水库项目一期工程时，当即在头条评论中向投资人建议，蓄水池在别处另建，恢复大丫口被毁坏的田土，保持七仙女山的原生态景观。

不知是何原因，投资者没有回应。2020 年 6 月工程复工，我又向原贵州省委书记孙志刚同志书面报告，建议恢复大丫口村的田土，保持大丫口田畴与巧洞村七仙女山的原生态自然景观，为申请世界地质资源遗产的申遗工作创造优越条件。遗憾的是没有引起重视，施工继续进行，挖土机把剩下的四十余亩田土全部挖掉，终于彻底破坏了七仙女山与大丫口田园整体原生态自然环境的美丽景观，令人痛惜。

贵州省黔西南州安龙县城郊巧洞村龙城睡美人——七仙女山，是大自然的鬼斧神工。在大丫口村前田畴的衬托下，七仙女山随春、夏、秋、冬季节不同的变化，向人类展现着她的绰约风姿，令人神往。但是换个地点去看，就是几个普通山头，不成景观。只有在大丫口村前，把美丽的田园景色与七仙女山连成整体看，才多姿多彩，变幻莫测。

尊敬的专家们、广大网友们，如何很好地开发七仙女山，让天下人都来观赏、瞻仰龙城的睡美人——七仙女山的绰约风姿呢？

青铜山游记

毛成秋 *

　　立春时节，乍暖还寒。在一个阳光明媚的日子里，我们游历了青铜山峡谷。

　　来到山下，走进公园，首先映入眼帘的是用青铜铸造的几位古代圣贤的铜像，在铜像的下面铭记着他们各自的发明创造和对人类发展做出的杰出贡献。沿着山路，再往上走，沿途铸有十二生肖铜像，形态各异，栩栩如生，上山的小路步步登高，看到美丽的景色，许多人兴奋地举着手机，抱着相机，尽情地拍照、摄影。

　　人们欢愉着走过一段坡道，我们来到了一个景点，这是一个人工开凿的溶洞，开始进入的地方很窄，高近 2 米，只能容一人单行，像大的鹅卵石铺设的通道，洞壁沙岩石一般，顶部又好似许多下垂的冰凌，险象环生，巧夺天工。洞壁有凿过的小的平台，安着微暗的小彩灯，颇有一种神秘之感。越往里越宽阔了，慢慢走到了一个比较宽广的平台，在这里导游告诉我们可顺洞而下，人们便一步一个台阶地往下走，我们发现有许多艺术加工的壁虎、蝙蝠、蜘蛛之类的小动物镶嵌在洞壁上活灵活现。顺台阶而下，是一个大的平台，平台上矗立着一尊青铜铸造高大的出水蛟龙，昂首吐着火信子恰似腾空而越欲冲云霄，再往下一段距离，又来到了一个大的平台，是一尊高大威猛的古装武士铜像，有一种威严平和的正义感。走过一座石桥，欣赏着形色各异的造型，不知不觉来到了山上的出洞口，到了山顶，视野豁然开阔，举目远眺，远处的青山秀色，奇峰峻岭尽收眼底，顿感一览众山小的豪迈。

　　下山，一些胆大的游客体验了一下玻璃滑道和玻璃索道的兴奋与刺激。为了多游览一些峡谷景色，我们走的是环山栈道，栈道宽约一米半，多是用木方并排而成，底部是坚实的木方贴着山壁三角形托衬着，外围是坚固的护栏，栈道随山形高低错落、盘旋曲折，走在上面感觉特别惬意，真得感谢山中工匠们的鬼斧神工。来到山脚下，这里有最后一个景点：青铜山大佛，佛高大约十米左右，双手合十，面目慈祥地看着前方，已有许多游客在烧香叩头，默默地在

---

　　* 作者简介：毛成秋，1967 年生人，现居于山东省禹城市。喜欢畅游在文学的世界里，喜欢用文字抒发自己的感悟。

大佛面前祈祷。

是呀！我们每个人都有着自己的心愿，人们都希望心想事成，企盼生活美好富足，身体健康，这就是我们老百姓的魂！

落日的余晖，映照着壮丽的景色，映照着游客兴奋的笑脸，我喜爱这挺拔俊秀的山色，因为它展示着绿水青山就是金山银山，意味着我们中华民族的成熟和繁荣。

夜登岳尊晨赏日出

释儒道*

辛丑夏初，劳动小假，访友于鲁。夜登岳尊晨赏日出，杂感志舒。

亥时至山脚，夜幕蔽山，未得瞻其圣容。置竹杖以辅脚力，未租棉服，因其市甚过其值。夜深风拂，回望同游者，影从浩荡，络绎如流，若丐帮会集以襄盛举。

前程盖因无知山抖路遥，且腿力富足，谈笑行匆。唯北斗高悬示南，默视游众。路阶时宽时窄，挥汗偶得风寒，暂缓腿乏。两侧时有进食饮水坐歇者和衣被服蜷睡者。缘坡有庙宇，灵佑一方，有祈福树，红绸翻飞。店肆通明，吆喝琳琅，蔬果水饮，饼面纪物。坐沿充能，逢黄发伛偻，垂髫提携，不困于龄，各自逐梦。暗自生叹，挑山工，负高色色，上下日日，以资游人。铺石阶工匠，凿纹鳞比，条石整齐，每阶各三四，其量无计，其工琐累，其成日久。微斯人，则人鲜山冷，庙宇无烟。拾级而上，汗下以为酒敬。

道蛇形而人流长，中有牌坊，上书龙门、升仙等，中有中天门，终有南天门。可记行程，可慰劳身，励力再前。时有山泉激石，鸲鹰穿林。及至十八盘，尽是陡阶，两侧歇坐游人更狭其道。每遇，或停或绕，增颤困肢。夹于人中，汗蒙双目，心无杂念，随众迈步，时走时停。

丑时登顶，近玉皇顶，风过凉汗脊。环视九天，勾月手得，明星可摘。北侧为五岳独尊石，东顶有拱北石，名曰日观峰。寻一小坳，委身其中，待卯初日出。若吾者众。丝缕困意，寒风驱散。寅末，天幕渐成上白下黑，雾气晕染其界。暮色泛明，目可视周，才觉背后石坡游人蹲坐挤靠若猴山，间计时语。飞机过而汇其气尾，日未出而霞，羞若二八。山边松柏，迎风而摇首，绕有山雀，共舞谒金乌。游人时有期言即至，忽闻尖叫日已出。定目而凝。晨幕之上，只露一牙，其色不红，灼灼其华。成半盘，分天地。渐升趋圆，其焰愈甚，更发喷薄。倏忽间，其已离地，荡退暗黑。

篇章皆以日出天明喻胜难有望，大道终现，今拜视，诚然。

其巧者，是日乃立夏也。返程凌顶俯瞰，岱峦游龙，竟生孤意，长袍猎猎，似负纯钧。

---

* 作者简介：闫成伟，一名古文爱好者。对于古文，只能说是玩弄显摆。但钟情的，是那种言有尽而意无穷的畅快淋漓的感觉。唯愿尽绵薄之力，把自己真正喜欢的，坚持下去。

边城漫记

詹泳波 *

　　走进边城，你就走进了宁静，走进边城，你就走进了历史。走得进边城的小巷，却走不出岁月的悠长。边城的宁静美丽、淳朴厚道、细雨蒙蒙中的那一抹翠绿，还有渡船的慢悠以及路灯下大黄狗的悠闲踱步，在我心中久久不能散去。过惯了都市的繁华和匆忙，见惯了都市的虚伪和嘈杂，边城，以它特有的宁静和淳朴，让我停下匆匆的脚步，将它深情凝视。久藏于心中的那份情结便开始快速地澎湃，万千情感在笔尖汇集。虽说在边城的两个夜晚，在酒精的作用冲动之下，写了一篇散文诗和一首自由诗，那只是在一定的程度上宣泄了我刚走进边城时的一种狂爱和冲动。边城，它像一位纯情少妇，既风情万种，又婀娜多姿，既清澈见底，又韵味悠长。她有一双明媚的双眼，将你的灵魂紧紧勾住；她有一双纤细妩媚的手臂，将你牢牢地挽住，让你心旌摇曳，使你寸步难移。今夜哪怕万劫不复！哪怕今宵殒命！我也要投入她的怀中，让她的春风将我洗涤，让她的体香将我融化。

　　自从读过沈先生的《边城》以后，对边城就有了一种向往，倒不是因为没时间，只是印象中边城虽说在湖南境内，不知道是书名给我造成了错误的印象还是因为交通不方便，总觉得它离我很远很远，一直没能成行。久而久之，去边城就成了我的心结。在没有读《边城》和到边城之前，对边城的概念就是湘西山区一座边远的小城。去过之后，才知道自己的无知。其实，历史上并没有边城一说，只是沈先生写了《边城》一书之后，才有了边城一说。边城包括湖南的茶峒镇和重庆的洪安镇，以清江为界，划江而分。洪安镇有一脚踏三省之称，清代名人章凯曾写诗形象地表达了一脚踏三省的意味："蜀地有近时，春风几处分。吹来黔地雨，卷入楚天云。"洪安镇属于重庆市，东与湖南的茶峒镇隔河相望，南与贵州的松桃县的迓驾镇山水相连，为渝东门户。横跨清水江的湘渝大桥的正中央是湖南与重庆分界之处。处于江心，有两座岛屿：一个叫三不

---

　　* 作者简介：詹泳波，男，56岁，湖南省长沙市人，大专学历。一辈子对文学孜孜以求，曾在《广州铁道报》《株洲日报》《人民铁道》《先行》杂志发表过散文、诗歌等作品。下过海，经过商，目前在中铁总公司广铁集团工作。业余爱好：户外运动、跑步。

管岛，言下之意，这个岛没有归宿，既不归重庆也不归湖南也不归贵州，所以叫三不管岛，岛上人烟稀少，只有一栋年代不算久远的楼房，一条饱经风雨沧桑的木质画廊与洪安古镇陆地相连；另外一个岛叫翠翠岛，四面环水，与三不管岛毗邻而居，岛上据说没什么古文景观，纯粹是一种商业炒作，我自然也没有心情去岛上观赏。原计划在边城只待一晚上，但是一到边城，便被它的古朴、宁静、悠闲以及原始的人文气息所吸引，怎么也迈不开前进的双腿，我便决定在这里住两个晚上。我们选择了临江的一家叫"摄影"的吊脚楼客栈，位置极佳。站在吊脚楼上，可以把边城清水江两岸的美景尽收眼底。由于我们是国庆黄金周以后出行的，属于旅游淡季，因此房价也就稍微便宜些，标间临江，只要 198 元，要是旺季，此房间绝对不会低于 500 元。

边城很美，雨中的边城似乎更美，像刚沐浴出来的少妇，没有点滴的浓妆艳抹，清新自然，娇翠欲滴。晨起，站在临江的吊脚楼上，伸一下自己慵懒的腰，深呼一下边城香甜的空气，便觉得心旷神怡。然后泡上一杯茗茶，俯瞰倒映江中的边城，你会感觉到江中的边城比江边的边城更美，两者交相辉映，像一幅绝美的水墨画，让你拍案叫绝！每天早晨六点四十五分左右，更有一行白鹭由西往东蜻蜓点水般从江面掠过，使边城更显宁静优雅。而在江面上晃悠了多年的渡船，总是那么无声无息、慢悠悠地在茶峒和洪安两边穿来穿去。偶尔有几个少妇在江边洗衣，捣衣的棒槌声和她们嫩脆的笑声，才打破这山城的静默，时间，也像蜗牛一样爬行，仿佛已经凝固。而两元钱的渡河费以及耸立在渡口的语录塔，更是把我们拉回到二十世纪六七十年代清贫与质朴的悠悠岁月。而穿行于边城大街小巷的青石板的韵味更能让你感受到历史的悠长。大佬、二佬和翠翠不太完美的爱情故事也给边城增加几分凄美和绵长。

子在川上曰：逝者如斯夫，不舍昼夜。碧绿的清水江流走的是忧伤，流不动的是历史；古老的水车转不完的是故事，转不动的是厚重。若是你到边城来，边城定会给你很多的收获。边城，它会使你浮躁的心灵趋于平静；边城，它会以它的淳朴洗涤你的灵魂；边城，它会用它的柔软，使你停下匆匆的脚步，享受它的温情；边城，它更会用它宽广的胸怀，包容你的一切。

晚霞之悟

疼　醒

沈玉根*

（一）

寒冬的清晨又响起"沙沙沙"的雨声，缓缓钻进温暖如春的被窝里，它似乎变成了一首美丽动人的交响乐曲，又溜进我的耳蜗。

（二）

妻子猛地醒来，推开窗户，看到院子池塘里无情的雨点，仿佛打在了她心里。她幽幽地说："今天你不能去……以后也不要去了！""怎么了？这是不可能的。"我一边对妻子说，一边起床。正当我要走出房门时，回头望见，妻子眼中的泪水，随着她皱起的眉，在眼眶里打着转，仿佛马上要与室外的冬雨相呼应。

（三）

无声的命令让我不得不回到了床上，重返春意正浓的被窝，妻子眼中兀然雨过天晴，顺手帮我掖了被角，下楼去做早餐了。

（四）

已经不知多少年没有睡过这种懒觉的我，迷迷糊糊地又一次进入了梦乡，在睡梦中享受着美妙的梦境。这让我想起古代先民的三大幸事——开江鱼、下蛋鸡、回笼觉，已到花甲之年的我渐能体悟这种生活的纯真之美了。突然手机

---

* 作者简介：沈玉根，笔名"曲文"。在中央级、省级、市级报刊和出版社发表过小说、报告文学、散文、通讯等。发表过中篇小说《回旋的波涛》，出版过《曲文小说选》。有的作品被评为全国一等奖，省、市好新闻一等奖、二等奖等，荣誉被定格在《市志》中。时任浙江桐乡电视台、嘉兴电视台主任编辑，资深记者。记者协会、作家协会委员。

的响声给我正在畅游的蓝天大海美景按下了暂停键，11 点了，快吃中饭了……

（五）

我带着从未有过的舒适感，哼着小曲下了楼。妻子看着我，忍着笑轻声嘀咕，也好似在开导她自己："你还是每天去吧！十多年了，大雪纷飞你也习惯了，成自然了吧。我不想你每天只吃两顿饭，这应该不算是个好习惯。"

（六）

妻的心疼，终于在今天"醒"了。每天清晨迎接我的就应该是桐乡新世纪公园里"月湖"上的朝霞，它和我的妻子一样，温柔而美好！

蝉

王和平*

已是凌晨 2 点，窗外的雨时有时无，稀稀落落，无厘头的思绪漫天的氤氲。索性填一曲《点绛唇》聊以慰藉：

夜半星疏，秦山漫道晴还雨。蝈蝝啾啾，独居山一隅。

长歌临轩，华发竟蹉跎。堂前木，叶飘飞絮，只把心事卜。

正沉吟间，一声蝉鸣——划破这无风的夜幕。

短暂、怯懦、掉落……

又有谁知道，这夜半鸣蝉的故事呢？

是十三年之后的放纵，还是十七年之后的邀约，总之，应该都是若虫期许的因果轮回。

儿时，经常于明月下，沟渠中摸泥鳅打秋蝉，泥鳅串于茅草，蝉儿困于瓦罐。因猫儿叼去了泥鳅而哭，因狗儿嚼碎了蝉儿而闹，只有母亲，匆匆卸下农具，提起草串瓦罐入厨房的时候，我便高高兴兴地围在灶台旁，一边给母亲讲我的蝉儿有几只会叫，一边闻着锅中飘起的香味入神。

如今，听这一声蝉鸣，却无端地生出了"本待将心托明月，奈何明月照沟渠"的苦涩。罢了，罢了，时光易逝，岁月添人老，英雄气短的事情再不作他想。

记得曾下决心长大后不能做一个"什么都不懂，还喊着知道、知道、我什么都知道"的狂妄自大的"知了"，遭人耻笑。现在，却兀自琢磨这"知了"与"知道"本身的意义与这现实的区别，"道"不是在道家口中的"万物皆有道"吗？这么看，还是"知了"来的含蓄些。已入不惑之年的我，不曾给我的孩子讲过"知了"的故事，大概是因为孩子佩戴的那只玉蝉，取意应该是"纯洁、清高、通灵"，抑或是喜欢古诗词的我，深感蝉声凄苦、蝉性高洁的缘故吧。

久居山中，发现山里的蝉体型较小，且叫声短促，应称之为"蜩"，按照这

---

* 作者简介：王和平，笔名"唐风宋韵"，毕业于延安大学中文系，文学爱好者，曾在多个媒体发表短篇小说、散文、诗词。

个思路，的确发现古书中运用"蜩"的诗句大多有山，如贯休的"静嫌山色远，病是酒杯偏。蜩响初穿壁，兰芽半出砖"；又如元稹的"及来商山道，山深气不平……风松不成韵，蜩螗沸如羹"。暂且不论这是否有点"以竹鞭犬"的意思，早就有"在山泉水清，出山泉水浊"的说法，相信，山内与山外的事物总有一些不同之处。

听这一声蝉鸣，我脑中不断寻思蝉的诗句、禅的空灵与缠的烦恼。

我是否也能在这声空灵的蝉鸣中得以蜕变？

蝉之于禅的意义何止是一种叫声，聒噪于世，明清于心。

听这一声蝉鸣，世人或许会在"蝉、缠、禅"的六种不同排序下获取不同的生命状态——六种结局！

这种计算真的蕴含着《周易》之六爻的秘密吗？

蝉鸣高树间，野鸟嘶于丫。热不息恶木之阴，炎炎酷暑中，秋的气息愈来愈近了。

相　聚

杨春国 *

繁忙的工作，操心的日子，暂且放放，让我们从四面八方赶回这阔别已久的年轻战场。这里是我们情感的绿洲，心灵的净土，我们心中最圣洁的地方。

手相握，心相贴，辨识着初见的依稀模样。相牵着去转一转操场，再看一眼饭堂，一眼教室，再看一眼宿舍，回忆着发生在这里的桩桩往事。

还记得早操集合的匆忙，老师、学生口号的响亮；

还记得饭堂的拥挤嘈杂，面条、馒头、大碴粥的醇香；

还记得教室同学如饥似渴的求知目光，老师时而娓娓道来，时而慷慨激昂；

还记得寝室的同榻夜话，讨论不完的女生、男生、人生话题；

还记得校园外的田埂、八里岗（苗圃）的风光，留下了我们年轻的脚印，情意绵长；

还记得小城唯一的照相馆，把我们的青春记忆永久珍藏。

相约着去拜访了老校长、班主任、任课老师。

是您开启了懵懂的我们的智慧之门，去探求色彩斑斓的未知世界；

是您鼓起了我们理想的风帆，去搏击波澜壮阔的广袤海洋；

是您给我们插上了腾飞的翅膀，去翱翔风云激荡的无垠宇宙。

感谢您！感谢您的辛勤培育之恩。在此深深地给您鞠上一躬，表达我们的诚挚敬意！道一声：老师，您辛苦了！

举杯庆祝吧！

这欢聚的时刻。

放声歌唱吧！

这澎湃的激情。

全体合唱一首《年轻的战场》，把我们带回到那个性张扬的青葱岁月；

一曲《校园的早晨》，仿佛回到了晨读的美好时光；

一曲《滚滚长江东逝水》，把我们带回到李海生老师的课堂；

* 作者简介：杨春国，笔名"迅哥儿"，喜欢阅读，爱好写作，擅长厨艺。在新媒体偶尔发一两篇文章。

一曲《同桌的你》，想起了你我相处的温馨画面；

一曲《毕业歌》，寸断了肝肠。

同学情是最质朴的，也是最纯洁的；是最平凡的，也是最高尚的；是最浪漫的，也是最动人的；是最坚实的，也是最永恒的，让我们且行且珍惜！

相逢短暂，走得太快的总是时光。

快把回忆植入脑海，今生的我们永不相忘；

快把思念固化于心田，今世的友情天天吟唱。

分别的悽凉，难舍的惆怅，泪花闪动，我们微笑着击掌。相互祝福，互道安康，相约未来，我们阔步走在更加宽广坚实的路上。

十年之后再相聚，我们相约四十年！

平凡中的幸福

杨桂环 *

不想在相爱相杀中度日，只愿在一平如镜的湖边驻足。

在没有纷争的静态下，望着雁来无语、风去无声的曼妙，享受着大自然带来的惬意！哼着快乐的旋律，再从内心抒发出属于自己的那份诗情画意。

在太阳升起的时候，揉着睡眼惺忪的痴目，回忆昨天一帘幽梦的恬静，一种无以言说的幸福，洋溢在历尽沧桑而又童心不泯的脸上。

到了晚上，望着洒落的月辉，一颗与世无争、平静的心，进入甜蜜的梦乡。梦见孩童时代的天真与浪漫，与三五好友，奔跑在无边无际的草原，采摘着五颜六色的鲜花，又将采摘下来的花，编成自制的花草帽，互相争抢着、逗闹着、嬉戏着，无忧无虑地玩耍！玩累了，几个人就躺在大地上，望着天上飘游的白云，各自做着鬼脸。忽然又起来，一手捂着自己想笑的嘴，一手又指着别人沾满灰尘的脸，大声喊着："小花猫！"喊着，喊着，又从美梦中醒来！

幸福没有统一标准，只要自己觉得好，只要自己高兴就是幸福！小家碧玉，一份安静，一份无忧，一份得体的淡然与优雅，再添上几分书生意气，也不失幸福之年华，这样的温馨与惬意，在迟暮之年，也算一种自我享受吧！

---

* 作者简介：杨桂环，女，68 岁，辽宁省葫芦岛市，曾担任小学教师、社企工会宣传等职务，在报社、电台、电视台、书刊等多次发表作品并获奖。

烟波秋江情

张遵国 *

时值初秋，夏的余热未尽。傍晚时分我还是趁此稍凉之际来至长江岸边。我沿着中江古塔下的长江堤岸，向下游缓缓走去。

此段长江是哺育我成长的故乡之水，因产珍稀动物"扬子鳄"而另有名曰"扬子江"。对此我并不陌生且还情深意浓，至今仍牵怀万千。

半个世纪之前，我曾就读于这江滨某巷口东端马路对面的一所部属理工中专。晚饭后常独自一人越路穿巷来此江边赏景。晚霞夕照、暮霭淡散，江面上鸥鹭翔飞、轻掠点水，更有那穿梭不绝的铁驳、货轮和渔舟，片片白帆伴随着船桨橹声上下穿行，这些织成了一幅烟波万顷、江天一色之美妙景致而使人驻足长留。

可如今时移境迁，江面上往来的铁驳、货轮尚存如旧，而那"渔舟唱晚"的诗画情韵已不复存。

今再观览，当年那沙土堆积的防水外堤和其上依后筑设的水泥高墙已改成片片草坪及光洁的花岗大理石台。青树翠蔓之下的花圃草坪及石台如那亭榭廊坊的园林景苑，彰显出今人的匠心独运、精巧构思。原水泥防堤外侧、滨江行道对面，也非昔时那青砖灰瓦的旧式建筑，而是那鳞次栉比、高耸入云的商楼广厦，且大多还是钢化玻璃壁窗，立式透体的现代建筑艺术风格。

回想当年毕业离校的前日，也是傍晚来此江边，虽默默无语，但仍在内心抒发了对这故乡之水的依依惜别之情。因至此我则离校别乡而踏入一条未知而又充满种种诱惑的社会人生途程。

数十春秋的坎坷起伏、悲欢离合，我吮吸了人生之杯的各种味汁。二十世纪八十年代末至九十年代初，我终难脱名利之缚竟辞职离厂"下海"，开始了自己商业生涯的新征途。

---

* 作者简介：张遵国，男，汉，1948 年 12 月 8 日生，安徽省芜湖市人，籍贯庐江。1969 年底毕业于芜湖电机制造学校分配歙县黄山发电设备厂工作，1976 年 9 月初调回芜湖重型机床厂，1987 年获安师大汉语文学大专文凭。曾于此期间在当地日报文艺副刊发表过两篇短文艺评文。1989 年自动辞职下海经商。2020 年 4 月散文稿《故地最是痴绝处》被本地《大江晚报》副刊刊载。

又是几十年风风雨雨，浪迹江湖，我的双足遍布大江南北，身影常闪现江南的崇山峻岭、溪桥涧边。虽几多艰辛拼搏，奈何终未事业大成而抱憾无穷。"韶华易逝、青春难寻"我今以古稀之年再次来到故乡的大江岸堤，俯视脚下奔涌江水，旧颜未改仍东流不息，思今抚昔，不免生出几许惆怅失落。

初秋的夕阳进射江面似镀上了一层锦鳞斑彩。江浪尖上浮光跃金如纤云流霞闪动。这其中也夹杂着个人往昔生命的荣辱、悲喜，如今都已随着层层逐浪递推而东流逝去。

"是非成败转头空，青山依旧，几度夕阳红。"这悲壮低沉又铿锵激昂的古曲又似在我心中回荡。突然，江面上游驶来的货轮汽笛长鸣声又将我从这沉思中唤醒。思之当今，我们的国家和社会正发生巨变，中华民族也进入了一个新的复兴里程。个人命运的变迁、得失、沉浮，仅是这历史长河的一个碎片和细尘微粒而不值牵怀纠结。

这人类历史正如江河之水、滔滔巨浪，势不可挡、奔流不绝。亦如那大文豪东坡居士所叹："寄蜉蝣于天地，渺沧海之一粟。哀吾生之须臾，羡长江之无穷。"

后有来者

董锦清 *

从亘古的烽火台走来，越过秦关汉月，走进秦淮河边的满城春色。曾扬起阵阵沙尘的古老的丝绸之路，如今早已绿树掩映成荫。

不妨乘一叶李太白的扁舟，笑引河山，浅斟低唱，到车水马龙的长安，一日看遍四时的鲜花。

轻风细雨，西子尚自多情；风起云涌，壮士仍在前方。

咸阳金缕玉衣的兵马，鲜活可见当年英勇不屈的灵魂，清晰的诉说，金剑不可长埋地下，边塞的风还那么寒冷。

千里走单骑，那段路果真那么长？日暮乡关何处，夜半钟声，霜满天，和月眠。

明月清风依旧，雕栏玉砌已寻常，不该忘了，早已消失了的断壁残垣。

登郑和的船，不是去心的彼岸。直挂云帆济沧海，千里江陵一日还！

种菊南山下，把酒问青天，那不曾被雪掩埋的，还有古老绚烂的诗篇！

昔人已乘黄鹤去，杨柳岸，晓风残月。

乘风归去，前不见古人，后有来者。

碧云天，黄叶地，芳草萋萋。

* 作者简介：董锦清，男，1973 年农历九月初十出生于江西省抚州市临川区一个普通农村家庭。1993 年 7 月毕业于江西省机械工业学校机电应用专业（中专学历）。职称为数控铣床操作工高级技能职业资格。此前未公开发表过文章。

路灯下的身影

孙鸿星 *

　　不知从什么时候开始，我养成了晚饭后外出散步的习惯。一年四季里除了刮风下雨天之外，或者遇事确实走不开，否则基本上天天如此，从不间断。

　　晚饭后，从家中出来，走进茫茫的夜色里，踩着马路人行道旁的树影，那耸立在道路两侧，一盏盏迸发出橘黄色且又柔和明亮的路灯，像两条闪闪发光的彩链，在夜幕中随着马路连绵不断地向前伸展。马路两边一爿爿商铺门前的招牌，霓虹闪烁，流光溢彩。此刻街面上亮如白昼，仍然是人来人往，川流不息。远处一幢幢高楼大厦，被色彩斑斓的霓虹灯勾勒出轮廓线条，在夜空中更显似琼楼玉宇，气势恢宏壮美。

　　我匆匆地穿过马路上的斑马线，来到对面的人行道上，开始踽踽前行，离开喧闹的繁华商贸区，走上较为宁静的市内环马路，便踏上了我每晚重复的一条散步老路。

　　我喜欢一个人独行散步，这样可以不受任何干扰，脑海里便会无拘无束地翻腾起各种各样的遐想与记忆。比如说在那浩瀚的宇宙中，人类居住的地球渺小得好像一粒沙砾，而我们每一个人与地球上的高山大海相比，更是微乎其微得可以完全忽略不算。况且，每一个人的生命又是这样的仓促而短暂，来到人世间只不过是个匆匆过客而已。所以富贵与贫穷，权势与奴役，长寿与短命，痛苦与快乐都是短暂的差距，而每一个人的最终的结果都是殊途同归——死亡。

　　但话又说回来，也正因为人生苦短，人们总是希望在短暂的人世间，能够获得多点享受与人生的快乐。富裕总比贫穷好，快乐总比痛苦强。只不过是遇事不能太逞强，太较劲，太过分，万事皆要淡定随缘，适可而止。

　　我走过路旁的路灯，迎面又迎来了新的一盏路灯。我的身影伴随着路灯的光亮，在脚下不停地变换着位置。忽前，忽后，忽左，忽右，忽长，忽短，而且有时还会出现一深一浅的两个身影。此刻"如影随行"这句成语，使我身临其境，感同身受，深叹古人造句是如此妥帖准确，入木三分，真可谓字字如金。

　　我边走边低头看着自己的身影，觉得自己的身影有时变得十分丑陋。一会

* 作者简介：孙鸿星，男，1944 年出生，大专学历，2004 年退休于江苏无锡企业。

儿拉得又细又长，一会儿缩得又短又粗，并且还像个跳梁小丑似的在我身边来回不停地晃来晃去。但转念一想，是啊！我脚下不正是我要践行的人生之路吗？在这荆棘丛生、坎坷的人生旅途上，人必须主动去适应环境，而不是环境来适应你。为了生存，唯有做到能屈能伸、左右逢源才能安身立命，这是起码的做人之道，但要真正做到这一点并不容易。我的身影不正是随着一盏盏光明，不停地在变换着不同的位置，而传递给我一点启迪，教我在不同的环境里用不同的身段去适应不同的环境吗？

我脚下的身影只不过是眼前一种虚幻缥缈的假象，至于真实有血有肉的当然是我自己的身体，以及体内一颗怦怦鲜活跳动的良心。"身正不怕影子斜。"人之所以有别于其他动物，是因为人类通过自身不断的发展，终于摆脱了原始的荒蛮与蒙昧，并由此产生了人类文明社会。所以做人要有做人的标准和行为规范，否则有悖伦理，与禽兽没有两样。至于为了生存的需要，在不同的场合，审时度势，变换成不同的角色，则应另当别论。但事后要扪心自问，是否对得起做人的良心，否则，会遭到人性的谴责。

晚风拂面，树影婆娑，在没有路灯照射的路段，马路旁边的绿化带里，沉沉夜色中充满了神秘感。此刻我一路走来，身边的影子在幽暗的树丛中时隐时现，仿佛我是在穿越人生中的一条条迷津，跋涉一道道急流险滩。红尘滚滚，人生自古多劫难，几十年的风风雨雨，终于使我感悟到人生的真谛；人生如梦，万事皆空，昨天的已成为过去，变成了回忆。今天眼前的一切如同过眼烟云，到了明天又将成为昨天。唯有为自己而活着，过好每一天，且不枉父母恩赐给我的生命，让我来到人世间，与其整天悲悲戚戚地自寻苦恼，还不如快快活活地潇洒走一回。

眼前，我的身影随着我的脚步在向前慢慢地移动，这柔和的灯光，斑驳陆离的树影，以及马路上风驰电掣的车流，和我回忆中的昨天基本相同。而今天所不同于昨天的是我的身边，多了一对热恋中牵手而行的情侣。至于明天是否会和今天又有所不同，那要等明天我对昨天的回忆。人类社会不就是这样，将千千万万个逝去消失的昨天串联在一起，便构成了人类的历史。

我边走边想，我的身影伴随着一盏盏路灯的光亮在脚下忽前，忽后，忽左，忽右，忽长，忽短，不停地在我身边变换着位置。

一条长长的身影又开始拖在我的后面，随我而行。

人生之思

安平一建筑工地见闻录

李树长 *

朋友，当你在空调屋里，肆意刷着抖音、快手，还觉得生活不够惬意的时候，当你吃着大餐、喝着冰啤，还觉得不够享受的时候，内心浮现出生活本来就该如此的想法，那么，他们呢？

我看了看日历，今天是 2020 年 8 月 3 日，农历六月十四，天气预报气温是 34℃，实际上已达到了 37℃。可以说是今年入伏以来最热、最闷的一天。

那么，建筑工地上的这些农民工感受如何呢？为了一探究竟，我来到了安平县一建筑工地，见到了高温烈日下挥汗如雨、加班加点的他们。

说真的，那个工作真的是辛苦。瓦工师傅们，冒着酷暑闷热的天气，汗流浃背，光着膀子，一块砖，一铲灰，一揉一挤，横平竖直，灰浆饱满，真的是不怕脏的泥瓦工，他们更重要的目的是早日完工，让住户住上新居。

我到了钢筋活制作现场，钢筋的特点是热天烫手，冬天黏手，工人师傅们正在制作元宝筋（弓铁），热得汗流浃背，湿了衣衫，但他们任劳任怨。再往前走是外墙保温工在干活，只见他们悬在吊篮上，头戴安全帽，腰系安全带，挂在安全绳上，在四根油丝绳吊着的吊篮里，有高强度粘板砂浆和保温板，看着很危险，其实是安全的。顺便看看楼顶上的吊篮配重，架体支架，非常牢固，配重石块每块重 25 千克，每个吊篮 40 块，共计 1000 千克，架体支出最多不超 0.8 米，比例非常牢固结实，安全绳都绑在了浇筑的烟道垛子上，女儿墙①处都裹挟着蛇皮袋子，防止安全绳破损，真是考虑得周到，成了最关键的一道安全屏障。

工地里有句话：晒不怕的钢筋工、累不趴的木工、不要命的架子工、不怕脏的瓦工、混日子的水电工、气不坏的信号工、最大胆的吊篮工、最磨人的塔吊工，最牛的监工。

太阳西斜，结束了采访，架子工、木工、砼工等工人由于主体结构检查，

---

* 作者简介：李树长，网名"心向东方"，男，62 岁，河北省衡水市安平县东满正村人，高中文化，河北老乡俱乐部会员，发表文章十几篇。

① 女儿墙：建筑工程术语。又名孙女墙，是建筑屋顶周围的矮墙，主要作用除维护安体外，还可在底处施作防水压砖收头，以避免水层渗水或是屋顶雨水漫流。

都停工了，看到建筑工人们，真的好伟大，建好房不住好房，他们说为了让住户早日住上新居，苦点累点不算啥，就这一句最普通的话，让我起敬。想起今日的所见所闻不由得心潮澎湃，浮想联翩，作诗一首：

> 建筑工人，你真了不起，
> 让废墟变美丽，高楼大厦生根，拔地而起，
> 住高楼的你没体验过，建筑工人的辛勤劳作，
> 常年在外夫妻分别，少多少团聚？
> 向你们致以崇高伟大的敬礼。

想到这里，又看到远处三三两两的人在指指点点，那是监理甲方，进入工地，一线工人大都是黄色安全帽，白色的是监理，红色的是项目部、后勤部，蓝色的是老板。工地"有黄帽子干，白帽子看，红帽子转，蓝帽子说了算，不戴帽子的挣千万"之说，施工道路有几个人在反复打扫，说是迎接省市环保部门大检查。

智慧的力量

刘助进 *

"眼见为实"，其实这句话不一定正确。因为人的眼睛分左右两只，有时左眼看到的东西可能会在实际物体的右侧，右眼看到的东西会在实际物体的左侧，甚至我们有时看到的一个物体会变成两个物体。

水平，水平，水真的是平的吗？在一个脸盆里装满水，用另一个杯子往装满水的盆里再倒水，发现盆里的水凸起来了。如果水是平的，太平洋那么宽的水域，地球表面还会是曲面吗？

在一个化学实验室里，化学家用两个倒着的空杯子却制出了水。

世间所有的一切，看似真实，但其实很多东西并不是真实的。眼睛看到的东西有误差，水平的东西却变成了曲面，水的制作过程纯属无中生有……

人和动物的区别就在于人是有智商的高级动物。世间很多事情看似已成定局，无法改变，但其实只要肯动脑筋，奇迹总会发生。"山重水复疑无路，柳暗花明又一村"，这是时常出现的奇迹。

世界上没有绝对的事情，只有相对的事情。医学上有一个名称叫"休克疗法"，就是一个人看似已经死了，但只要经过医生巧妙的救治，却能一下子苏醒过来，在过去这就叫"起死回生"。

《易经》中有一个卦叫"坎"卦，这个卦的卦意是：在艰难的道路上，诚实、谨慎、用心。用至诚之道，无往而不通；用刚中之道行事，必然成功。"坎"指坎坷、灾难。无论这个灾难有多大，只要不死绝，就一定有救治的办法。如果不去想办法，可能"假死"就会变成"真死"，事情很可能就会无法挽回。"误死"的现象也是时常发生的。

任何一件事情，都会有困难。不过困难有大有小，困难小的，一般人都能完成；困难大的，就要有大智慧才能完成。甚至有的困难需要像诸葛亮这样有神机妙算的本领才可以完成，但并不是没有办法。人类想出的办法多得多，多到可以上天、入地，甚至可以无中生有！

世间没有解决不了的事情，这就是智慧的力量！

---

* 作者简介：刘助进，男，生于1964年，湖南省新化县西河镇寨前居委会第十居民小组居民，大专学历，小学高级教师，发表文章一百多篇。

不自量力也终将融于天空之下

沈鑫莹*

　　说到"不自量力"，大多数人都会把它归到贬义的一面。但其实，在历史的漫漫长河里，从不缺少"不自量力"的人。或许我们可以大胆一些，甚至可以说，我们每个人都曾"不自量力"过。

　　就好比小孩子想要挽回父母的婚姻，你会说那是小孩子离不开亲人；又好比路边的小狗对着大狗狂吠，你会说那小狗真厉害。但我想说，这又何尝不是"不自量力"，可在孩子眼里，她不过是想要一个完整的家；在路边的小狗眼里，大狗就是冒犯了它的领地。所谓的"不自量力"也只不过是想要留住身边在意的东西，又有什么错呢？

　　还记得我身边的一个朋友，几年前她不过是个小女孩。那个时候，我就不知道她到底哪儿来的自信，竟然认为她可以平衡一切，以为只要她不变，一切就都不会变。后来发生了我意料之中的事，她被人背叛、无视。当时我觉得，她怎么能有这么蠢的想法，真是"不自量力"。

　　可现在看起来，我却突然觉得，她倒也算不上"蠢"，又或许小孩子都是有些"蠢"的，她们想要的东西太多，想留住的东西太多。总要经历过类似于这样的事情，她们才能学会取舍，学会留下一些人，告别一些人。正如我之前所说过的："我们张开怀抱迎接温暖，最后分别也应该坦然说'再见'。"不然，就是"不自量力"，可能你会谁都留不住。

　　再见到她的时候，一如当年，她给了我一个大大的拥抱。但我却觉得，比起几年前那个傻丫头，她成熟了许多。问起她跟当年那些人还有没有联系时，她看着我说："我最不后悔的就是，在当时混乱的环境下，把你留在了我身边。你说得对，没有人可以永远不离开，我一个人也平衡不了所有事情。现在啊，我只想好好对待留在我身边的人，比如你。也有人问我，你为什么这么理智，除了两清就不能再多些情义吗？我说：'你想要我超出利益之外的情义，但我早就不是多年前那个随便认识个人就行侠仗义的傻丫头了。情义这个东西，有时

　　* 作者简介：00后业余写手，认为文字有自己的生命，只不过需要人来重组表达，晾一杯热茶，等你的故事。

候费力不讨好，过个几年也就淡了，你要是想要就先让我看看你的诚意，否则就各取所需。都是朋友，好朋友这个东西有几人也就够了。'"

临别的时候，她问我："曾经你就说过我'不自量力'，那你可曾'不自量力'过？"我说："当然。但'不自量力'也终将会融于属于自己的天空之下。我很好，毕竟我还可以做夜晚的月亮，虽然连阳光之下的云彩都做不成。但习惯了黑暗的人碰见阳光，本就是会消融殆尽的。我会努力把误入阴影中的人，带回阳光之下，也会努力成为黑暗中大部分人的光明。最终，让所有人在各自的天空之下好好生活下去。或许，偶尔等到日月同辉的那一天，我也会受到所有人的赞美。"

她笑了笑，转身便走了，说道："好啊，等你将故事系于笔尖，成为月亮的时候，我期待成为你身边最闪亮的星星。"

风雨人生　成就梦想　我与中行共成长

孙应超*

　　光阴荏苒，岁月无痕，不经意间，我在中行工作已经二十九年了。二十九年的风雨人生，悲悲喜喜，个人的命运始终与阜宁中行紧紧联系在一起。

　　世间有多少选择，有多少轮回，记忆是最好的词。回首三十多年前，当我走出校门，还是一个青涩青年时，组织分配我到阜宁县城某商业企业从事财务工作，这一干就是五年。事也凑巧，那年春节，一远房亲戚前来拜年，无意中谈到阜宁中行刚成立，正在招聘，让我去试试。也许是厌倦了当时的状态，在亲戚的鼓动下，怀着试试看的心态，我以到中行办事为由开出了介绍信，怀揣着刚自考毕业的会计专科证书，来到了行长办公室。要知道，在当时的条件下，能够进银行工作，就意味着铁饭碗，享受着比公务员还丰厚的福利待遇，这对于出自农门、无任何社会背景的我来说，其难度是可想而知的了。但命运是如此厚爱我。中行的领导很快让我报上了名，过后我也没太在意，早把这事忘了。当有一天中行的工作人员来到单位政审时，我的人生轨迹发生了逆转。我是幸运的，能与年轻的阜宁中行结缘，这份情就像一盏灯，温暖着我的心，照亮了我的前行路。

　　回望二十九年，审视那段逝去的岁月，在人生的历史长河中只能是浪花一溅，可对于我来说，这二十九年是镌刻在我心灵上的一块难以忘却的印记。我参与和见证了阜宁中行从小到大的不断发展和壮大过程，经历了百年中行股份制改造的洗礼以及成功上市的辉煌，经历了从国有银行到股份制银行转型的痛苦，经历了前后九任领导带领员工的艰苦创业过程。入行时只有二十多名员工，一个营业网点，从手工记账到电子化，从单一的外汇外贸专业银行到功能设施齐全的综合性银行，中行在一步步地发展壮大。如今的阜宁中行已拥有员工100多人，机构网点5个，各项存款余额63亿，贷款余额近40亿，经营效益连年攀升。二十九年的风雨沧桑，阜宁中行根植于古老阜宁这片沃土，枝繁叶茂，在

---

　　* 作者简介：孙应超，男，1964年出生，江苏省阜宁县人，本科学历，会计师，金融经济师。曾在《财会通讯》《财会研究》《上海会计》《江苏财会》等杂志发表文章多篇，热爱文学，爱好摄影，盐城金融书画摄影协会会员，阜宁县摄影家协会会员。

广大客户的关怀下,在全行员工的不断努力下逐渐成长,成为当地最具影响力的金融企业。我个人也是伴着阜宁中行一起走过,一起成长。入行二十九年,我在摸索实践中学会站立,在碰撞竞争中学会奔跑,以自己的实际行动践行着中国银行追求卓越、建设新时代全球一流银行的目标。我认真对待自己的这份工作,踏踏实实地走好每一段路。我深知若不为自己的事业投入感情,那么这个事业是没有前途的。

秉承爱行如家、敬业奉献的作风,不断释放自己的工作潜能,日子忙碌而充实。入行二十多年,是我人生最丰盈的时段,我享受到工作的快乐和成功的喜悦,也经受了市场的历练和失败的教训,放弃了很多,也收获了很多,有辛酸,有眼泪,这些都融进了我的生命里,成为我人生的宝贵精神财富,我从不后悔自己的选择。

风雨人生,成就梦想,我为自己是"中行人"而骄傲。今年是阜宁中行成立三十周年,我衷心祝愿中国银行永远郁郁葱葱,充满生机与活力!

2022 年 4 月 6 日

茶缘——茶愿

汪仕杰 *

　　茶，取自然之物，集天地之灵，收阳光雨露之滋养，让其多了几分灵气与包容。茶与中国的文化更是根脉相连，共生共长。从唐代的茶圣陆羽，到那条幽长古寂的茶马古道，再到今天茶将世界紧密相连。一片小小的茶叶，却让我们穿越了千年的历史，仿佛突然将我们带入了一种空灵与沉静之中，听到丝绸之路上，茫茫大漠中风过耳畔，那驼铃悠扬与浩渺久久萦绕。中国的儒道佛文化与茶也有着深远的渊源。道家注重茶给人的虚远淡泊与养生，儒家讲以茶积极入世的精神待人接物，佛家在于茶禅一味、以茶而悟。将内心变得宁静，去其杂念。由此可见，茶在中国是源远流长的，同时又浸润到了文化、生活与内心的深处。

　　说起茶与我的缘分，那要说到儿时了。记得上小学的时候，暑假都要到大伯家住上一段时间，每天清晨炉灶煮好了水，总是要泡上这么一杯茶，虽然对容器没有过多的讲究，但就是简单的一杯茶水，伴着清晨的宁静空灵，茶香伴着茶气升腾旋转，让那间略显老旧的老屋多了几分韵味与情调。大伯喝茶不择茶、不挑剔，不管什么茶皆可，重要的是有己，有茶，有清晨独有的静。看着他对茶的依赖，我经受不住诱惑，轻抿一口，觉得这茶怎么这么苦，随之对大伯的茶杯也就少了些许的好奇。多年以后，当我再次喝到那杯茶的时候，却觉得除了苦之外又多出了几分滋味，还是同样的茶杯、茶水、茶叶，不同的是大伯白发苍苍，而我却已长大，多了些经历与世事人情，这茶却也不像年少时那么"苦"了，原来喝茶也是需要时间的沉淀与世事的打磨的。如今每次再到老屋时，都要喝上几口大伯泡的茶，每每都有不同的感受与心境，但大伯年岁越来越大，和他相处的时间也愈发少了，多年以后，在往后人生的各个阶段再想起那第一口的苦茶水时，又是否多了几分从容与感谢呢？（乡下的一些老人，农民喝茶更多的是一种习惯，不过多纠结茶的好坏，只要有茶就踏实，这是一种

---

　　* 作者简介：汪仕杰，1998 年 3 月 14 日生，自幼喜爱文字，笔名"冰凌"。阅读广泛，喜欢记录，怀旧。让我们在文字中相遇，执笔写尽人情冷暖，勾画世间百态。人海茫茫，文海渺渺，愿我们用真情去丰盈这个缤纷奇丽的世界。

习惯，也是缓解疲倦的一种方式，由此可以主推亲民茶，实惠，性价比高，适合长期饮用。）

在我烦恼、心神意乱的时候，时常会独自在街边踱步，偶见一家名为"云水禅心"的茶房，在这闹市的车水马龙中寻得这一清净之地，便忘记了车马的喧嚣，只剩下了品茶时内心的宁静淡泊。屋内摆设简单，但却能给人静、空、定、放松的感觉，那茶具与茶房，即使不泡茶，踏入门来顿觉一阵清风拂面，仿入红尘之净土。可见茶有些时候除了可以"吃"之外，还可以看，可以听，可以闻，要把心沉下来静静去领悟。纵观如今的茶市。像这种"云水禅心"一类的茶馆也如雨后春笋般生了出来，在物质日益丰富的今天，人们烦乱不安的内心是需要一些这样的茶房去浸润的，茶是能够静心的，不在于茶的好坏，有了这个体验的过程就好。

"凡所有相，皆是虚妄。"如果只注重事物的外在形象，而不注重其内在的实质，便少了几分灵魂与深刻。拿茶来说，一片茶叶的色泽、色相、色味再好，如果缺少内在文化的支撑，就少了些筋骨，变得绵软无力。一个好的茶叶必须是依属在固有文化上的再创造、再润色。像中西方茶的交流与往来，更多的就是建立在文化属性之上的互通与碰撞，以茶作为契机与桥梁，找到不同国家与民族之间的文化共性与归属，从而带动精神活动下的经济往来与相互融合、互利共赢。民族的才是世界的，好的东西必须要打开了、走出去，再由此及彼，深挖内核与精神归属才能长久、做强，这种资源的共享和文化的内联可以说是最高层次的经商。就像现在的孔子学院在世界范围内的开办，必然会让世界更多地了解中国文化，从而由根到枝到叶，东方文化下更多的东西都会被发掘出来。像外国友人对少林文化、剪纸文化、茶文化、青铜文化、饮食文化等的痴迷，而带动起对少林功夫的学习，对中国剪纸的推动，对古董收藏的兴趣，品尝各种中国菜肴等更多的活动，可以说都是建立在文化好奇、文化认同、文化交流基础上的产物。从而丰富贸易与精神往来。茶，亦是如此。它的博大与腾飞必须要走出国门，先唤醒本土的茶文化认识、宣传、普及，到有形的规模经济，到不同文化可联系、可归属之处的深入融合。简单来说就是由物的数量积累深驱出文化的散发，再到文化的吸引带来全部的物质、文化、经济的共融与流通，成为一汪活水，才能河湖交错、汇聚成海，完成由物质到文化再到物质的循环与进化。

茶文化的推动不可或缺，可以从时间与空间两个维度来进行，时间则是对不同年龄的群体都要寻找到适合年龄属性的东西。比如，对于孩子主在茶文化启蒙认识，对于年轻人主在茶文化与儒道佛三家联系的启悟，以及茶形式和品牌的推广。他们不一定爱喝茶，但可能会爱喝奶茶，爱"吃"茶，茶糕、茶糖；爱"打"茶，工夫茶等；爱"坐"茶，茶禅。茶壶，紫砂泥塑等。对于老人可用到茶壶收藏，茶感悟，茶论坛，茶品鉴等。总之以喜闻乐见的形式，去"化"茶。这样又怎么会不被喜爱呢，用佛家的话来说不能被"相"困滞住，找到内在的"心"，结合各种外部的"因缘"明心见性，圆融互化，诸缘具足。共合共生就会圆满无碍了。佛理如此，茶亦如此。

愿人们深入茶，了解茶，爱上茶，爱上中国文化。以茶晓理，参茶悟道，由茶礼到事理，愿东西方文化以茶为纽带，中外交流，和合之美，经贸共赢，精神互长。愿茶之"柔"性能拂去众生心之"躁"，圆融静雅，参茶入"定"，"定"心"亦定"行，愿滋养茶的阳光、雨露、空气等诸缘亦能共合万物，天高水远，由茶之因缘找自之因缘，因缘俱足，物成愿满，国泰民安。这也是属于我的一份茶"缘"与茶"愿"。

人　生

赵辉[*]

　　人生，哪有那么多美好，只是向往便好。人生，哪有那么多困苦，只是豁达便好。

　　人生，幸运过、经历过、坎坷过、流失过。最后，便用一个珍惜概括。

　　珍惜人生难得，珍爱人生所得。

　　珍惜人生逝如流光，珍爱人生分秒似银河。珍惜眼前当下，珍爱过往所获。

　　人生，要善于发现，擅于锻造。

　　发现不足，发扬优点。发扬社会闪光点，发现世界阴暗面。

　　化不足为优美，以闪光耀黑暗。

　　挖掘人生吸收能量之宝藏，迎接世界愈发明亮之光亮。

　　人生，要多表达肯定，肯定多了，自然和泰自安，自得自怡。

　　否定，人生一面，有时，不表达难以下咽，有理难安。

　　而有时，一票肯定的否定，才能把有理说遍天下。

　　而有时，只有把否定的否定举过头顶，才能从心底捞起无奈与懊悔，把不甘与自愧深埋海川。

　　人生，不是一座荒岛。

　　有花草树木，有山川河谷。

　　有珍奇走兽，有风雨闪电。

　　有人神鬼怪，有圣杰将才。

　　若是有人生荒岛，便是在梦中。

　　或是心中偶时一念，或是多时多念与一念。这一时与多时，便是相反的人生。

　　只在这一念之间，便是可以治愈的了。

　　但这一念多了，是有害而无一益，便是摧残身心与折磨魂灵了。

　　但若心中有信与念，便是可以挽救的，但这种灾害也是匪浅了！

---

　　[*] 作者简介：赵辉，男，45岁。山东人，大学学历。1999年公务员录用分配工作，助理会计师。在地方媒体发表过专题文章2篇。

以人伦之理，也不可说人生荒岛。

我们都有父母，长后有子女。

有兄弟姐妹，亲戚朋友。

陌生与熟悉，陌路与同路。

偶遇与巧合，等等。

这么多的社会关系就如一张好大的蜘蛛网。

翻来覆去永远黏在身上，上下左右总是牵引羁绊。

所以，人生也是繁杂的、无序的。

多时是难于把握的。也只有在心灵上寻求静谧，在羁绊的身魂中索求自在。

有时甚至借鉴程序师的简易程序化解释。真是在春夏秋冬季节里前行，在风雨电闪中遨游一般！

只是有所得，有所失，有所历便可以心安了。

你得我失，我得你失，便一个"宽"字了得！

梦开始的地方

赵勇 *

不知从什么时候开始，你悄悄走进了我的世界。我从呱呱坠地到懵懂无知再到青春年少，至今走到中年。几十年的风雨蹉跎、几十年的饱经风霜、几十年的喜怒哀乐、几十年的历练沉淀，无形之中你都在跟随我的脚步。年少时，不知道数年后你会进入我的生活，成为我的衣食父母，尝尽你所赋予我的酸甜苦辣，让我逐渐成长至今。从你的初出茅庐到如今的成熟稳重，其中似乎也离不开我的辛勤耕耘和忠心耿耿。当青春不再年少，渐渐离我远去的时候，你却如春天的嫩芽茁壮成长。汗水、泪水、无知、成熟、熟练、失败、成功、精干，这些看似毫不相干的词汇竟然是我半生的写照和总结。多少人在无法忍受你的时候悄然离你而去，多少人和你擦肩而过，多少人和你轻松地挥手告别，不带走一丝云彩。也许只有我依然痴痴地迷恋你、忠于你、跟随你，是那么的无怨无悔、痴心不改。是我见证了你的出生、成长，一路经历数不清的磨难，而今修成正果，逐渐强大。我心中同样存在着无比的自豪感和欣慰感。

如今，我已是人到中年，是社会的中流砥柱。看着你日益强大。我已有些力不从心，二十年的奉献，看似简单，却是坎坷不平。日复一日，年复一年的坚持是我毕生的信念，也是我一如既往的写照。我没有轰轰烈烈的壮举，也没心心念念的懒意，只是一个平凡的人每日做着平凡的事。

说到这里，有人会丈二和尚摸不着头脑。这个"你"是谁啊？如此神秘莫测，难以揣摩。哈哈，没什么神秘的。它就是我一生的事业：燃气。

梦开始的地方也许没什么神秘，想拥有它就要付出真心，坚持不懈就是努力的方向，是金子总会发光的。从心底祝福我热爱的燃气事业蒸蒸日上，蓬勃发展。

---

* 作者简介：赵勇，男，45 岁，河北省玉田县人，大专学历，发表文章一篇。座右铭：努力学习不怕苦，爱好写作勤为本。

好品格成就好人生

孔繁茂*

梨花院落溶溶月，柳絮池塘淡淡风。

——题记

跟大家分享一则故事。在 2005 年年底，笔者成长为基层单位的主要负责人，虽然手中并没有多大的权力，但是职位的光环却熠熠生辉。各式各样的人员来到办公室，希望发生各种各样的联系。如何恰当处理人际关系，成为笔者的重要工作。一天上午，来了位保德籍老乡，由于平时没有多少往来，因此不是很熟，但凭感觉知道他是那种有故事可讲的人，本着礼貌待人的原则，又是茶水，又是递烟，聊了很多话题，关系亲近了许多。中午留他吃了饭，喝了两杯烧酒。临走时，还给他带了香烟和礼品。2009 年建军节过后，笔者踔厉风发，担任了另一个基层单位的主要负责人。一天，笔者刚从打印部出来，手里拿着尚未使用的名片。这位老乡就像特别有缘似的，出现在面前，寒暄了几句，互通了信息，第一张名片就这样送出了。老乡看了名片后，说了一句话：我帮你营销客户。笔者并没有当回事儿，只是觉得此属客套话而已。过了一个星期，老乡来到笔者新的办公室，谈到当前正在进行煤炭资源整合，国进民退，整合资金体量庞大，可能有新的公司注册成立，正是组织营销的大好时机，并且说出了自己的靶向营销思路和精准的实施办法。笔者立马行动，拜见了相关人员，在实践中优化并完善了思路和办法。当年的 10 月中旬，新公司开户成功，并迅速成为亿元客户，圆满完成了所在团队的年度综合经营计划。

故事不长，值得思量；小小的一步，收获了人生的感悟。笔者最大的感悟就是好品格成就好人生。

不要心绪暴躁，待人接物要有耐心。一个人从呱呱落地开始，以家庭人的身份存在，尔后上学，就是学生了，最后，终要步入社会，成为社会人。不管

---

* 作者简介：孔繁茂，男，笔名"孔子新语"，长期供职于金融系统。不觉天命之年，常有人生感悟，遂在"舒爱就是你的菜"和"财慧自由"两个公众号上耕耘习作。笃信：再小的个体，也有自己的品牌；伟大的事业，终须平凡的累积。将"舒爱长久，财慧自由"作为座右铭。

是在家庭，还是在学校，抑或在社会，待人接物都是人生必需的课题。特别是走向社会后，待人接物将检验个人的学习成果，对个人的职场生涯有重大影响。从这则故事可以看出，笔者还是有耐心、心绪不暴躁的，这样的好品格将会成就好运气。有话好好说，心绪平和，头脑清楚，正所谓待人接物有道。人的好运气来自好脾气，来自头脑清楚，来自好言好语。人们常说，脾气来了，福气就走了，此话不假。我们知道，《三国演义》里的张飞脾气大，动不动就暴跳如雷，对待手下人稍有不顺意，动手就打，纵然驰骋于千军万马可以毫发无损，结果却被手下的无名小卒取了性命。回到笔者的这则故事上来，若没有耐心，没接待几分钟就把老乡气走，那么，后面的好运气就与笔者无缘了。

不要鼠目寸光，要眼光长远，看到价值往往来自大众。老鼠的眼睛只能看到一寸远的地方，因此，中国产生了鼠目寸光的成语；东汉王充在《论衡·别通篇》中说："夫闭户塞意，不高瞻览者，死人之徒也哉。"由此，中国又产生了高瞻远瞩的成语。在现实生活中，人们往往从有用没用的功利角度出发，处理人际关系和其他事情。对待比自己地位高的人和对自己有用的人和事，往往兴趣高昂，积极性很高；而对待比自己地位低的人和对自己没用的人和事，往往消极冷淡，不屑一顾。究其根本，原因在于我们被眼前的利益所迷惑，被当下的困境所干扰，就像老鼠一样，只能看到一寸远的地方。从这则故事可以看出，笔者可以说是眼光长远的，没有轻视比自己地位低的人，而是重视上门之客，发现潜在价值。这样的好品格将会铺就好前途。毛主席在《七律·和柳亚子先生》中说：牢骚太盛防肠断，风物长宜放眼量；美国作家唐·多曼在《事业革命》一书中说："把眼光放长远"是踏上成功之路的一条秘诀。可见，眼光长远是非常重要的。

不要小气，要学会舍得，在自己能力范围之内大方地给予对方。世人常说，"小气，舍不得给人东西，那是因为自己东西不多"。此话不爽，守财奴就是一个例证。大气与小气，舍得与舍不得，主要与品格修为有关。笔者的家庭经济情况是清贫的，当时并不是富足之人，应属困顿之列。从这则故事可以看出，笔者是大气的，懂得了舍得的道理，在人情练达方面悟到了世事洞明。这样的好品格将会成就好财气。在实际生活中，有的人不光在物质方面吝啬，在言语方面也是尖酸刻薄，连一句欣赏赞美的话也说不出口，连一句舒适得体的客套话都懒得应答。在这种情况下，财气会聚集而来吗？因此，为人应当大气。大气，是一种忍让，是一种从容，是一种境界，更是一种人生品格的淬炼。大气的人，是受人欢迎的，不管走到哪里，都能聚得好人缘，人生之路，会越走越宽，财气也日积月累，终获正果。

不要狂妄虚荣，要虚心采纳别人的不同意见。一个人的智慧毕竟有限，独木不成林，万紫千红才是春。一般来说，狂妄虚荣的人，刚愎自用，自以为是，目空一切；而一个诚实谦逊的人，则能够虚心听取并采纳别人的不同意见。从这则故事可以看出，笔者是一个诚实谦逊的人。这样的好品格将会成就好事业。虚心最重要。毛主席说，知识的问题是一个科学问题，来不得半点的虚伪和骄傲，决定地需要的倒是其反面——诚实和谦逊的态度。"虚心使人进步，骄傲使人落后。"这句话是真理。我们有一个组织原则，叫作少数服从多数，这是虚心在实际工作中的具体应用，也是智慧的体现。骄兵必败，从反面证明了这个真理的正确性。试想，一个人狂妄自大、虚伪骄傲，良好的机会和成功的事业能与他相伴而来吗？马谡失街亭，丢掉自己的生命自是可惜，而输掉整个蜀国北伐大局的胜利才是最令人惋惜的。

不要懒惰等待，要立马付诸行动。空谈误国，实干兴邦。懒惰等待，则会坐失良机。当前人类社会已经开始了第五次工业革命，获取知识的途径越来越宽泛，相比过去而言，人类只需要较少的付出就能收获更多的知识。一种错误观念随即兴起：那就是勤奋不重要了，努力不重要了，选择比勤奋更重要了。问题是选择的能力又从哪里来的呢？肯定是从勤奋努力中得来的。试想，一群懒惰等待的工程师能够完成 5G 设计吗？一队懒惰等待的工程师能够完成探月工程吗？从这则故事可以看出，笔者勤奋努力，积极行动。这样的好品格将会赢得好机会。一个人，好的人生不就是得益于成功地抓住了好机会吗？在求学阶段，抓住了大好的青春年华，练就了过硬的本领；在参加工作后，珍惜来之不易的工作岗位，在平凡的岗位上做出了不平凡的业绩，最后晋级提薪，实现转型升级；如果下海经商，在市场经济的大潮中，看到了政策红利所带来的财富趋势，抓住国家鼓励的创业机会，最终就会实现创业创富的梦想。

不要死板僵化，要与时俱进，根据实际情况灵活变化，及时调整优化。全党必须坚持马克思列宁主义、毛泽东思想、邓小平理论、"三个代表"重要思想、科学发展观，全面贯彻习近平新时代中国特色社会主义思想，用马克思主义的立场、观点、方法观察时代、把握时代、引领时代，不断深化对共产党执政规律、社会主义建设规律、人类社会发展规律的认识。作为一个自然人来说，也应该保持与时俱进的好品格，不能死板僵化。从这则故事可以看出，笔者也在与时俱进，做到了根据实际情况灵活变化，及时调整营销思路和具体办法。这样的好品格将会成就好命运。试想，如果一个公司的现金资产超过一亿元，那么这个公司的组织结构健全，社会地位高端，上下游企业多样化，涉及的内部和外围人员特别多，经略的事情会庞大繁杂。初开始的营销思路和办法，肯定相对简单，甚至是一厢情愿。只有通过具体的运作实践，才能发现问题，及时优化完善，并且有针对性地解决问题。

不要单打独斗，要依靠团队的力量，调动各方积极性。在当今社会里，世人重视的已不仅仅是个人的成功，而且是他所处或者所带领的团队的集体成功。在每一个行业里，成功者的背后必然有一支强大而又能干的团队在支撑。不仅要看重个人的力量和个人的成长，而且还要看重你所处或者所带领的团队力量和团队的成长。比尔·盖茨曾这样说：一个人永远不要靠自己一个人花100%的力量，而要靠100个人花每个人1%的力量。从这则故事可以看出，笔者注重依靠团队力量，避免单打独斗，注重了个人力量和个人成长的同时团队也体现出了力量和成长。这样的好品格将会成就好格局。仅仅依靠个人的力量，发展成长是有限的；而善于依靠团队的力量，调动各方面的积极性，这样带给自己的成功将会是更加快乐富足的。

不要希望一蹴而就，要有恒心和毅力，成功来自一次又一次的挫折和失败。人们常说，理想很丰满，现实却很骨感。说的就是成功之路并非一帆风顺。对于一个亿元级别的公司客户，财务运作注重的无非就是资金安全、结算方便、保值增值、授信及时、融资低息；站在董事长的角度要什么？这里重点要从人性的角度考虑问题。不管董事长是男人还是女人，肯定都有爱人、有孩子、有亲戚，他们需要的是安全感、感恩之心、教育、就业等；站在财务总监的角度要什么？要的就是尊重、愉悦，要的就是财务成本下降，公司利润提升，当然个人利益的得失更有利于调动其积极性；站在财务经办人员的角度要什么？他们要的是热情、来去方便，要的是有情有义、经济实惠；站在办公室主任的角度要什么？这个角色很重要，因为你后续维护客户绕不开办公室主任，他将是你走向成功的重要一环。他要的就是懂礼貌、少打扰、多分享。这么多社会关系，如果想一次统统搞定，那绝对是不可能的。遭白眼是家常便饭，吃闭门羹也是家常便饭，很多职场白领对此痛苦不堪。此时，绝对不能灰心丧气，不能气馁，而要保持乐观积极的心态，拿出恒心和毅力来。从这则故事可以看出，笔者的恒心和毅力得到了体现，在一次又一次的挫折和失败面前，心态积极，坚忍不拔，自强不息。这样的好品格将会成就好人生。

有道是，不经一番寒彻骨，怎得梅花扑鼻香。

登阶上天山　追思晋文公

贾　荣[*]

　　"飞凤驮佛来，登阶上天山。"上天山，坐落在隰县境内，紫荆山的主峰。紫荆山位于吕梁山脉南段，一百多座山峰绵延起伏，山深林密，微风掠过，仿佛飘来远古的呼唤。相传，帝尧的老师蒲伊子曾隐居山上，为了纪念他，赐名蒲州。古代蒲州的地域要大得多，包括现在的隰县、蒲县和附近的一些县的一部分。重耳奔蒲的故事就是发生在这里，这里的山山水水留下了他的足迹，走出了他特有的一条道路。

　　西周末年，周幽王烽火戏诸侯，为博褒姒一笑，被犬戎所杀。从此开始，周天子的信誉一落千丈，周王室的实力也断崖式下降，周王朝的权威遭遇滑铁卢，礼崩乐坏，群雄并起，诸侯纷争。晋国顺应潮流，"以武立国、富国强兵"，到晋献公时，兼并或控制了大部分周边小国，大有称霸诸侯之势。但是，晋献公亢龙有悔，导致骊姬之乱。

　　有一年，晋伐骊戎，得骊姬、少姬二姐妹。二姐妹青春年少，沉鱼落雁，晋献公立骊姬正妃，少姬次妃。不久，骊姬生奚齐，少姬生卓子。到奚齐16岁时，在骊姬的怂恿下，晋献公起了废长立幼之心，还未付诸实施，立即遭到群臣反对。骊姬心生一计，说服晋献公放逐申生于曲沃，重耳于蒲州，夷吾于屈城。

　　重耳的蒲城就在上天山山脚下，今隰县长寿村附近，史称"蒲邑"。今天，走进隰县县城——龙泉镇的大观楼，首先映入眼帘的是"河东重镇""三晋雄邦"的牌匾。春秋战国时期，诸侯相争，蒲城和屈城是军事要塞。重耳处于潜龙勿用阶段，只能韬光养晦，积蓄力量。重耳从小贤明，"谦谦君子，卑以自牧也"。中国人认为，这类人可以大器晚成。一大批能臣陆续追随过来，到蒲邑的就有赵衰、狐偃、狐毛、先轸、胥臣、颠颉、魏犫、介子推等文武大臣。

　　骊姬容不下挡路人，设计陷害申生。骊姬编造申生的生母托梦于她，哭诉其不孝，一连数日，搅得宫中不得安宁，这就是"骊姬夜哭"的典故，其目的就是迫使申生到曲沃宗庙祭奠，乘机在祭品中下了毒。根据风俗，这些祭品要

---

　　* 作者简介：贾荣，男，科研工作者。

分一部分给晋献公，骊姬假意揭穿，还毒死了一个宫人和一条狗。晋献公认为申生对分封一事不满，有弑父之心，盛怒之下，要杀申生。申生进退维谷，伏剑自刎。

申生之死，骊姬心虚，害怕被揭穿。又进言于献公："申生下毒，重耳、夷吾是同谋。"重耳、夷吾听说骊姬嫁祸他们，便不辞而别，返回各自封地。晋献公被骊姬蛊惑："大逆不道，焉能放过。"派近臣勃鞮率军讨伐蒲城和屈城，重耳深受申生影响，选择"子不与父战"，在今天隰县的去延村出逃，有狐偃和狐毛拼死掩护，勃鞮只是砍下重耳的一截袖子回去交差。夷吾仓促应战，兵败后逃往梁国。

重耳离开自己封地时已是 42 岁，先逃到狄国，晋献公也没再追杀，一住就是 12 年。重耳还娶妻生子，妻子叫季隗，生了两个儿子。晋献公死后，申生的师傅克里大夫杀掉了奚齐和卓子，鞭笞骊姬直至其死亡。大仇已报，克里等人去请重耳回国就任国君。重耳与谋臣都认为，国内权力旋涡汹涌澎湃，步步惊心，选择静观其变。公子夷吾迫不及待回国继位，就是晋惠公。但是，重耳的声望，让晋惠公坐立不安；重耳的贤能，让他嫉妒；重耳有一批能臣追随，让他感到害怕。于是，他又派勃鞮再次率人前去刺杀重耳。

重耳一行从狄国出逃，先后去过卫国、齐国、曹国、宋国、郑国、楚国、秦国等国家，颠沛流离，尝尽人间酸甜苦辣。到达齐国后，受到齐桓公的礼遇，把宗室之女齐姜嫁给重耳，赏赐马车二十乘。重耳又一次深陷温柔乡里。两年后，齐桓公去世，齐国发生了争夺国君之位的内乱。重耳仍未有离意，狐偃等人感到不安，来到一棵桑树下谋划出逃，他们专注地商讨，竟然没有发现树上的采桑女。采桑女正是齐姜的侍女，她把狐偃等人的密谋告诉了齐姜。齐姜听了侍女的话，立即把侍女杀掉。齐姜这样做，是害怕消息传出去对重耳不利。齐姜的做法，体现出一位贵族女性的敏感与决断。齐姜不贪恋个人幸福，大局观念强，重耳复国后，册立其为后。齐姜与狐偃一拍即合，设计灌醉重耳，偷偷离开了齐国。

晋惠公死后，他的儿子继承了王位，就是晋怀公。晋怀公平步青云，傲慢偏执，把做人君当儿戏，抛弃妻子秦文嬴，惹怒了秦穆公，滥杀无辜大臣，搞得人心惶惶，天怒人怨。晋怀公树敌太多，落了个被杀的下场。"时也，命也。"重耳复国的时机成熟了。重耳一行来到秦国，受到了秦穆公的热情接待。秦穆公把秦文嬴与其他四位宗室女子嫁给重耳，派大军护送重耳浩浩荡荡回到晋国。此时，晋国上上下下，人心所向，重耳终于走向那把交椅，此时他已经 62 岁。

骊姬之乱延续 20 多年，人心思治。19 年的流亡生涯，晋文公不仅掌握了国情和老百姓的愿望，也了解了各诸侯国的真实状况，治国理政，成竹在胸，主张"尚武，尚贤，尚法，尚功"，迅速富国强兵，成为新霸主。晋文公首先是原谅勃鞮，安抚民心。勃鞮曾两次奉命追杀晋文公，晋文公认为勃鞮奉君命，无私怨，原谅了他。勃鞮大受感动，揭露了吕甥、郤芮之乱。这两人跟随晋惠公，害怕晋文公秋后算账，便密谋火烧晋文公。两人寻找同盟，锁定了勃鞮，便将计划告诉了勃鞮。晋文公得到情报后，第一时间请求秦穆公的帮助，私下奔赴秦国，商量应对之策。吕甥、郤芮放火烧晋文公的宫殿时，没有发现晋文公，事情败露，便逃跑到黄河边上。秦穆公诱使两人过河而杀之。晋文公迎夫人秦文嬴归晋，秦穆公派三千秦军护卫。

晋文公时期，晋国扩到五军的编制，规定是一军编制，对于礼制而言，已然是僭越。但这也确实反映出晋国在诸侯争霸中以极快的速度走向了强盛。晋文公时，狐偃为执政大夫，一干就是 8 年。晋文公继续推行"爱田"政策，就是以公田赏赐有功将士，赏赐者逐渐增多，公田难以满足供应，又开阡陌，客观上促进了农业生产，藏富于民。文韬武略，晋文公催生了中国第一个封建王朝，他的治国理政思想和启迪，远远超越了他所处的时代，被太史公司马迁称为"明君"。城璞之战，晋国打败楚国的消息传到洛邑，周襄王和大臣都认为晋文公立了大功。周襄王还亲自到践土慰劳晋军。晋文公趁此机会，为周天子在践土建造了一座新宫，为即将到来的诸侯会盟做准备。公元前 632 年，晋国邀请周襄王移驾践土，并把楚国的战俘献给周天子。周襄王设宴招待晋文公，任命晋文公为诸侯霸主。践土之盟，参加会盟的有晋、鲁、齐、宋、蔡、郑等国，大家都认可了晋文公的霸主地位。《资治通鉴》的作者司马光作诗一首赞美晋文公：

故绛城

文公恢霸略，征讨辅周衰。

奕世为盟主，诸侯听会期。

山河表里在，朝市古今移。

欲访祁虒处，乡人亦不知。

晋文公亲政仅有短短的 9 年，70 岁时撒手人寰。但是，威望在，晋国六卿在，晋襄公垂拱而治，赵衰为执政大夫，更加包容开明，辅助晋襄公继承了父亲的全部遗产，包括霸权。萧规曹随，晋国对中原的霸权延续了长达一个半世纪。我们今天怀念晋文公，是因为他丰富的人生阅历，给我们以启迪，值得借鉴和学习。

人活着的意义是什么

陈学雄*

不知是什么时候，人类穿越时间的亘荒出现在了这个美丽的星球上。然后，在这里不断地繁衍生息。

眺望星空，只见繁星璀璨，划过的流星不曾留下过往的痕迹。光阴似箭在追逐漫漫天际，日月如梭在默默编织着人类历史。多少年来，人们一直在困惑中苦苦思索，这一代又一代延续着自己生命的人类，最初从哪里来？最终又要去往哪里？虽然，岁月的轮回无情地摺下了历史，时空的间隔让我们无法回到远久的从前。但人类从来没有因为茫然和无助而叹息，最终还是凭着自己的智慧，把地球生命的起源追溯到三十亿年前。认证了生命是在漫长的岁月中履行着一个不断完善的进化过程。但让人感到遗憾的是，这还不是地球生命最初的来由，在广漠的大地与浩瀚的宇宙之间，究竟隐藏着怎样的秘密呢？仰望苍穹，我们苦思冥想，天地间为何要锻造这不可思议的精灵？在无数次迷茫的追问中，蓦然发现，也许我们无须如此沮丧，因为一直以来我们忽略了人类自身在宇宙中存在的特殊性，透过人类历史以及所有生命所表露的迹象，就不难发现人类在宇宙中出现，可能联系着一个非常因果。

原始时期，我们的祖先在那种茹毛饮血、风餐露宿的生存环境中，凭着刀耕火种把人类生命延续下来，在一代又一代的繁衍生息中，不断地征服自然和改造自然。并且还在经历无数的艰辛和挫折中，努力地去构筑自己文明的圣殿。特别是近代三次工业革命的进程，在昭示着人类未来发展的走向，作为宇宙中一个渺小的个体，在一次次地展示自己的能量。纵观人类走过的历史，会让我们感到生命在地球上的出现，并非发生在天地间的偶然。还有那条神奇的生物链，整个生物链不仅是在维护自身的生态平衡，更多的是在为人类营造生存的环境，其中的每个物种几乎都与人类的生命息息相关，像是在刻意制造人类的生存条件。原以为我们是为生活而发掘，其实是大自然在暗自为我们提供着各种生活资源。这一切让我们在冥冥之中，感到深邃的宇宙中可能隐藏着一个万能的上帝，是上帝缔造了世间万物，是上帝在默默地安排着这一切。让人困惑

---

* 作者简介：陈学雄，男，生于1965年。湖南省永州市蓝山县人。高中学历。自由职业者。

的是，至今都没有人能够证明上帝的存在。难道这上帝仅仅只是油然于心中的神明？那么，又是谁在筹划着整个宇宙？谁才是宇宙中万能的主？茫茫宇宙，至今还没有发现其他任何形式的生命，目前唯一发现的智慧生命只有人类自己，在无尽的寻找中，我们为何不回过头来看看人类自己，回顾人类经过的历程，历史的痕迹告诉我们，人类在不断地进化和完善过程中，从未放弃过对未知领域的探索和对科学技术的追求。而且，随着人类的不懈努力，未来的发展趋势预示着人类在宇宙中将拥有的地位。置身于这个庞大的星球之上，面对这里所发生的一切，我们是否感觉到了其中的蹊跷？那么，人类究竟要在地球上做什么？这一切又与地球生命的来由有着怎样的联系？

地球终有一天会不再适应人类居住，这就注定了人类最后的归属和必然的去向，如果把人类发展的历史与人类必须面对的结果联系起来，就不难发现人类在地球上的出现，有着一个看似不可思议的目的。透过时空的迷茫，生命的迹象在告诉我们，人类似乎在代代相传中逐渐凝聚起自己的力量，这种与日俱增的力量，让我们有理由相信若干万年以后，人类将有能力去应付宇宙的变化，甚至有能力成为宇宙的主人，当地球不再适合人类居住时，未来人类不但有能力在一个新的宇宙空间里实现生命的延续，并且还会去考虑未来人类在新的宇宙空间里的生存和发展。这种可能发生的结果，意味着宇宙中将会出现一种异常壮观的生命接替现象，这种生命的不断接力和地球上种种生命迹象在说明，地球很可能不会是人类的始点，也不是终点。这就使我们相信，地球上的生命有可能是被宇宙中的某种智慧生命所创造。或者说，这个神秘的智慧生命就是先于地球人类的人类，或许他们也跟地球人类一样，最终也要面临他们的星球不能永久居住的问题。最后，他们在距今的数十亿年前，以一种我们目前尚未掌握的技术，把他们的生命转移到地球上来，并且在这个新的星球上设置了生命的进化过程，孕育了新的生命。与此同时，还带来了维系和满足生活需求的生物链，也就是说地球人类是他们生命的延续和继承。而地球人类在经过数十亿年的进化和发展之后，最终也要去寻找一个新的栖身之地，DNA 这一诠释生命的密码又将在一个新的宇宙空间里得到重新演绎。

当我们在为生活而耕耘的时候，我们是否感觉到有一种无形的力量在推动着整个人类社会不断向前发展，这种隐藏在我们灵魂深处的力量，在默默地约定着生存的意义，它牵动着我们的灵魂，让我们永远拥有不屈不挠的开拓精神。

让你坚持下去的理由是什么

陈田 *

　　其实很多时候我也很疲惫，我也不愿意一次又一次去试错，可是我又不得不这样，因为每当我无意间看到我的一些作品被别人肯定时，我心里突然就有了动力，哪怕只有一个人喜欢，一个人赞同也没关系。

　　我想看到的并不是单纯有多少人赞了我，只是需要被肯定，毕竟金牛座能做出来的事情远远不是你想象之中的那么简单，就拿我自己而言，无论在哪个平台我都能找到赚钱的机会，发现属于自己的一片土地，哪怕只有一厘米我也想去尝试，因为我坚信终有一天会有盼头，枯树也会发出嫩芽，石缝也会冒出鲜花。可能说这条路上走着走着，某一天我也不知道为什么突然就觉得好委屈，莫名其妙地流眼泪，但是过一会儿，大脑清醒，又开始重生一次，告诉自己也许坚持下去前边又有不一样的风景在等着自己呢，对吧？就好像快要高考的时候大家都会以自己的方式不断地去鼓励自己，其实每个人都会有情绪，但是你总不能次次都把你的委屈喝进胃里然后再吐进垃圾桶里吧？现实告诉你，第一你没有那么多偷懒的时间，第二你也没有那么多钱去消遣自己的不愉快。想不通的时候建议大家去看《长津湖》这部电影，里边有很多台词能够让你立刻清醒。其中有几句我记得很清楚，雷爹对伍万里说："没有冻不死的英雄，更没有打不死的英雄，只有军人的荣耀。""让敌人瞧得起你，那才叫硬气。"还有伍佰里的"一个蛋从外面被敲开，注定被吃掉。你要是能从里面自己啄开，没准是只鹰"。看这部影片的时候，讲真我泪目了，尤其是最后雷爹为了让信号弹不伤及更多无辜战士，他第一反应是拔出信号弹，然后迅速开着一辆车把信号弹运输到前边没有士兵的地方，尽管他头顶上是一颗又一颗的炮弹，脸部、身体尽管已是血肉模糊，但他也没有停下，直到美国军队把他的车炸翻，他被重重地砸在车下，那一刻，存留的战士急忙去抬车救人，但他只说了一句话"不要让我一个人在这"。他想活，可是已支撑不住了。当你看完以后，你会发现很多事情在没有死去的那一刻都是有机会改变的。为什么不去多碰几次壁，多撞几次

---

　　* 作者简介：陈田，2001 年出生，女，河南省许昌市人，平时喜欢阅读、写作、运动等，于 2022 年从漯河医学高等学校毕业，自由职业者。

南墙呢？你谈恋爱失败了都会去反思，然后总结经验继续下一位，还有分手之后，无论你哭得多厉害，眼睛有多肿，你也丝毫不长记性，就是去谈，就是去爱，谁都阻挡不了你爱下一个人的决心。但是你为什么不把你爱一个人的决心用在别处呢？就算你谈了又换，换了又谈，你的生活改变了吗？没有吧？

我们努力并不只是让自己的生活过得更好，而是只想要站在高处告诉所有人，"我终于翻身了"。然后亲眼看着曾经瞧不起你的人，信服你，只是那一口气就值得了，让你坚持下去的理由太多了，但这是最重要的一条也是最能证明自己的一条，不多说了。

至此，共勉。

第一次喝茅台酒的故事

刘晓光 *

那年过春节我们全家人第一次喝茅台酒的故事，是我在那个年代经历的真实故事。

1980 年的夏天来北京出差，托在北京友谊宾馆工作的叔叔买了一瓶茅台酒。至今还能清楚记得当时花了 8.6 元买了一瓶茅台酒。包装非常简单，陶瓷酒瓶也显得很粗糙。

当时我的这位叔叔在北京友谊宾馆工作，那次我来京之前爸爸嘱咐我："到了北京一定让你叔叔给买一瓶茅台酒，留着我们全家过年的时候喝。"

就这样，那次出差来到北京，到了叔叔家里和他说了爸爸的要求。那个年代的人们还不知道假酒的概念，也没有听说过什么假酒，更谈不上造假了。

我的叔叔在北京友谊宾馆工作，里面常年住着一些外国专家友人，宾馆有一个专门供应外宾的商店，这里托人可以买到一些特殊供应的商品，包括外面市场上很难见到的名酒名烟之类的商品。

虽说那时候茅台酒的价格不到十块钱一瓶，价格不算高，可是老百姓的工资也不多。我当时下乡在农场的机关工作，每月工资是 42 元。但是市场上商店里面平常根本见不到茅台酒。

那次在北京住了几天，临走时跑到了叔叔家里吃饭，叔叔非常高兴地说："给你爸爸买了一瓶茅台酒，另外叔叔我再送给你爸爸一瓶茅台酒，表达我的一份心意。"就这样我带着两瓶茅台酒坐上火车回到了家里。

爸爸一看我竟然带回来了两瓶茅台酒，高兴极了，美得像个小顽童。终于等到过春节了，爸爸兴奋地拿出来一瓶茅台酒，炒了几个菜，我们全家五口人围坐在桌前，爸爸打开了茅台酒，全家每个人都斟满了一小酒盅茅台酒，全家人都特别高兴，举杯欢庆这个新春佳节！

这是 1981 年的春节。一打开酒瓶盖，一股浓郁醇香的酒味扑鼻而来，香气四溢，真的是特别诱人，不饮而醉！真可谓隔壁千家醉，开坛十里香啊！

整整四十年过去了，至今还能清清楚楚地回忆起当时的场景。纯真的年代，

---

* 作者简介：热爱文学，喜欢用文字来表达自己的感想。

纯真的美酒，令人回味无穷……

2003 年我的外甥出差路过北京，他比我小十五岁，那时候他在一座边境城市当处长，给我带来一瓶茅台酒，说是孝敬舅舅的。这瓶酒给我之后，在家里放了一年多，那时正赶上我做生意赔了好多钱，囊中羞涩。结果媳妇也不让我喝茅台酒了，被她偷偷给拿到一个回收名酒的专卖店卖掉了，卖了 500 元。

几十年过去了，茅台酒的价格翻了多少倍！我也有好几年没喝茅台了。不过就在前几天我们几位好友聚会，有一位老朋友，他从重庆老家带来了两瓶茅台酒，说是酒厂生产的内供茅台酒，喝起来也不错，几位朋友细细品尝了味道，都说和真正的茅台酒没有什么两样。

几十年翻天覆地的变化，社会风气变了，人也变了，茅台酒已成为高档的珍贵礼品，有些人办事、请客、送礼都离不开茅台酒。这不禁让我更加怀念起那个纯真的年代，非常清廉的社会风气，人与人之间的纯真友情和交往。

最美的风景

于明医*

今天上午，我和母亲、小姨、三姑父驱车前往威海。因为今天是交房的日子，对我来说是一件大事，也是一件值得高兴的事情。所以我们一家早早地就驱车前往。

汽车飞奔在宽阔的道路上。阳光普照，喜鹊也在树丛间起舞，似乎预示着今天是个不平常的日子。

车缓缓地停了下来。望向窗外，一切是那么熟悉，而又那么陌生。伫立在停车场上，望着拔地而起的高楼，内心久久难以平静。是的呀，有谁能想到，三年前还是比较荒芜的地方，如今却是万丈高楼平地起。那楼似乎是要高耸入云，柔和的日光仿佛被它所收集，织成暖和的外衣披在我的身上，温暖着我的心田。

我们先到物业办理了相关的手续，顺利地拿到了钥匙。现在想想，单拿钥匙这个环节就耗费了将近半个小时。有时候我也很费解，为什么要填写那么多的表格呢？我们从出生到离开这个世界，又要填写多少张表格呢？

在工作人员的引导下，我们终于到了家门口。看着眼前的门牌号，内心百感交集。也许是这一刻等得太久、太久，让我有种恍如隔世的感觉。

那扇门已经开启，阳光透过窗户，温柔地洒在室内。进入其中，南北通透，阳光似乎也将我拥抱，温柔地告诉我：你就是一艘破浪于沧海的巨轮，而这里就是你的港湾。是的呀，房屋虽小，确实足够抚慰我的心灵了。

站在窗前，凝望着眼前的风景。此刻，我站在 20 层楼上，半个乡镇的风景尽收眼底。群山环绕，苍翠入眼。不闻嘈杂之声，唯有宁静相伴，却又不失人间烟火的气息。这就是我的房子，这就是我的私人空间。

此刻，望着窗外云卷云舒，回忆犹如洪水，悄然而至，冲开了记忆的闸门。七载寒暑交替，斗转星移，如今我终于有了自己的立足之地。遥想多年前，我曾问过自己何时才能拥有自己的房子和车子。于是，我为了这个执念，远赴省

---

* 作者简介：于明医，山东省威海市人，从事初中语文教育。爱好写作，曾在《齐鲁文学》季刊发表散文《白杨树》，在《大乳山》季刊发表散文《打开心门》《大学倩影》。

会。想当初雄心万丈，意气风发，后来，在社会的风雨中却渐渐理智起来。理想在城市的冬风里飘摇，进而淹没在灯红酒绿中。我犹如浮萍，在霓虹璀璨的都市里不知飘向何方。依然记得离别前夕，我独自站在天桥上，脚下霓虹初上，车水马龙。然而，这一切已与我无关，与我这个失路之人无缘。旁边的广告牌上有一句让我终生难忘的话：别让这座城市留下你的青春，却留不下你。而这句话，成了我的真实写照。我对省会的记忆永远定格在了那个冬天，曾经美好的过往都在漫天飘雪中烟消云散。而我，则带着满心的不甘和失落，踏上了归途。那座城市留下了我的青春，却终究没能留下我这位异乡人。

回到故乡后，又因为物质上的限制，多少次眼睁睁地看着幸福随风而去。又有多少次，仰望苍穹，独留叹息。

一路走来，风雨不停。然而我顶住了生活的狂风暴雨，挣脱了生活强加给我的枷锁。我可以独自驱车去看蓝湖落日，也可以站在这 20 楼上看风景，更可以为自己创造展示的机会。如今的我，少了一份执着，多了一份淡然。也许，这将是我新的开始。人生处处有惊喜，人生处处有风景。而我，就是自己最美的风景！

独 处

李禄义 *

热闹与喧嚣总会退出
深夜里整个小区
再也见不到有人在穿梭
倒是偶尔还能听到
楼下街道上极少的车辆
那"刷刷"转动的轱辘
楼上更没有了
那家小孩爱移动木凳的响动

静，今夜离奇地静
感觉一下来到了浩瀚的宇宙
两耳还有轻轻的余音
哦，那分明是自己不断流动的脉搏
我早习惯了这样的宁静
也习惯了这样的独处
极静
有时能沉淀我大脑里的杂念
触发我心中的灵动
又常常使我忘记了
那墙面上不断提醒我的闹钟
仿佛
自己有时身陷大海
与无底的海洋共舞
有时又觉得

---

* 作者简介：李禄义，男，57 岁，贵州省绥阳县人，1983 年从当地应征入伍。现是贵阳一企业退休职工。喜欢音乐、画画、写作。

我来到了另外一个世界
在时光中漫步
去享受微笑、鲜花和日出

不知何时雨开始下了
那"滴答滴答"的声音
轻轻地在扑打着窗外的雨棚
雨声渐渐代替了
我耳膜的鼓动
夜风，像是担心我会孤独
微微地探头
用手轻轻掀起窗帘
"习习"地不知在向我说些什么
我早习惯了寂寞
也学会了独处
只要桌上有一张能画的纸
手中还有一支能写的笔
还有这个温暖的茶杯陪我
我喜欢静，从不寂寞
我喜欢独处，从不孤独

本是开始戒烟的我
还是忍不住又来上一支
"哒哒"的火机过后
指头上又燃起了
那忽明忽暗橘红色的烟头
我独坐在火炉边
慢慢抬头看着那缕缕青烟
又在我眼前蹿过
慢慢与黑夜交融
我的思绪
又飘到了
另外一个时空

雨夜看车

刘国增 *

　　我虽然就在南北高速公路旁的一个小镇上工作，但是，平时却很少留意公路上那些南来北往的汽车。在我眼里，那些飞来驰去的汽车不过是像路上忙忙碌碌的蚂蚁一样，不知其从何处而来又往何处而去，因而就不曾去理会它们。

　　自从告别了母校和繁华的城市来到这里之后，我一直就在这个偏远的小镇工作。刚来的时候，小镇比较冷清，离城又远，心里非常落寞。所幸的是小镇上的工作平时相对宽松和从容，这里既没有城里快节奏工作的压力，也没有太多人情世故的困扰，一切皆由所愿，心中才慢慢升腾起了随遇而安的意念。之后，平静而休闲的日子一长，内心又常常被一种清心寡欲和与世无争的思绪所困惑。

　　在小镇上工作多年，我已经习惯了朋友不多的寂寞生活，也自然而然形成了每天傍晚到南岗散步的习惯。南岗就在高速公路旁边，从镇上去南岗的是一条弯弯曲曲的小路，平日里去的人也不多。每天傍晚登上南岗，不为看车，只为舒放心中的烦郁。登上山顶，看一看夕阳西下远村炊烟飘起，遐想童年的幸福；瞧一瞧牧童晚归，重温曾经有过的快乐。因而，每来散步，我总是默默地走，默默地想，默默地回，那些追逐而去的大小车辆从未撩动过我半点心绪。

　　今天傍晚，天空下起了不大不小的雨。淅淅沥沥的雨，打湿了去南岗的小路，也打湿了我的心，于是，我决定放弃今天的散步。然而，夜幕降临以后，内心却不知不觉涌起了一种难以排解的情绪，终于拗不过内心，便打起雨伞于雨夜中走向那座常去的山头。

　　今晚来迟，远方难眺，因而我独自在小山上看公路上飞来驰去的汽车。雨夜看车并不清晰，乍一看，只见远远便有两道光束直射而来，待到近前之后便呼啸而过，接着只见红红的车后灯像是拖着七彩纷呈的绶带一样远远而去。然而，我发现今夜公路上的景象很美很美，美得我无法用语言表达出来。我睁大

---

　　* 作者简介：刘国增，男，1963 年出生，广西壮族自治区南宁市人，本科学历，曾在《广西文学》等刊物发表散文十多篇。其中，散文《一畦菜地》发表在《北海日报》上，散文《故乡的那口井》于 1992 年获南宁市首届农村题材创作优秀奖。

眼睛仔细地看着公路，朦胧中，大卡车像负重的老牛一样，拖着沉重的身躯隆隆而来，而小汽车则像轻燕一样轻驶而过，整个路上沸腾而有序，忙碌而又不乱。哦，多年以来，我为什么不关心身边的这个世界呢？为什么不发现身边还有这样的美景？

今夜我觉得我不应该再无视身边的这个世界了。是的，身边这些大小车辆连接的世界与我现在身处的环境确实大为不同，一个是飞腾的快节奏世界，一个却是平平静静的世界。我平时的工作可以慢悠悠地去做，但是，人一慢悠下来，追求也随之平淡了很多，有时竟还产生出一种一无所求的思绪来。我曾经在心里追问过那些飞驰着的车辆上的人们，你们跑这么快干什么，我慢悠悠地走不是也很舒心吗？不过，邋遢散漫常常伴着的是无聊烦恼的心情。

今夜，我的心绪有了不同于往常的变化。内心在经历了闲愁之苦的烦闷之后猛然发现了飞驰的快乐，我现在特别向往公路上这个沸腾的场面。是啊，与其把自己圈在悠悠的烦愁之中不如到沸腾的世界搏击而寻找奋斗的快乐。想起平时所秉持的一无所求的心念，面对身边的沸腾场面，我的心不觉为之一震，这是心灵的震颤，这是一个沸腾而奋进的时代对我的深深触动。

同　事

杨卫东*

我是 1980 年参加工作的，结识了一位和我同龄的同事，我俩和另外两位同事同住一间单身宿舍，除了值班，我们几乎每天都要一起在单位的食堂吃饭。

日久天长，我渐渐发现了这位同事有个很不好的习惯——不珍惜粮食。每次吃饭，他都要剩下将近一半的饭菜，然后倒掉。另外，他还非常喜欢用手中的馒头砸正在吃饭的其他同事取乐。为了能精准地砸到别人，他会把馒头握在手里，然后用两腿的膝盖用力将馒头压实，再掰开抛出去。他时常在砸到其他同事的头后开心地说："这样准确率更高！"

我好言提醒他要注意节约粮食，开始他不以为然："我是和他们开开玩笑，反正馒头也吃不完。"后来我再提醒他时，他甚至对我的好言相劝产生了反感："你看你老是说我，烦不烦啊?！现在大家都不缺吃喝的，一个馒头才两毛钱，在这算什么浪费？"我知道他爸爸在乡下的镇政府当领导，妈妈在一个事业单位上班，家里的生活条件比较优越。就因为对待粮食的观念不同，我们之间的感情关系逐渐变得淡薄了。两年后，我被上级调到外地一个单位支援建设，从此，我就一直没再和他联系过。

20 年后，我在一家偏僻的杂货市场门口遇到了他。他穿着一件黄大衣，胡子也没刮，脸上刻了许多皱纹，显得很苍老。如果不是他主动叫我，我真的认不出他了。一阵寒暄之后，他告诉我："你调走后不久，工厂经营不景气被私人承包后转卖，我就下岗失业了，一直没找到合适稳定的工作，前几年才在这个杂货市场看大门，工资很低，一开始每月只有 800 块钱，现在一个月 1200 了，但这家市场很萧条，今年连续八个月过去了，我也没领到一分钱。"紧接着是他愤愤不平的一阵牢骚话，还说要告他的老板。我能说什么呢？只能安慰他耐心等待或换个工作单位。他说："我一旦离开，今年八个月的工资就白瞎了，况且我这么大年龄了，又哪里好找工作呢？"我听了，很是同情，毕竟同事一场啊。

---

* 作者简介：杨卫东，男，60 岁，江苏省邳州市人，大学学历，工程师，邳州佛教协会常务副会长。多次在全国性征文大赛中获奖，多家杂志社特约作者。发表短篇作品数十篇。

后来我给他介绍了几家单位，都由于他年龄过大或没职称、没技能等，被人家拒之门外。我知道这一切，都是他在为自己当年浪费粮食的损福行为买单，但我又不能向他挑明这一观点。只有默默地祝福他！

光

赵英琦 *

窗外黄昏将至，西风飘扬，彩霞与云朵相互晕染，些许落叶在空中翻转，似那曼妙的舞者，又似那不屈的使者。所有黄昏的幻想被一只奔跑的小猫拉回现实，它带着急匆匆的步伐与我初次相识。我微微一笑，给予它爱的温柔与笑意，而它那柔弱的声音好似被落叶吞噬又恰似与西风相拥，使它急匆匆地向前追赶着。我想：或许它也在沿着烟火寻找属于自己的那盏灯吧。

回头、踱步、忧郁、思念。

我执起手中的笔，昏黄的光晕落在我不大不小的书桌上，与我那凌乱的思绪融为一体。不知怎的，总是能在许多省份的本土增长病例中一眼发现自己的家乡，也不知怎的，点点滴滴的怀念涌上心头。仍记得阔别家乡的踌躇满志，少年的梦想与偌大的机场相互映衬。我的妈妈，无疑成为我最大的思念。寂静的夜色是我那小城的底片，而夜深疲惫的她总是披着星光来爱我。临走的前一天，她急急忙忙地帮我收拾东西，却不知岁月镀的膜已经看不清她手掌的纹路。半夜的厨房闪着明亮的灯火，平安的饺子送我前行的路途。她有多少次像这样守护着我的梦，又把疲惫藏得天衣无缝。前些天与奶奶视频通话，年迈的她惊叹于能看到千里之外的我。时光在她的额头上刻上了生活的琐碎，而她那操劳的心却掩盖不住当年的自己。我知道，她把对我们的爱化作操劳与吵闹，可她那走路的速度像天上的云朵一样缓，身子像风中的树影一样晃，而她啊，也早已不再是当年的自己。

我看着新增的本土病例，过着封校的大学生活，恐慌于被时间偷走的青春。于平淡中衍生忧郁，于坦然中衍生迷茫。恍惚间，几声微弱的声音吸引了我的注意，声声逼近，我按捺不住躁动的身体，起身走去，只见与我初次相识的小猫闪着眼里的光望向我。

对！是光！是澄澈眼神中散发出的光！这一幕不禁使我眼前一亮。

抬头、仰望、坦然、欣喜。

可能是那只初次相识就带着爱与我相拥的小猫有着神奇的魔法，抑或我的

---

* 作者简介：赵英琦，在读大学生，非常喜欢文学和读书，喜欢文字带来的巨大魅力。

微笑同样给予它恰似家的温暖，让我恍然间心胸坦荡。你看啊，日夜奔波无处可寻的它依然带着笑意奔向我，无数的风霜雪雨也未曾抖落它眼里的光，就像微醺的路灯与每个晚归的梦碰了个杯。"一代人有一代人的使命，一代人有一代人的长征"，而生命，无疑是我们这代人的长征。路虽远则行将至，事虽难则做必成。而少年，也必将要心怀坦荡，于艰难险阻中奋勇向前，遇事不决可问春风，春风不语便随本心。

我知道用生活写成的作文无法有小说的玄幻，不能把遗憾放在故事里成全，但当文学的浪漫把半边天都晕染，无尽的黄昏也会让人觉得圆满。

就让飘扬的云朵替我告诉思念，就让西风的痕迹抚平疾病的苦难，就让小猫眼神中的那束光指引我不断向前。

浓浓的年淡淡地过

孙永庆 *

随着春节的临近，年味儿也越来越浓厚了。每每这个时候，总是不免回想起小时候盼着过年的情景：首先，鞭炮拆开放。20 世纪 70 年代，人们的生活条件不算太好，父母拿钱买来鞭炮，除了年三十晚上、大年初一清晨放上几挂外，剩下的全分给孩子们也不多。父母一边叮嘱着：注意安全、省着点放！懂事的孩子们只能小心翼翼地拆开一个一个地点燃听响！那时的空气中总散发出淡淡的烟火味儿。

过年才穿新衣服。孩子们不到初一就嚷嚷着要穿，然后赶紧跑出去显摆，结果刮个口子回来，免不了挨顿揍。那时的父母尤其是母亲，从旧社会走过来的多少有些迷信，新年里新衣服刮坏了不吉利。

再就是过年的时候孩子们的嘴角一定会起泡的。那时过年，桌子上、柜子上、盘子里总要摆上糖块、瓜子、黑枣、柿饼子，贪吃的孩子们小嘴不停闲，往往年没过完嘴上就起了大泡。

如今不同了，年味儿依然浓厚热烈，物资供应充足，吃穿跟平时没什么两样，许多家庭为了省事儿还把年夜饭提前订在外面的饭店，虽说没了食材的准备与做饭的工序，但也少了喧闹的烟火气。前两年老人们还抱怨孩子们是低头族，过年好不容易聚在一起也不交流，净看手机了。这还不到一年，不少老人也加入了低头族的行列！现如今似乎除了等着看春晚以外就没有多少人再盼着过年了。再加上许多城市禁放烟花爆竹，由此缺失了一大块过年的气氛。不过话说回来，我个人是赞同禁放烟花爆竹的，这边正看着电视那边炸成一片且没完没了，弄得消防队一到此时就如临大敌，更别说还造成了巨大的环境污染！

浓浓的年淡淡地过吧！

---

* 作者简介：内蒙古包钢退休工人。在今日头条的格言：在喜欢的空间，做正确的事情！

思想之光

文化自由之美

黄涛*

偏见是人性熬制的肉骨茶，在《三国演义》中，元末明初小说家、戏曲家罗贯中便用他独特的"偏见"，再以勾勒文人墨客的手法演绎出乱世之中的铁血柔情，他的"偏见"，是美丽的。

"尊刘抑曹"是书中最显而易见的"偏见"，但我认为其真正的艺术价值应该是罗贯中对三国时期的理解——他将兵荒马乱的乱世纷争，化为风尘仆仆的浪漫至极。元末明初的中国，经历着改朝换代的动荡，或许是因为"知音少，弦断有谁听？"的遗憾，无处施展才能的罗贯中将自己无处安放的灵魂寄托在了书中。

在正史中，对刘玄德、关云长、张益德的萍水相逢并无过多记载。

而在《三国演义》中，刘关张三兄弟的初见的描写宛如赤焰红霞。"飞曰：'吾庄后有一桃园，花开正盛；明日当于园中祭告天地，我三人结为兄弟，协力同心，然后可图大事。'玄德、云长齐声应曰：'如此甚好。'次日，于桃园中，备下乌牛白马祭礼等项，三人焚香再拜而说誓曰：'念刘备、关羽、张飞，虽然异姓，既结为兄弟，则同心协力，救困扶危；上报国家，下安黎庶。不求同年同月同日生，只愿同年同月同日死。皇天后土，实鉴此心，背义忘恩，天人共戮！'誓毕，拜玄德为兄，关羽次之，张飞为弟。"

权政在"汉室倾危天数终，无谋何进作三公"中分崩离析，而文明则在百家争鸣中隔岸对望、各自花开。

不可否认，罗贯中在对陈寿的《三国志》以及戏曲文化等的融会贯通中，成就了中国第一部伟大的长篇历史章回小说。

人们或许会批判罗贯中对历史融入过分的主观意识，但我认为其恰是一份可以代表自由主义与个人主义的文化答卷。它使人们不似西方颓废的嬉皮士、浑噩的朋克青年，陷入狭隘的生活喧闹中；也让真正的艺术家们不再在诡异、沉默的大一统中面面相觑。在人类文明的历史长河中，多元的文化交汇，才融合出一部又一部如《三国演义》般的文学经典。

---

* 作者简介：黄涛，2003 年 6 月 8 日出生于福建省漳州市。

发　展

饶望生 *

自从盘古开天地，三皇五帝到如今，时代的变换揭示了一条亘古不变的真理，那就是：发展。时代的召唤，社会的沿革，历史的弯转，当下的创新，都是发展向前的必然结果。有谁会相信这天方夜谭的背后却是人心所向，开山辟路的探寻者、筑梦人、积极地投入和奋斗的时空。

发展带来的东西太多，发展改变的东西不少。发展让穷途末路者走向辉煌，发展使懒惰者改变习性，成绩斐然；发展催生不少大项目落地，开花结果；发展使证券指数起跌波澜，壮怀激烈；重要的是发展在改变我们生活的同时，与生活交相辉映。发展与我们朝夕与共，息息相关。

我们这个社会离开发展而去创新，实属偏见、无趣的闲谈。只有发展改变面貌，才会滋生发展的前进动力和凝聚力量，哪怕是极小的事，都得躬亲力行，否则得不偿失，点灯白费蜡。种种体验、智慧和方法论告诉我们：发展得体，收获多多。奋斗、努力、拼搏、信心加恒心、谋略兼收并蓄，才是实质的发展，发展的实效。

劳动创造世界的道理，必然蕴含着发展的内涵与进步的基因。

绚丽多姿的美景能给人耳目一新的视觉美感，殊不知那就是音符的和谐。要想歌儿好，还得曲作得好。哪怕一个人的发展还得创造发挥才行！

武汉公交在全行业推广说普通话，效佳快准，足见领导的远见卓识，员工的参与和努力。听说的是普通话，见证的是武汉公交的发展变化，中华人民共和国成立以来公交的成长和壮大。

武汉公交的一句广告词：公交进步，城市文明！恰恰应验了我们当今社会的时代主题、发展思路、公交人的价值观与追求，不说是一种学说和论断，至少可以称其为真理。虽说是一句广告词，诠释的是公交人的理念、态度、言行，以及发展与投身的打算、行动和做法。乱云飞渡，山花烂漫，必然丛中笑！

一则壮美的广告词，一语双关，一箭双雕，告之的是公交的发展，文明的

---

* 作者简介：饶望生，喜欢读书，勤于笔耕，有文见于报刊。电脑无缘，钟情笔纸，闲情逸致。感恩时代，歌唱祖国，赞美河山。

觉醒，人的素养与锻造，以及人们的和谐相处。如果不是这样我们是没有退路的，只有这样我们方能砥砺前行、风雨兼程，经得起历史的检验、人民的见证。想想看，中华人民共和国成立以来，公交人没有闲着，顶层设计高瞻远瞩，放眼未来谋发展，狠练内功提素质，领导的真知灼见、员工的奋斗使得公司面貌日新月异，员工精神抖擞、群情振奋。

想想看，公交人能袖手旁观吗？庸者，则败矣！这是客观不变的。昙花一现只能博眼球，浮云一片只是障眼睛，若看不到时代的急流汹涌，看不到当下社会高质量发展的滚滚洪流，真不如打铁多练练为好。

从小到大

段菊英 *

从小到大，一路走来，虽没经历什么大风大浪，但不太乐观的我，总把小困难感悟得那么深沉，并将它们无限放大。没人跟我讲述生活的模样，就是稀里糊涂地成长，错过了很多我本该早知道、早学习的东西，单调的成长环境和有限的成长空间，仿佛让我与世隔绝。

当那扇通往社会的大门突然向我敞开，外面的好与坏，善与恶，成功与失败，都让我措手不及。从此内心便充满对外界的恐惧，对人生的迷茫和怀疑。我没必要把自己当作十恶不赦的罪人，使得自己心理上总是痛苦，疲惫不堪。

顺境也好，逆境也罢，都是客观存在的，和我的优秀或愚蠢并没有太大的关系，每个人都是无法逆天而行的。父母偏激的观念和颇具杀伤力的语言让我一直痛苦至今。不过也没必要抱怨，上天安排的挫折和逆境，恰是在塑造我、雕琢我，总比那些无人问津的朽木强吧。从小的孤独和封闭成就了我的独立思考和分析能力，还有固执的个人主见。这些就是我的人生中最强有力的装备。

善待身边的一切，心怀感恩，你会越来越强大的。

---

* 作者简介：我们的时间有限，勇敢地去做自己喜欢的事吧。我们来这个世界，不是来演绎完美的，而是来经历的。不同的经历，带给我们不同的感受。再用文字去记录、去剖析，一生财富，一生回味，别有一番滋味……热爱文字，热爱文学的普通人。

随 笔

张民卿 *

境界：风筝牵出憧憬，细雨织成思念，人世间有一种折磨，妙不可言。随便坐下或站立构成美丽的风景，沉默是最响亮的语言，凝结千万个世纪的石头会在顷刻间松软，人世间有一种境界，叫人死而无憾！

命运：一切都是命运，一切都是烟云，一切都是没有结局的开始，一切都是稍纵即逝的追寻。一切欢乐都没有微笑，一切痛苦都没有泪痕，一切期盼都是幻想，一切思念都是悲伤。

思念：在黎明，在夜晚，在山的那一边，有一种思绪，叫思念。思念是小溪，潺潺流淌，尽情倾诉。思念是大河，波澜壮阔，激情澎湃。思念是长江，是黄河，奔流不止，永不停息。

刻你的名字：刻你的名字，在心里，让跳动的心律，弹出爱的音符。刻你的名字，在冰冷的夜里，让漂泊的灵魂，找到爱的归宿。刻你的名字，在温暖的阳光里，让金色的梦，传播爱的信息。刻你的名字，在时光里，让时间凝固，让真爱永恒！

感慨：淅淅沥沥的雨，像一束丝线，穿起无尽的思念。挥不去的阴霾，是否是上天的安排？忧伤的泪水，洗不去一生的感慨。缠绵的雨，没有爱。有爱的人生，有雷，有闪电，有你在。

---

* 作者简介：张民卿，河南省郑州市人。个体工商户，爱好诗词、散文。闲暇之余，喜欢写一些文章。

堡 垒

管雨琪*

层层叠叠，刀枪不入，无懈可击，战无不胜。

——题记

人生宛若一只小纸船，从小河中流向大海，走过风雨也踏过浪，扛过严寒也挨过酷暑，一次次的风浪击打着它，风雨蹂躏着它，一次次困难迎刃而解，它将走向大海谱写属于自己的辉煌。

我曾看到解放战争时期留下来的遗址，一座座碉堡依旧屹立在那里，亘古不变。尽管远远望去是一片生机盎然，却不知这里埋葬了多少英雄。噫！我发现小草居然没有从堡垒的夹缝中长出。不仅仅是这一座碉堡，其他也如出一辙。我漫步在碉堡丛中，一座座碉堡犹如接受检阅的士兵一样，挺直了腰板。

到底为什么小草没有从堡垒的夹缝中长出来呢？

一阵清风拂面，风吹动了我记忆的闸门，思绪不禁随风而起，随落叶而飞舞。此刻，我恍然大悟，一个古老的故事也在大脑中放映了出来。

一个猎人和他的朋友到草原上打猎。不幸的是遇上了草原野火。猎人急中生智，点燃身边的干草形成了一方烧焦的土地，他们因此逃过了一劫——因为烈火烧过的土地不再惧怕火。

正如同堡垒一样，透过时光的阻隔，我仿佛看到了解放军战士们在失败中一次次汲取经验，从堡垒的一次次炸毁中吸取教训，查漏补缺，一次又一次，在他们的辛勤付出下建造出了一座无坚不摧的堡垒。

一次的失败就像微小的财富，可能很少，但集腋成裘，我们积攒了很多的失败就会换来一个巨大的成功，收获人生中最宝贵的财富。

我们也一样，把自己当作那个最初的不堪一击的小堡垒，将自己的汗水浇灌在自己的不足之处，不会再在第一次跌倒的地方跌倒第二次。把自己当作一个堡垒，慢慢巩固自我的内在修养，提高外在的素养，给自己套上一件防弹衣，

---

* 作者简介：管雨琪，女，15岁，湖北省黄冈市人。座右铭：古之立大事者，不唯有超世之才，亦必有坚忍不拔之志。

化身成为一个无懈可击的神，华丽蜕变成一个刀枪不入、战无不胜的堡垒。

就如同一句格言：所有战胜困境的经历就像曾燃烧过的土地一样，不会再次畏惧火焰。我们也如此这般，不怕自己已经面对过的挫折、苦难，展示自己的长处，弥补自己的不足，成为一个无坚不摧的人。

愿你成为自己的堡垒。

岁末余声——致即将过去的 2021

乐良军 *

岁月轮回，时序更迭。

还有不多的几天，2021 年就将离我们而去，如同过往的每个片段，一去不返，成为人生建筑物上新增的一层砖头，增加了年龄，离人生开始的地面越来越远，而距离屋顶将愈来愈近。

这一年，孩子如愿考上心仪的高中，然而面对日益内卷化的现实，辅导课、兴趣班夺走了他全部的童年和爱好，夺走了无数个儿童节、寒暑假的游玩，也残忍地夺走了父子间温馨的陪伴，付出的代价不知是好是坏。以后的人生要靠他一步一步往前走，一如我们走过的路。

疫情依然波诡云谲，突如其来，防不胜防，在肆虐之后，间或消停，却又不断蓄积新的变异力量，一浪又一浪地打乱我们本应平静的生活，改变了我们的节奏，让我们疲于应付却又生活日艰。它影响了整个人类进程，也影响了我们每一个小家庭。

已经有两个春节没有回家和父母吃团圆饭了，原本身体硬朗的父亲，被一场不治之症折磨得卧床不起，骨瘦如柴。父亲的脸颊瘦得只剩皮包骨，深陷的眼眶里流露出的光芒，是对生的无限渴望，是对人类科技的无奈和心里的无助，看着令人心痛不已！这是我们的父亲吗？那个每天大清早一边用随身听听着楚剧，一边将屋前屋后打扫得干干净净，然后骑着电动车到镇上去买菜回家的父亲，年年如此，日日如此，如今却只能躺在病床上，病床边的我们，除了流泪，无可奈何！

这一年，继续忙碌着，东奔西跑，时间花费在高速路上，在工地间，在每个深夜的书卷里，在半夜惊醒的梦魇里，在阳光初照的每一个新的日子里，简单而平凡。但是，我们在年复一年、匆匆而逝的每一个平凡日子里渐次老去。

我们曾经渴盼并握住了 2021 年，又不得不被时间所抛弃，并终将登上新的航船，驶向未来。

---

* 作者简介：乐良军，湖北省孝感市人，现居广东省广州市，工作之余热爱散文和微小说创作。

破　壳

饶星桂*

春日一下午，到语家玩。语搬出椅子邀我到她家露天阳台上坐。语是一位素朴雅致的女性，十平方米露天阳台有一半是语用砖垒起来的花坛。正值暖春，月季花和金银花浓烈地绽放着，轻轻的和风带来阵阵花香，与语静坐其间，沐浴在宜人的午后，真有春暖花开的感受。

语又从家里搬出一玻璃水皿，见里面漂浮着像荷叶的植物，我好奇询问。语说这是睡莲，一种家养的睡莲，它会长叶、开花、结籽，品种多样，养殖简单。网购的睡莲籽，根据网上的说明她哥哥家已成功地养了好几盆不同品种的睡莲了。不过由于睡莲籽壳十分坚硬，必须把睡莲籽的后端摩擦一下，使硬壳软化后，胚芽才容易出来。过后语送了我几粒睡莲籽。

回到家，按照语的介绍和网上的说明，我把籽放在院子里的水泥地上使劲擦了擦，见深紫色的籽后端出现肉白色便放入水里。不到一星期，睡莲真的吐出了绿芽。看着睡莲一天天蔓延，舒展，想象着它张开满盆的绿叶和几处粉拳娇花，不禁感叹它生长的独特性。坚硬的外壳是为了更好地保护种子的营养不流失，同时又成为阻碍它自由再生发芽的障碍，它必须借助外力破坏才能突破自己，才有机会展示自己的芬芳美丽。

有些时候，人不也是这样吗。束缚我们的往往不是外界条件，而是我们自身习惯的一种固有观点。对未知的恐惧和担忧让我们徘徊在仅有的环境，不自信带来的自我怀疑让机会一次次流失。打破硬壳会有许多不适和阵痛，但那是必须迈出的一步。也许当我们自己哪一天真打破固守的硬壳，说不一定能收获另一天地呢。

---

* 作者简介：饶星桂，安徽省宣城市人，闲暇之余喜欢看书、写作，偶有文章零散发表于各类刊物。

如　梦

任涛碧 *

岁月悠然，纵使万劫不复，又更待何时！

平常的生活很静，很让人着迷，不断催发着人们向上、向前，不断进发。

人云亦云也许不是最终，岁月无恙，山河万里，不经人间惊鸿，岁月远远不负，奈何山间人间，求天地仁和，岁月静然，不愿惊扰尘世，城市自有自己的办法。

不许忘记自己的每一寸心，每一次进发，每一次徜徉时光，每一次静铸心声。不惹凡尘，不惧风雨，不惧山河回荡，不惧岁月荡漾。

最近仿佛发生了好多事，却又似没有，没有多大的事，没有多大的仇，没有不经意之间的寸寸纠结，选择对了，却又似不远而来的贵客，不经人间如何喧哗，只求自己不断深化。

几年的不断经历，感怀人生，感受身边的每一丝情谊，每一次感官人生，感悟岁月，不停流转人间美好相遇。

* 作者简介：任涛碧，北京艺术传媒职业学院会展策划与管理专业大二学生，笔名"木云"。

我的朋友圈

吴佳敏 *

当我看着这个题目发呆时，我想到的不是我的微信朋友圈，而是我书架上的那些书——我的精神伴侣。

天空高了又高，日子淡了又淡，如果可以，我想独处斗室，倏尔，临窗而望，夕阳的余晖笼罩着似有层烟雾的湖面，笼得清风微醺似醉，笼得落叶温婉一地情，不觉间，已庭院深深。

在深秋的季节里，凭栏眺望，看银杏叶落簌簌如蝶舞，铺展成一幅幅"富春山居图"。沏一壶香茗，挪一把老旧的藤椅，坐上去吱呀作响，手捧一本页面发黄的《人间词话》，让阳光轻洒脸颊，抬头几根发丝划过眼睑，掩卷遐思——去寻找那些诗词里的朋友。

小心地翻开旧页，赏诗河之灵秀，文字之明艳，诗人之雅致。王国维说："大家之作，其言情也沁人心脾，其写景也必豁人耳目，其辞脱口而出，无矫揉妆束之态。"诗河，散发着干净和高贵，有如莲一般的高雅，清新脱俗，有如牡丹一般的高贵明艳。《人间词话》卷首写道："笔下文字如莲花般纯净，恰似思想若嫩荷之抽枝。"诗人都是艺术家，人间烟火的熏染，会教他们容颜黯然，人间生活之骇俗会折损他们的灵性自然。

我敬佩着子瞻"竹杖芒鞋轻胜马，一蓑烟雨任凭生"的豁达，难过着他"殷勤昨夜三更雨，又得浮生一日凉"的孤独。人们总说他是豁达乐天派，但他在临终时却说："心似已灰之木，身如不系之舟。"他有"如蝇在食，吐之乃已"的耿介直率，也有"道大难容，才高所累"的宿命。他一生爱吃、爱喝、爱笑，步入宦海，却处处不如意，辗转三州，贬谪不断，他说"一蓑烟雨任平生"，可这一生未免也太坎坷。

我总是哀叹陆游和唐婉"春如旧，人空瘦"的爱情悲剧，年轻时的"莫莫莫"到晚年仅剩惊鸿照影。陆放翁一生"位卑未敢忘忧国"，晚年仍"尚思为国戍轮台"，可到底还是铁马冰河一场空。

---

* 作者简介：皖西学院大一在读生，文学爱好者，自媒体创作者，文章曾荣登《安徽青年报》。

诗人总喜欢悲秋，特别是深秋，总容易让人思绪千结。脑海中时常会想起望江楼上那终日凝眸、愁肠千结的思妇，望着烟波浩渺的江际，欲说还休。

黛玉又提锄挽篮拾英，她望着那流水，是不是又在感伤逝者如斯？她是不是又为"花自飘零水自流"而黯然神伤？是不是又在品味那"物是人非事事休""才下眉头，却上心头"的相思之愁？在深秋的季节里，怎能不"欲语泪先流"。

我总是不懂，刘禹锡曾写下"我言秋日胜春朝"，可为何又会写下"病树前头万木春"？"醉里挑灯看剑，梦回吹角连营"，稼轩他为何而醉，又为何而梦，晚年的他，又为何写下"知我者，二三子"？才高八斗的曹植路过洛河写下的《洛神赋》，他到底是为谁而写？下雪天的柳宗元去江边垂钓，"独钓寒江雪"他到底是在钓什么？李清照明明海棠依旧，又为何风住尘香？

左宗棠说："读书万卷，神通古人。"我想，这是何等的幸福和快乐。

诗人是俗世生活的热情观察者，晨曦消失，炊烟升起，荻浦秋深，诸暨之绿，都是他兴冲冲记录的内容。晨光四射，斑驳且艳丽，它的刹那远去并不悲凉，因为"树叶保持着脉络清晰，奔向静谧的节点，而花海苍茫，风止渐息，接近于热爱世界的富饶。"炊烟升起，暮色笼罩的大地不只有毛不易歌中的柔美，还有净化灵魂与醉倒人间的力量。

我庆幸能认识那么多的"朋友"，感谢他们那些情感丰饶的诗句，或许千年以前的他们并无一朝成名的野心，只想借着诗句抒发内心的波澜，但他们也应该不会想到，在千百年后他们的诗句在深夜里一次次抚慰了一位少年的心，在那些或欢畅或低回的夜晚，有多少人感谢他们千年前便写出了那些不为人知的忧欢。

每个人都或许梦想着成为一个诗人，为花开而喜，为花谢而悲，但入世稍深，大多数人的心渐渐熬成了一颗坚硬的蛋。梁实秋这样写道："一个人如果达到相当年龄，还不失赤子之心，经风吹雨打，方寸间还能诗意盎然，那他是得天独厚，他是诗人！"

乐而不淫，哀而不伤，是诗人永恒的标配。又是深秋，如果累了，我想走出房门，去屋外让淅淅沥沥的雨点打在脸上，让娇羞的风尽情地拂面！我想让秋的水袖把那些浮华喧嚣都扬弃了！我想让秋风去载着我去看山裙水袂，让那看不到光的影子永远留在身后，让那些前尘旧梦都给忘却！

如果我也能成为一位诗人，我会永远保持一颗赤子之心，热爱生命里的一切，美食，美景，一花一草，一果一木。如若不能，我会永远和诗人做朋友，因为活在他们的朋友圈里，我不会变得麻木，我的心里会一直有只猛虎在细嗅蔷薇。

也 许

杨繁荣 *

无须，明白，那一天是否悄然离去；

不知，懵懂，彼此还怀念。或许怅然若失，罢了。

也许，多年以后，风变得和煦，雨变得温柔，你变得更好！

那一天，我站在桥上看行人，你站在路上看桥，那么伤情，那般动人。

也许，告别了曾经，对你深深的思念；

也许，能挽着你的手，抚摸着你的脸庞。

你还是曾经的你，我还是曾经的我，忘记了时间，记忆在心头，深深的
思念。

也许，斑白岁月，沁进了那一生繁华，旧梦浅浅，浮现着往事青葱。

也许，深情似海，忘了沧田，鬓了微霜，忘了你曾经的容颜。

也许，平白的缘故，弄不清是是与非非，共白首，何相畏。

也许，落叶与黄昏，镶嵌着秋天的味道，情似酸，爱似甜，尝遍这酸甜。

我想，我们都会记得，那一年，哭过、笑过、打闹过，现在都匆匆走了。

珍惜。

也许，也只是也许！

---

* 作者简介：顾然，原名杨繁荣，男，汉，出生于 1997 年 10 月 7 日，云南省保山市龙陵县
人。我心悠然，自得南山。

希 望

杨忍志*

（一）

希望总是无限的，当你渴望希望的时候，你才会觉得，希望是美好的。

孩提时代希望多么广阔，只因我们不懂得去追求，去珍惜，随着年龄的增长，我们对希望也就随之有了渴望，春夏秋冬，周而复始，每时每刻我们都在努力。

科技的发展，交通工具的发达，人们生活的富裕，等等，都为我们这一群花朵注入了丰富的养分，使我们充满了希望。

生活的希望，祖国的希望，老师的希望，父母的希望，朋友、同学的希望，都给予我们挑战未来的勇气，祖国的未来在于我们对希望的追求，去面对祖国的未来。

"希望是无所谓有，无所谓无的"，的确是的，鲁迅都给予了我们这么大的希望，难道我们就不能抓住我们现在拥有的希望吗？不，我们应该去拥有它，去学习珍惜希望，去拥有希望，为了希望去奋斗！

（二）

总在寻找希望。

总在期待祝福，在雨中，才想起那一幕幕，错与对已经无关紧要，心中无论是心事，还是思念，那一片草地上永远是美好的、热闹的、欢笑的。

为了生存而竞争的小草、树木、花儿，每一个为了生存的生命，在阳光的滋润下更加坚强。

总是在希望中活着。

---

* 作者简介：杨忍志，陕西省商洛市人，大学时曾任一帆文学社社长、校报编辑，作品曾多次获奖。

春天的脚步，给予刚睡醒的人们以花香、以春色的香味。"一年之计在于春，一天之际在于晨"，既然春天是一个美好的季节，又何必在乎是否注意到了她来得迟早，又何必在乎刚刚走过的那一步不知该不该放下的脚。

"面朝大海，春暖花开"，就如河水一样，顺着河流方向，让历史与人类改变这一切的局面，只要勇往直前，信心百倍，一切都是希望。

你瞧，那远处的湖旁，一对情人在说俏皮话。湖面上，一阵阵水纹被风吹起，泛起层层波澜。再看向远方，平常的时候总是看不到的。

看山是山，看山不是山！希望都在，希望在心中，希望在路上。

为人处世

张年华 *

　　读文章论述题，做人做事有章法；借"夏虫不可语于冰，井蛙不可语于海"论人生之道。

　　这里表明，不光是夏虫适不适于冰海之说，人也要有适不适于道学之论。

　　人与人之间的差距，是见识和格局大小决定的。对于事物的见解，每个人都有着不同的理解和选择。方向不同，思维不同，那么你的见解自然不同，见解不同，那么你的见识就有所生变，这一切趋势取决于你的格局大小。相信一句话：你的人生格局越小，你的成功率越低，相反，你的成功率就越高。

　　为人者，处事先做人。

　　为人者，不言不代表不知，不语不代表无道。

　　为人不同路，少语寡言甚至无语可言；宁做辅路者，不为堵路人。谱写人生亮丽，覆灭碍人之德。

　　求大事者，不但要学会"以识为主，以才为辅"，还要以人生圈子为根基。我想，如果没有人生圈子的支持，那你"见识"再广，"能力"再强，也是徒劳无功，一本死书罢了。

　　打枪看瞄准靠的是"三线合一"，打台球看球门玩的是"三线合一"，那么，人与人之间"三观不合"永远也不是一路人，这就叫"道不同，不相为谋"。

　　启航于人生的起跑线上，跑起来还得要注意路上的绊脚石。石头有大有小，大的可以躲开，小的来不及反应，有可能就会磕到，那一个人的人生节奏就有可能发生改变。

　　所以，不管你走在哪一条路上，都要想着谁会和你同路，谁会给你创造机会，谁会为你追逐而辅佐。

　　为人者，不为琐事而争辩，不为不为者而为之。做好自己，非礼勿视、非礼勿听、非礼勿语、非礼勿动。只求遇事务实，与人为善，终于一生。

---

　　* 作者简介：张年华，山东省临沂市人。

创造彩虹

李晨 *

有一天的雨后，出现了一道彩虹，在乡间的小道上缓缓升起，直破苍穹。

另一道淡淡的彩虹出现在这条彩虹的上方，这条彩虹也正在慢慢黯淡。

彩虹很美。

大家都相信有彩虹，是因为大家都见过。

彩虹是真实存在的，但就像有些东西，无论其存在与否，有人相信，有人不相信。

即便是不存在的，我也相信。

即便是没有见过的，我依然相信。

只因为这样，才能向前看，步上云端，翱翔于天地之间。

这是一双无形的翅膀。

如果人没有了翅膀，就不会飞翔，在地面上看到的景色，跟在天空看到的景色是远远不同的。

书本能上天入地，踩着书本，能够浮游于天地间，击溃命运。

书本是一门武器，读书万卷始通神。

书本能让你看到人生中的彩虹，它能让你踩着彩虹铺出来的道路，到达梦想之国。

如果你看了很多书，那你一定可以为自己创造出一条彩虹。

如果没有风雨，你是无论如何也造不出彩虹来的。

历经世间沧桑，踏过祖国河山，踏遍天涯海角，经历各种磨难，这就是创造彩虹的必备条件。

---

* 作者简介：李晨，女，23岁，江苏省苏州市人。中专学历，美容师，喜欢看漫画和小说，对文学和美学感兴趣，喜欢玩耍和自由。

心"阅"诚服

王桂霞 [*]

为什么我内心明净、步履轻盈？为什么我眉梢扬着幸福、嘴角溢着激动？因为我身边有你，时时给予层出不穷的温暖与感动。

你与我相濡以沫、如影随形：疲惫劳累时你如美酒般地振奋我的精神；抑郁悲伤时你如音乐般地抚慰我的伤痛；怒火万丈时你又如春雨般地化解我的愤懑。仅看到你的名字——《牵手幸福》《拥抱快乐》，便让我欣然忘食、怦然心动。

并不是每一次的相遇都能制造缘分，但我珍惜你每次带来的小小震撼，那惊鸿一瞥竟然别有洞天：原来寂寞可以如此丰盛灿烂；休息可以如此气象万千。人生如一场修行，读书就是潜移默化的心灵美容，你不经意地治愈了我的落寞、空虚与平庸。你让我知道，人生有一种成长叫感动，人生有一种成功叫唤醒潜能。

饱经风霜的洗礼，数不清受过多少次伤了。或许以前有着太多的压力，或许有着太多的功利，我总是牢骚满腹、抱怨不已。是你淋漓尽致地挖掘真相，疏通情理。"非宁静无以致远，非淡泊无以明志。"你教我善良做人、宽容处世，也教我志存高远、脚踏实地。有人说人生识字忧患始，可我认为人生识字快乐起。因为当我捧起你时，我会忘记遭受的打击；当我沉浸于你时，我会找回迷失的自己。

在离家读书的日子里，你伴我想家；在情窦初开的岁月里，你教我浪漫诗篇；在父母不在的时光里，你陪我流泪。

人生就是一部戏，主角就是我和你。因为爱你，我愿意日日夜夜注视着你。因为爱你，严寒凛冽里也充满暖意。记得为了买下《汤姆·索娅历险记》，我足足省了两周的伙食费；为了借阅唐诗和宋词，我整整跑了十几次图书室。长大后我又渐渐走近了《红楼梦》《隋唐演义》《穆斯林的葬礼》，还有泰戈尔的诗，从此我把无聊的寂寞兑换成了享受和充实。"仿佛永远分离，却又终身相依。"我现在总爱回忆，回忆当时浪迹天涯爱与世界碰撞的自己，庆幸身边的你一直

＊ 作者简介：高中英语老师，从教二十多年，酷爱文学，经常在当地报纸上发表散文。

不离不弃，一辈子有多少来不及，发现自己唯独没有失去最重要的你。

感谢你啊，我喜爱的文学书籍，你用最纯净的文字驱散了我的疲惫和绝望。每个人都有一段欲盖弥彰的迷茫，因为有你，我才有了靠岸的港湾；因为有你，我才最用力地成长。有多少次迷失，有多少次想放弃，为了梦想跌跌撞撞，却从未缴械投降。你向我展示了人生最波澜壮阔的篇章，你为我的理想提供了最幸福的土壤。快乐的种子已经埋下，黑夜中的我开始积聚力量，只想把你捧在手上，不求荡气回肠，只求奋不顾身、逆流而上。

收藏与中华文化

韦懿*

在我的个人爱好中，写作、唱歌，大家都有所耳闻了。但其实我还是个热衷收藏的业余爱好者，家里大多收藏着民国时期的藏品以及与中国台湾地区相关的藏品。

我的藏品种类五花八门，有金、银、铜、镍、合金材质的硬币，也有纸币、塑料币和邮票等。

闲暇时，我喜欢泡上一杯咖啡或者一壶花茶，拿出我收藏的各种宝贝，带上白手套，拿着放大镜，就像考古人员发现了出土文物那样，轻拿轻放的动作就像在抚摸婴孩的皮肤，认真地感受它们的温度，时不时地拿到电子秤上，称称重量，把它们的克数一一记录下来，遇见不干净的，用酒精棉球擦拭其表面，放在阴凉通风处，风干后，放回盒里。现如今，有这种闲情逸致的年轻人，已经不多了。在我看来，喜欢收藏的人，往往都比较喜欢历史，因为，从其藏品中不仅能窥见这个人的文化涵养，也能了解到这个人对哪段时期的历史感兴趣。

至于我为什么喜欢收藏民国时期的藏品以及与中国台湾地区相关的藏品，那是因为一段机缘巧合。2011年，距今已11年了，那年我23岁，结了一位忘年交，认识了海峡彼岸的同胞，林老先生。我是一位身体从小有缺陷的残障人士，林老先生当时是中国台湾某个论坛网站的站长。我们相识后，他看了一些我写的文章，对我十分欣赏。在2011年春节时，他送了我四枚他自己收藏的民国元年的双旗铜板。七天以后，我就收到了。我拿着铜板，视如珍宝。这是我第一次接触到民国时期的藏品。

从那以后，我就开始了收藏之旅。我开始关注各大银行的纪念币发行窗口，看看它们的发行量，存世量，纪念币的材质和规格，以及目前的市场价格和收藏价，它们未来有多大的升值空间，我都会加以了解后，再决定购买。还有，我对中国近代史比较感兴趣，在逢五逢十的年份，分别对应哪些历史事件，有着一定了解。比方说，2021年发行的两种纪念币，都与中国近代史事件有关系，

---

* 作家简介：韦懿，笔名"荷花小宝"，80后的脑瘫作者，喜欢诗词歌赋和台海时政评论。家住重庆市万盛经开区，2018年出版文集《三十而立》。

分别是：中国共产党成立 100 周年和辛亥革命 110 周年。

中国共产党成立 100 周年时发行了一套纪念币，中国共产党成立 100 周年纪念币，是中国人民银行为庆祝中国共产党成立 100 周年，自 2021 年 6 月 21 日起陆续发行的一套纪念币。该套纪念币共 9 枚，其中金质纪念币 3 枚，银质纪念币 5 枚，双色铜合金纪念币 1 枚，均为中华人民共和国法定货币。

中国共产党成立 100 周年纪念币金银纪念币正面图案均为中华人民共和国国徽辅以牡丹花组合设计，并刊国名、年号；双色铜合金纪念币正面图案为中华人民共和国国徽，国徽上方刊"中华人民共和国"国名，下方刊年号"2021"字样。其中银币是长方形的，金币背面的图案是中国共产党党徽、上海中共一大会址、浙江嘉兴南湖红船、天安门、礼花、牡丹花、飘带等组合设计，并刊"庆祝中国共产党成立 100 周年"字样及"100 元"面额。在我看来，这些纪念币代表着中国共产党的船行驶在海面上，承载着中国人民对美好生活的向往，为了实现中华民族伟大复兴的中国梦而奋勇前进。

辛亥革命 110 周年银质纪念币是中国人民银行为纪念辛亥革命于 2021 年 9 月 27 日发行的银质纪念币，全套共 1 枚，为中华人民共和国法定货币。最大发行量为 2 万枚。1911 年爆发的辛亥革命，结束了在中国延续几千年的君主专制制度，传播了民主共和的理念，以巨大的震撼力和深刻的影响力推动了近代中国社会变革。当今世界正经历百年未有之大变局，中国将开启全面建设社会主义现代化国家新征程，向第二个百年奋斗目标进军。在新的时代条件下纪念辛亥革命，回顾一百多年来中国人民为民族独立、国家富强、人民幸福、祖国统一而不懈奋斗的艰辛历程，缅怀孙中山等革命先驱致力振兴中华的光辉业绩，对于发扬光大辛亥革命精神，增进各族人民的大团结，增进海内外中华儿女的大团结，调动一切可以调动的积极因素，广泛凝聚一切智慧力量，共同推进祖国统一大业，实现中华民族伟大复兴的中国梦，有着十分重要的意义。因为我个人比较崇拜孙中山先生，他是伟大的民族英雄、伟大的爱国主义者、中国民主革命的伟大先驱，所以，后来我又在购物平台上，买到了与孙中山先生有关的藏品，那就是孙中山先生诞辰 150 周年纪念币。

这几枚币，我都收藏了。辛亥革命 110 周年银质纪念币的正面图案为中华人民共和国国徽，并刊国名、年号；背面图案为"天下为公"字样及辛亥革命武昌起义纪念馆造型组合设计，并刊"辛亥革命 110 周年纪念""1911—2021"字样及面额。

为纪念孙中山先生 150 周年诞辰，中国人民银行定于 2016 年 10 月发行孙中山先生诞辰 150 周年纪念币一套。该套纪念币共 3 枚，其中金质纪念币 1 枚，银质纪念币 1 枚，铜合金纪念币 1 枚，均为中华人民共和国法定货币。孙中山先生诞辰 150 周年纪念币中金质纪念币和银质纪念币正面图案均为中华人民共和国国徽。金质纪念币背面图案为孙中山先生像；银质纪念币背面图案为广东省中山市翠亨村孙中山先生故居。铜合金纪念币正面图案为广东省中山市翠亨村孙中山先生故居，背面图案为孙中山先生像。同时，中国台湾地区发行 1 枚银制纪念币，我也收藏了，它正面是孙中山先生的标准肖像，背面是用激光技术做的《礼运大同篇》全文。雕刻精美，惟妙惟肖，栩栩如生，年轻帅气的孙中山先生，仿佛在和我们一起赞扬着如今伟大的祖国，仿佛在说："世界潮流，浩浩荡荡，顺之者昌，逆之者亡。"

说完了硬币，再说说我收藏的纸币，都是用集币册装着的，大家见过四个伟人头像的 100 元人民币吗？现在的"00 后""10 后"肯定没用过吧，那四个伟人分别是毛泽东、周恩来、刘少奇、朱德。

在收藏纸币方面，我不仅喜欢收藏面额大的，还喜欢收藏面额小的。还记得货车、飞机、游轮吗？他们分别代表 1 分、2 分、5 分，那是"70 后"的记忆；高山族和满族男子头像，布依族和朝鲜族的妇女头像，苗族和壮族妇女头像，他们分别代表 1 角、2 角、5 角，那是我们"80 后"儿时的记忆。在我看来，收藏面额小的纸币的过程，就是在收藏你我的童年记忆。

我也收藏了民国时期最后一批发行的法币（不是金圆券，也不是台币），使用时间只有 1 年半，发行时间 1949 年 6 月到 1950 年 5 月，全套共有 8 张，这是我收藏的纸币里，最稀有、最罕见的一套纪念币了。

接下来，该说说收藏的台币，目前中国台湾地区发行的通用货币，我收集了全套。分别是 2000 元、1000 元、500 元、200 元、100 元的纸币和 50 元、10元、1 元的硬币。其中的 2000 元和 200 元是罕见币种。

同时，我也喜欢集邮，我集的大都是主题活动类的邮票，我的邮票较集中，有 2021 年买的"辛亥革命 110 周年"，它是中国邮政于 2021 年 10 月 10 日发行的纪念邮票，该套邮票展现了武昌起义时期革命志士高举大旗武装推翻封建统治的场景。还有 2019 年在重庆白公馆买的"中华人民共和国成立七十周年"纪念邮票，还有 1999 年发行的"中华人民共和国成立五十周年"纪念邮票。

听过那首《梦驼铃》的人都知道，歌词中唱的"风沙挥不去苍白，海棠血泪"意味着什么。我恰好有一张秋海棠的邮票，看着秋海棠的邮票，想起了那个亘古不变的道理——"弱国无外交"！

我看着"中华人民共和国成立七十周年"纪念邮票，似乎看到了无数仁人志士为了信仰，为了我们今日的幸福生活，不惜抛头颅、洒热血。如今，他们虽已长眠，但是他们的事迹却在一代代中华儿女中被不断传颂，他们的精神一直在熠熠生辉，照耀着我们每一位中华儿女，让我们前行中始终被温暖指引！革命精神，永垂不朽！

当我打开"中华人民共和国成立五十周年"纪念邮票时，想起了孙中山先生的话，孙中山先生说："中国是一个统一的国家，这一点已牢牢地印在我国的历史意识之中，正是这种意识才使我们能作为一个国家而被保存下来。"现在、未来我们都要坚持以习近平新时代中国特色社会主义思想为指导，继续高举共圆中国梦的精神旗帜，团结包括台湾同胞在内的全体中华儿女，共担民族大义，顺应历史大势，和衷共济、携手奋斗，共同致力于祖国和平统一大业和实现中华民族伟大复兴。

这就是我的个人藏品与中国近代史之间的所有故事，希望透过这些藏品的故事，能够让年轻朋友们更好地了解收藏的意义和价值，更好地了解中国近代史，从而体会到中国的近代史，是值得我们后辈子孙永远铭记的！

以人为本的儿童教育

张蕾*

中国的教育往往把书本知识看得比较重，轻视了独立生活能力的培养。人生的第一要素是生存，每个人都要为生存付出代价。但是，现实的教育做得并不完美。

中国的教育总是老师讲学生听，这样时间久了，学生容易产生厌学情绪。因为这样单一的教学方法让学生找不到兴趣，所以，老师应当从多方面教学，如培养学生的观察力、好口才、动手能力以及兴趣爱好，还要适时了解学生的心理状况。

要培养学生的观察力。小学生都有好奇心，不懂得的事物想了解，他会去认真观看的。还要让城市里的学生了解一些农作物，特别是季节性的农作物，民以食为天，应当对我们吃的食物有了解，不能只懂结果，不懂其生长所需的时间和过程，这样孩子们才会更加珍惜粮食，因为他们知道并了解粮食的来之不易。

有好口才能增强学生的自信心，培养好口才就要让孩子多说多练，怎样才能创造这样的条件呢？如举办班级辩论会、讨论会，选取一个话题让学生发挥想象，小学生的想象是丰富多彩的，这样练习得多了，不仅能培养出孩子的好口才，还能培养孩子的勇气，而且，内向的孩子也会慢慢改变，因为时间改变一切。

要培养孩子的动手能力，实践是检验真理的唯一标准。手脑结合，只有动手去做的人才能在实践中得到体验和感受。还要不怕苦、不怕累，只有动手得多了，你才能独立得更早，在以后的独立生活中才能"不求爸不求妈，口渴打井自己挖"。

兴趣是最好的老师，向着最好的老师出发，一定会有收获的。

兴趣是最好的老师，我无时无刻不在汲取知识，使自己感兴趣的东西发光发亮，照耀整个地球。

---

* 作者简介：张蕾，现已退休。在学习了解了人生百态后有了新的收获，对儿童教育感兴趣，同时也体会到了人生最大的财富是健康。

根在何方

侯惠琳 *

　　烟雨迷蒙中，我撑一把油纸伞，漫步在青石小路上，身旁是朱漆剥落坍圮的宫墙，透过那微凉的触感，我摸到了历史的心跳，听到了岁月的轻叹："根在何方？"

　　你可曾听过，那战国编钟奏出的古曲，那京剧越剧婉转的唱腔；你可曾看过，那雄伟瑰丽的大型宫殿群，那莺歌燕舞的烟街柳巷；你可曾书写过那一笔一画的方块字，可曾吟诵过抑扬顿挫的宋词唐诗……每天浏览的铅字是印刷术创造的传奇，夜空中绚丽的烟花是让人惊叹的火药魅力，时光的车轮滚滚前行，岁月的根基也在历史长河中愈发牢固。

　　根在何方？根在中华文化五千年深厚的底蕴之中。

　　不知从几时起，耳边再没响起过悠扬的咿咿呀呀，取而代之的是曲调各异的流行音乐；再没见过底蕴深厚的劲道武术、柔韧太极，取而代之的是韵律感超强的现代舞蹈；再没拿起过毛笔，临摹刚劲有力的古人真迹，取而代之的是键盘上的噼里啪啦；再没倾注过满腔热血在信纸上扬扬洒洒，取而代之的是每天和电脑手机那边的他几句简单的对话……生活快捷方便，每天忙碌充实，可心里总是空落落的，有什么东西从生命中抽离渐渐远去。中华传统文化如那翩翩公子，而在科技高度发展的今天，他却只能在历史的虚空中抚扇微笑了。

　　根在何方？或许在那一段被我们遗忘的时光里。

　　我的身体突然如同寒山老寺的钟，开始轰鸣不止。历代先贤笔耕不辍，为我们留下了浩如烟海的文化遗产。文化是民族的根与魂。我们应深入挖掘中华优秀传统文化的时代价值，增强文化自信，向世界传播中国传统文化正能量。

　　根在何方？根其实一直都在炎黄子孙的心中。

　　而我们，就满足地遥望着它绝世的风姿。看中华文化空自降临在这如水烟岚般的文化古国，散发着淡淡的如同景泰蓝般雅致的风采，它繁茂的根系，织成漫天莲花如梦。

---

* 作者简介：侯惠琳，女，17岁，现就读于山东省菏泽市第一中学，是一名高二的学生。出生于山东省菏泽市，小学、中学都就读于当地的学校，再过一年多我将参加高考，盼望着能考入一个理想的大学，学成后再回家乡建设。

寂寞的散步

孔祥宏 *

老者：这三天的年怎么过得这么寂寞，哪里也没去，一直在家等着我那位贵宾的到来。三天了，都不见踪影？

三天没出门了，太寂寞了，应该出去散散步了，路上遇见一个路人。

问："这么晚了您去哪啊？"老者："听到高速公路上的鞭炮放得那么响，烟花那么美，那么靓！人呢？"路人："不过您别说，不仅响亮，更是美丽！300多人都在观看呢，那个美怎么形容呢，中国的文字那么美在这里都找不到能比这个更美的词来形容！不过可以这样来形容：

语言美；

语音美；

心灵美；

肉体美；

人性美；

灵魂美；

骨髓美！无与伦比！简直是美不胜收！就连郑板桥、唐伯虎的画，李白、杜甫的诗词也不敢媲美！是前无古人后无来者！现在是大街小巷，男女老少，门前屋后，街头巷尾，合肥的，肥西的，甚至全国的……是人们茶余饭后津津乐道的消化汁！"

老者："那他的目的结果是什么？"路人："目的结果除了把人性灵魂深处的美表现得淋漓尽致，其结果就是让他在路边的那两棵小小的初春花的树心炸得流血式地开花——永远留下……"老者："阿弥陀佛罪过罪过！善哉善哉。自然这么美，为什么没有人把它推上什么兽？什么肉？什么卡？"路人："您说的是叫热搜，人肉搜索，打卡。"老者："哦！就是这个。为什么没人把它推上去

---

* 作者简介：孔祥宏，笔名"冰清"。度过六年军旅生涯，十年教官生活，做过管理公关，致力于企业、公司、大学、管理、人事、销售、军事等培训工作。安徽省肥西县高刘镇白露寺村人。曾被《人民日报》《亚细亚报》等报社聘请为记者。在《中国酒杂志》《九头鸟》《中国诗坛新人群星谱》等报纸杂志发表过诗歌、散文。曾获全国诗词大赛三等奖、优秀奖、"最美诗人"称号。

呢?"路人:"我也玩不好这个。"老者:"哦。鞭炮烟花虽然再美丽,也是污染空气啊,城管就不管吗?"

路人:"城管当天下午就知道了,早已进入有关系统的红名单了,已经通知他了,再放所谓鞭炮美丽的烟花就请客了。"老者:"哦。"

路人:"这么冷的天,您还要去哪啊?"

老者:"我去找我的对象,交流交流……"路人:"她在很远很远的地方,回去吧。"

老者:"那我就去看看一只我养了十几年的鸟,回来了没有?我想它了……"路人:"您老了眼睛不行,您原来的眼睛就不行!您养的不是一只鸟是一只兽!它现在在东方明珠的红绿灯下,在一个污水池里鸳鸯戏水呢。"老者:"东方明珠有那么多清泉,干吗非要在那个地方,大过年的窝里不仅有老鸟还有小鸟都不回来吗?"路人:"城管不让它去,它也不配去!会弄脏了清泉里的水!不能让它既污染了空气又弄脏了泉水……我送您回去吧。"老者:"不用了,我自己走。"路人:"路黑你眼睛不好,也叫'当事者黑,旁观者清'。"老者:"什么,你再说一遍?"

路人:"当事者黑,旁观者清。"老者:"你能写文章写诗了,还会创造新词。我再给你增加一句叫'当事者黑,路边者明'。这样你创造的新名词就可以发到每年中国新名词的发布平台了。"路人:"哈哈,您老真逗。"

老者回到村里,一些年轻人迎上来问:"这么晚了您去哪了?"老者:"我被狗咬了!"年轻人:"那我请问您,您被狗咬了,难道您还去咬狗一口不成?不怕!有狂犬疫苗还有打狗棍。"(把本来紧张的气氛一下变得活泼了)老者:"你们年轻人真的逗!我老了,自愧不如!自愧不如啊!自愧……"

总有小孩要惹我

刘纪农 *

有一天，有两个小孩出现在离我不远的地方，不太友好地看着我。我知道他们，一个是卞锋，另一个是谢民建，他们都住在我家附近。卞锋跟我差不多大，但他个头比我高，身材也比我壮。谢民建大我一岁多，却跟我差不多高。我以前常跟他们一起玩耍，但现在没有了。而且，最近我也没惹他们，但他们却总跑来惹我，我搞不明白自己啥时候得罪了他们，也不知道跟他们说些啥，就默默走开了，但我心里却很不高兴！而且这些天我的心情本就不好！

有一天，在我家院子门口，我看到他们在附近溜达，好像是在等我，而且还用那种不友好的眼光看着我。我就站在院子门口看了看他们，他们竟直接向我走来。谢民建走到我的面前说："他想跟你打一架。"说话间，眼睛往卞锋那里瞟了一下。我没有搭理他们，直接回了家。回家后，我很疑惑，而且我也不明白他们为什么要跟我打架，还时不时地故意来惹我。我盘算着自己可能打不过卞锋，因为他个子高，看起来也很强壮。而且，我还要补课、要做作业，还有很多事情要完成呢，如果因为打架受了伤，影响了自己的学习进度怎么办。我以前也没遇到过这种事，而且如果在搬家以前，在我熟悉的地盘里，我还可以找朋友帮我，但如今，在这里我能找谁呢？找王勇吗？搬新家后，在这里，我跟王勇还算比较熟，但实际上我跟王勇接触也没多长时间，他会帮我吗？而且我也不确定，他是不是跟谢民建、卞锋他们更熟。

又过了几天，我的课也补完了，也能听懂老师讲课的内容了，也跟上其他同学的进度了，便觉得轻松了很多。今天，我吃完晚饭就下楼玩去了。这里有一群小孩，十几个，大概都跟我的年龄差不多。但我觉得自己跟他们有距离、有区别，也不知道跟他们聊些啥、玩些啥，他们好像也是这样觉得的，所以，没有人来主动找我一起玩耍。谢民建、卞锋他俩估计因为堵不到我，觉得没意思，便不愿主动惹我了。这是，我又发现了另一个小孩，他在我面前，用不友好的眼神看着我，我很生气！我也很疑惑，为什么这个小孩也用另样的眼光看着我呢。但是，我想到了曾经，那是与李小明有关的一件事儿。那时，李小明

---

* 作者简介：刘纪农，男，1970 年 11 月 24 日生，祖籍湖南，大专肄业。

对我很不友好，我一时冲动，跟他打了一架，结果，后来就再也没有小孩愿意搭理我了。所以，这次的我，克制住了自己，想想还是忍耐一二吧！我跟他也没啥仇啊，就当没看到他吧！这时，却听到另一个小孩说："没得脾气。"我也装作听不懂的样子，但又很疑惑，他难道是在说我没有脾气？难道别人惹我，我就得打他，就是有脾气了？我既生气，又疑惑，在那儿待了一会儿，就回家了。

第二天，我吃完晚饭下楼玩耍。又遇到了他们，他们竟还是昨天那样，没有一丝改变。我好疑惑，那个小孩为什么还是不友好地看着我呢？我想：这小孩既没我高，也没我壮，为啥就敢惹我呢？我盘算着，我自己打他一个的话应该打得赢，又想，如果我去打他，其他的小孩会不会帮他来打我呢？而且，我跟他们不熟，并不了解他们。想到这儿，我就避开了这个小孩的目光，但这个小孩竟然直冲冲地往我这边走来。突然，我就来气了，大不了就打一架！这些天，似乎我一直被他们排挤在外，本就难受极了！想也没想，我就伸出了双手，猛地推了他一下。但这小孩的身体也太轻飘飘了吧，简直没有重量一样，他被我推倒了，倒在了地上。这时，我还想去踢他几下，胳膊却被别的小孩拉住了。他们都劝我说："算了，算了，别打，别打。"我仔细一看，才看到，他正站在水泥地的边上，就在那个水快干涸了的水荡的边上，脚上穿着拖鞋，脚还往前滑了一小截。我又开始疑惑了，他是被我推倒在水荡里的吗？我又看到他爬起来了，身上沾着一些泥和水。我心说，我的力气竟有这么大，这小孩咋一推就倒呢？后来，我就回家去了。回家的路上，我想，他们一直用不友好的眼神看着我，一直没完没了的，这次，他们应该都知道我的厉害了吧，下次肯定不敢了！心里也舒服、轻松了很多！但是，我又很疑惑，后来我咋再也没见过那个小孩了呢。后来，我妈说，附近有个小孩天天找她告状，说我打了他。我妈妈说："我可没搭理他。"

第三天，我吃完晚饭又下楼玩耍。又遇到了他们，他们竟然不站在水泥路上了，而是移到了水泥路前面，还趴在地上，不知道在玩啥。我走过去一看，原来他们趴在地上，是在打弹珠。我来了兴趣，忙跑回家拿了几个弹珠想跟他们一起玩。因为，我已经很久没有打过弹珠了，似乎好多年了。我们玩起来了，原来，他们的水平也并不高嘛，似乎跟我差不多，我们各自有输有赢。我们居然一起玩耍了，这时，我就觉得我们之间的关系瞬间好转了很多。

其实，我觉得自己跟他们的差距也不算太大，主要就是讲话有些不一样。因为他们每个人不仅会说方言，还会说我们那儿的话。我就想，我一定要学会方言，我要变得跟他们一样，这样一来，他们就不会故意来惹我了吧。但是，当我跟他们对话时，我才发现我们说话的方式竟然也不一样。我以前说话，是想到啥就直接说啥，而他们说话，就要拐着弯地说，美其名曰：脑子要先转一转，再说话。而且，他们往往自我感觉良好，起码比我们那里的人好。我想：也是，这里是省城，是这个省的中心，是这个省最美、最好的地方了，他们难免会因此有些骄傲。我又想：我们那里的房子，乱七八糟地挤在一起，就是最好的房子比起这里的房子来也不咋样，因为这里的房子干干净净、整整齐齐的，所以他们肯定自我感觉良好啊！说起来，这里的人都很讲究的。说话方式、穿衣搭配和发型设计，都表示着与我们那里的不同。当然，我觉得我自己的衣服还是不错的。一件带拉链的夹克外衣，无论是在我们那里，还是在他们这里，我还没有见到别的人穿过。其实，这件夹克外衣是我三哥非要买的，我爸爸就买了两件，给我和三哥一人一件。以前，我在我们那里的理发店，剪过几次头发，一毛五一次。大哥就责备我说："去那里剪干吗？一毛五能买两斤菜了，我都能给你剪。"听到大哥这样说，后来我的头发长长了，就都是大哥帮我剪了。

有一天，我吃完晚饭又下楼玩耍。那群小孩中有个小孩不知对我说了句啥，当时，我没听懂就没有搭理他，但他又对我说了声："光儿石。"这次我听清了，便问他："啥意思？"他说："河里的圆石头。"我说："是鹅卵石。"他说："对，就是那个。"他说完这句就走了。我竟又疑惑了，因为我没有明白他想对我说什么，但过了一会儿，我就明白了，他是在说，我像河里的一块圆石头。

其实，这群小孩，他们拥有的很多东西我都没有搞懂。就是他们时常讲的方言，我能听懂一些简单的话语，如果是"土话"，那我基本上是听不懂的。为了让这群小孩友好地看着我，我不仅要会听，还要能说。而且，我还有很多知识都不明白，这些，我都得慢慢学、慢慢补课，让自己跟上他们的进度。

迟到的欧游记

杨继文 *

从记事起就听说有个欧洲，据说那里的人和好多好多的东西和我们不一样，于是很小的时候就生成了一个梦想，希望什么时候能到那里去走走看看。在那个特定的时期，那个温饱都没解决的年代，这个愿望真的就是痴人说梦。

记得 20 世纪 80 年代后期，住在台湾的小舅舅把母亲和大舅舅接到香港去见面，当年觉得那是一个好了不起的事，还得做好保密工作。那时小舅舅就告诉妈妈他们："有机会的时候带你们到欧洲去旅游。"听到这觉得那也是一个遥不可及的梦想。结果是大舅舅、小舅舅、妈妈全都去了天堂也没去成欧洲。

2015 年的 10 月 18 日，我孩提时的梦想才终于得以实现了。那天我们一行六人跟着旅游团踏上了去欧洲的旅程。虽说是跑马观花，但毕竟亲临了梦寐已久的法国埃菲尔铁塔、巴黎圣母院、金碧辉煌的凡尔赛宫、久负盛名的意大利罗马、中世纪驰名的斗兽场、比萨斜塔、米兰、水城威尼斯等，欧洲大陆终于留有了我的足迹。

原来总以为欧洲的先进是与生俱来的，殊不知它也是经过了蛮荒落后的时代，中世纪的欧洲战争不断，给人们带来深重的灾难。中西方的国情和生活方式的不同，给欧洲人民带来几乎是毁灭性的打击。现代文明人谁曾听说过，由于不知怎样解决和处理污物，住在临街的人家把排泄物直接从窗户倒向大街上，据说法国最先进的皇宫卢浮宫，就是因国王在寝宫里随地大小便，使得整个皇宫奇臭无比，没法再住人才新修了凡尔赛宫。可富丽堂皇的凡尔赛宫也找不到一间厕所。

人们住在这样臭气熏天的城市里不得病才怪。那时欧洲瘟疫盛行特别流行肺炎，谁得谁死。人们怕传染上肺炎，拒绝洗澡，相传法国的路易十四一辈子没洗过澡。原来那些华服裹着的却是臭烘烘的身体，贵族们为了减少体臭，香水生成了。

比起中国五千年的文明史欧洲确实差远了，不过生活在那片土地上的人们

---

* 作者简介：杨继文，1951 年生人，现居于重庆市北碚区。喜欢写作，喜欢让自己的情感流于笔尖、融进篇章、绘出思想。

没齿不忘，奋起直追，把文明的古国抛在了后面。曾几何时国人提起欧洲真有崇拜得五体投地的感觉，而今不同了，经过几十年的变革，中国有了前所未有的变化，到欧洲去时，不再有外国的月亮比中国圆的感觉啦！也由于有了这巨大的变化，我等小百姓才有此机会去圆小时候的梦想！才能留下一段非常美好的记忆！

再现阳光序

周宗台*

> 每个人身上都有一个太阳，问题在于如何让它发光。
>
> ——苏格拉底

我们知道，世界上并没有"时间"，有的只是不断变化着的事实；世界上并没有"艺术"，有的只是心灵抒发着的表现方法。可见，没有变化的演绎，就没有时间的实在；没有灵性的激荡，就没有艺术的发现。

发现是我们心灵活着的证据。变化的宇宙原则同样就是艺术的原则，因为变化来自发现而不是来自经验，正是经验的惰性使得习惯成为枷锁，磕绊着我们往前的脚步，束缚着对经典的超越，只有砍除掉思维惯性的荆棘，穿过未知的丛林，登上希望的高地，才会感知着前景，遥望到未来。

艺术的伟大在于对灵魂的清洗和启迪。

众人一面是兴味索然的大锅饭，千篇一律是因为心机堵塞，这样的症状会催化灵魂的麻木。而灵魂的麻木拐引着麻木的灵魂走向迷途是对灵魂最大的谋害。艺术的源泉出自觉醒灵魂的振奋，造化着不朽与神圣，以美的力量去拨动和抚慰人们残缺迷惘的心灵。

艺术新形式的每次出现，都是一个个冲破传统固执与神秘的神奇。这样的神奇来自内心触觉的机敏。须知每个艺术的心理现象都不单纯是我们对对象的表象，而是我们对象表象所流淌出来灵魂的过滤。艺术才华的价值出自以汗水计量的呕心沥血，从而粉碎一切艺术匠人流水式劳作的意义。只有变化不断的取消与取代，才会获得未知对已知的提升。因为有逻辑与情感融合的变幻，才会产生既一般又特别的"似与不似之间"那类关于美的思想。当把直觉感观提高到哲学范畴的思维高端，审美的认识便可伸展到无限的方向……

美之无形，是为艺术最伟大的向往。这也是为艺术最大的难度，这样的难

---

* 作者简介：周宗台，退休设计师。1995 年第 20 届"最佳商标金奖"和 1997 年第 22 届"国际最佳商标奖"作品获奖者。

度在于它所要表现的对象，正是我们无法表现的事实，这样的玄虚其实就是艺术的"纯粹"。所以，我们所称的艺术，所指的既不是技巧，也不是实体，而是意念和思想。

与科学的精神一样，只有在纷繁错乱的黑暗中寻找到光亮而又敢于开拓闯前的斗士，才能扫除掉一切与艺术无关的障碍和杂质，守旧与偏见。也才有可能认识和肩负"方法就是思想"的伟大使命，从艺术的实验中直接地享受到艺术的本身。

艺术就是观念形象化的直接实现。当方法与思想融合为"一"的时候，艺术就以无穷的形式赐予我们无限的审美刺激，在敲醒麻木灵魂的同时，引领我们奔向灿烂的未来。

心灵的醒悟就是阳光！

艺术的力量在于撼动人心。所以，天赋的第一要素是心灵的清晰。而把天赋的潜能转化为伟大的作品，就是每个艺术开拓者自我磨炼觉醒的过程。只有那些经历过磨难却又不畏惧磨难的艺术家，才可以在没有阳光的时候创造出奇迹——再现阳光！

万千之灵

柳堤萍塘

石定洲[*]

清晨，窗外鸟儿的歌声将我从睡梦中唤醒。

出门来，背着手，缓步走过一段精致的红砖小道，便到了日日晨练的池塘边。这是一方早些年挖好的池塘，塘埂上的柳树已长成了林子。

年复一年，柳树林下是我走出的一圈平坦的小路。

走过一圈，两圈，三圈……

忽然，一阵晨风送来，凉凉的，爽爽的。

那柳条在晨风中舞动着，轻柔地抚摸着我的脸，纤纤地摇着我的手，欢欢地点在我的脊背上，嬉戏地揉在我的胸怀里。

池塘里那浮萍在晨风中荡漾着，时而一片片，时而一线线，时而一簇簇，宛如一幅天然的写意画。

空气清清的、新新的、甜甜的。

不知不觉中，人走在柳林里，鸟儿惊飞了，浮萍荡在池塘里，鱼儿笑欢了。

---

* 作者简介：石定洲，出生于 1964 年，高中毕业，个体户。

自然，妙不可言

王方琪 *

转眼入秋，路灯下树影摇晃，散落一地黄叶，秋风阵阵，吹起耳边鬓发，拂过脸颊，红日落下。

傍晚走出家门散步，一抬头便是这般景色，那时天边正红，云朵带着羞得通红的脸从我眼前飘过，还没好好欣赏，也没有好好去问它为何红了脸颊，就从眼前掠过了。

从小道向前走，听着不同"演奏家"的合奏，不觉得杂乱，反倒觉得心旷神怡，这种来源自然、纯净无污染又不用花钱的演唱会，谁不想多听一会儿呢？反正我比较贪心。

可吸引我的并不只是这个，我随着虫鸣向前走去，转角，上石阶，你猜猜这是哪儿？不妨告诉你，我在菜园。再往上，就是那棵有很久很久历史的榕树了，具体这棵树有多老，你可以去数数它的年轮。或许你可能数不出来，毕竟人家活了那么久，能再活个几百年也说不准。

正当我坐在凉亭内想着这棵树到底有多老时，下坡处的灯"啪嗒"一下亮了，思绪同声响而来，回头望去，透过树叶，也能清晰地看见，空中飞鸟，落日余晖，红云悠悠，还有那微弱到几乎看不见的星辰。天上的深蓝和淡紫色，换了一副样貌，四周没了来时的喧闹，我在这画卷中流连忘返，想永远待在这，看看世间万物之变。

夜晚的它，在繁星闪烁下更加神秘。我似乎听见了草地上它的呼吸、群山上它的呼喊、枝叶间它的吟唱，我沉醉于它所编制的幻境中，无法自拔。远水潺潺流过，仿佛给夜晚中的交响曲，加上了丝许烟火风味，我聆听着，我沉醉着，但一瞬间它又成为另一种曲调。

我希望它变换得慢一点，让我能看清一枝一叶，听清每一个音符，但又希望它变换得快一些，这样我就可以揭开它的神秘面纱，解开心头谜题。

---

* 作者简介：王方琪，女，15 岁，湖北省黄冈市行知国际学校 905 班。座右铭：纸上得来终觉浅，绝知此事要躬行。

仲夏的清晨

王剑刚 *

　　曙光驱走了沉寂的黑夜，晨雾抚摸着苏醒的小城。这一宿，我又失眠了！起床后感觉头脑昏昏沉沉，眼睛朦朦胧胧。坐在沙发上，喝了杯水，定定神。心想，反正熬过劲也睡不着了，还不如出去走走。

　　离开林立的楼宇，穿过古老的街巷，漫步在美丽的浉河沿岸。眼前的景象渐渐让我提起了精神。

　　沿河公园里，有打拳的、有唱歌的、有跳舞的，还有散步的，哇，好一派轻松愉快的场景！这几天热得要命，白天烈日曝晒，俨然要把大地烤焦。夜晚没有一丝风，闷得人透不过气。很多人都喜欢早起出门转转。

　　我走到小亭旁，找了个干净的石凳坐下。晨风徐徐吹过，带来阵阵的清爽。眼前青翠欲滴的草坪上挂满了晶莹剔透的露珠，在仲夏的清晨显得格外有生机。远方几只水鸟在沙滩上悠闲地徘徊着，时不时还叫上几声。宛如在告诉人们，它们的生活是多么的自由和快乐！仲夏的天空是蔚蓝的，而且恰到好处地点缀着几朵白云，虽然几小时前还是满天繁星。看那蓝天白云、青山绿树倒映在河中的景象，犹如一幅舒展的长轴画卷，精美绝伦，引人入胜。而水上荡漾的小渔船，又恰似点睛之笔。河边妩媚的垂柳随风摇曳，如同一群婀娜多姿的少女在翩翩起舞。河上壮观的彩桥傲立晨曦，好像几排威风凛凛的战士在镇守河山。妩媚的垂柳与壮观的彩桥给这座依山傍水的小城增添了许多灵性，让人陶醉其间，流连忘返。

　　这时远处竹林传来一阵悠扬的笛声——《牧羊曲》，不错，就是那首经典怀旧、让一代人回忆的《牧羊曲》。

　　此时此刻我的诗兴大发，"东方欲晓，莫道君行早。踏遍青山人未老，风景这边独好。""江山如画，一时多少豪杰。"我找不出比这更美妙的词句了！前些天和朋友去九华山，借着酒兴，写了首题为《游九华山》的小诗："九华山上雾苍茫，峭壁悬崖咫尺旁。鸟瞰群峰皆俯首，不知天外是何方？"如今看来，此诗

---

　　* 作者简介：王剑刚，男，55岁，河南省信阳市人，大学学历，中级职称，发表《天机何在》一书，并写有散文和旧体诗词。

似乎少了点情感。这样想着，忽来灵感，随填咏乡词。《小城四季歌》："春雨绵绵滋万物，夏荫郁郁庇苍生。秋风瑟瑟惊鸿雁，冬雪皑皑掩小城。江北江南风景异，小城格调更迷人。依山傍水天然饰，异草奇花四季新。"若问小城有多美，真是一言难尽！只能说，在这里，既能领略北国风光，也能感受南国风情。

这会儿太有激情了，甚至有点浪漫的情调。

我信步溜达到浉河边，河水清澈涟漪，偶尔还可以看到几条小鱼儿在水中游来游去。于是蹲下来，掬捧水，洗把脸。凉悠悠的，爽极了！

平日里匆匆忙忙，急于赶路，虽常路过此处，却司空见惯。今儿徜徉其间，仿佛到了一个崭新的世界，令人心旷神怡。佛语：境由心造，斯言与我心有戚戚焉！

太阳冉冉升起，薄雾渐渐消失。一望无际的原野在蓝天白云的映衬下，显得格外宽广。我似乎看到了希望，感觉身上有一股能量在涌动。它让我抬起头、挺直腰，鼓足勇气面对新的一天！

2021 年 8 月 6 日于信阳

黄昏之景，妙不可言

王美玲*

许是有人喜春、喜夏、喜秋、喜冬、喜清晨、喜傍晚，而我却独爱那黄昏。我从来不觉得它悲凉、感伤，更多的，是丝丝甘爽、点点甜蜜。

依稀记得那会儿我还小，是个酷暑难耐的盛夏。过了下午，便不觉这么热了，蝉鸣声却依旧未有消减，倒也不是聒噪，只是略扰清闲。只记那时大人们最喜坐在院子里，三三两两，持着些把蒲扇，眺望远方。天边的夕阳愈加火烈，愈加鲜艳，似是喝了些小酒，微醺醉人，满脸通红。不比白天的云那般洁白，黄昏时分的云镀上了一层薄金，大团大团地拥在一起，竟有几分糖葫芦的意味。不似火烧云那般奔放热烈，它更多的还是温柔闲适，暖得心都快化了。飞鸟似是知道时间，赶忙飞回家中，不似大雁那般井然有序，偶尔飞过的两三只竟也看头十足，凭空生出些遐想——它们的巢中是否还有嗷嗷待哺的幼雏，抑或是盼望丈夫的雌鸟？一声鸟叫将我的思绪拉回，真想随着它们的身影一探究竟。一阵凉风袭来，给躁动的心灵带来了片刻宁静。它拂过每一片葱绿的树叶，每一株娇羞的小花，为盛夏的傍晚谱写了一首恬静祥和的曲子。循着说话声望去，原来是干活归来的村民，彼此扛着器具，寒暄甚欢。望着夕阳下挨挨挤挤的村落，沐浴着余晖，炊烟袅袅升起，竟多了几分"小桥流水人家"的趣味。

"吃饭了！"不知是谁吆喝了一声，便知要共进"夕阳晚餐"了，把桌椅摆好，家常便菜上齐，一家人围着吃着、闹着，一天的疲惫也烟消云散。时不时地一两声鸡鸣狗叫也增添了些许的烟火气，顿觉生活明朗，万物可期。

黄昏中的景，黄昏中的人，黄昏中的欢声笑语，此时此刻都妙不可言。

---

* 作者简介：王美玲，女，15岁，湖北省黄冈市人。座右铭：世上无难事，只怕有心人。

侧听雨声

谢兴 *

小城，晨雾，细雨，满巷花伞。

住在小城傍山一侧，打开窗轩便可眺望远山。窗外的雨下得很密，山色是丝绸一般无二的藏青色，许是如此，隔空便感到丝丝凉意。

雨打树叶的沙沙声总让人感慨万千。沙沙声里想起了谁或者应该想起什么事，你不讲出来，估计就只有静悄悄的风，把消息带向远方。

爷爷家的小白猫在所难免成为我笔下的常客，还是以前那般通体雪白、体态娇盈，蓝色眼睛，唯一有别于以往处在于跛了的一只后腿。离开老家已有些时日了，国庆回去，它依旧喜欢团在我怀里，然后我又如以往，泡一壶香茗斜卧藤椅。

小白猫蜷缩在怀里，陪我斜坐藤椅侧听雨声。雨声大极，世界却出奇的安静。洪流匆匆穿过屋后小沟，汇于院子以西的小河内，带走平日里暑气的难以消磨和久旱的焦躁。

其实，下雨天除了听雨打树叶的沙沙声以外，安安静静摩挲书页也同样欢愉。但，最好不过在长满青苔的石阶旁架起篝火，用砂锅熬煮一份老鸭汤。

屋后青石板做成的洗衣板旁有两棵树，一棵是枣树，另一棵亦然。在这个时节，枣树早已硕果累累，且并没有因为前期的干旱和近期的水涝而减产。

我向来是喜欢种花植树的。紫竹林里深藏的散发着幽香的兰草自不必说，小路旁潜伏的奇形怪状的灯笼草更不需解释，哪怕是长得好看的带着狗尾巴的茅草，我都会移回自己修的花圃种着。全因花草安静所带来的好处是人所不能拥有的彻头彻尾的诚实。种下的花草树木缺阳光或是养分和水，它会安安静静地表现在枝叶上；身躯能承受得住多少果实的压力，它绝不在能力允许之内减产，可人却大相径庭。

许多时候的雨天，心情总会被雨水支配得低沉失落，唯一能得以缓解的莫过于仔细思索。思索之余，回想雨水是以什么样的理由使我低沉。我想，大抵是因为铺垫了太多，需要最后的对白。

---

* 作者简介：谢兴，男，21 岁，汉，在读大学生。文学爱好者，写作随意，吾笔亦吾心。

最后的对白不在风中，也未曾藏匿于雨里，而在心头。

"雨是不是一落下来就死了？"小侄子满是悲伤地看向我。究竟是不是我也不清楚，但就这份童真善良而言，我会给出否定的回答。但人有悲乐，且"万物皆着我色彩"，或许相见于喜欢的树叶或是花朵或是泥土后便消亡，便是雨滴同这世界最后的对白也说不准。

相见便是最后的对白，相伴而行又当如何？所以，就人而言，相见不完全代表最后的对白，可若是牵着手走散，多年后或许在梦里依然会反反复复出现初见时的对白，这于部分人而言又何尝不是最后的对白。

晨雾散尽，细雨不减，我亦撑着一柄花伞，侧听雨声：

雨压荷花谢，何事秋风悲画扇，大可不必；

风闲香茗冷，人生若只如初见，但愿如此。

花开一条街，香满一座城

赵世文 *

正是丹桂飘香的时节，这段时间以来，无论在哪里，都会不时闻到一阵阵香味，那就是桂花发出来的清香。人们都说"八月桂花遍地香"。确实如此，尤其我家居住的这一段，体会尤为深刻。时时享受在桂花的清香中，吃饭也香，睡觉也香，每晚做一个香甜的美梦到天亮。

说到桂花香，最值得一提的是，大方县银门到宣慰府这条步行街，街两边全栽满了桂花树，根据街的走向由银门一路向北到罗施塘畔。无数大小、高矮不一的桂树，参差错落，如同站岗的士兵一般，不辞辛劳、夜以继日地守卫着这条古老美丽的街道！

值此金秋时节，正是桂花闪亮登场、大放光彩之时，上千棵桂花树竞相开放，满街都是浓浓的香味，每天我就是沿着这一段路晨跑。那清香一股股涌入鼻孔，沁入心脾，如饮仙露琼浆一般，说不出的惬意和舒畅。一开始跑没有什么精神，用力吸了几口花香，顿时精神大振，加上手机婉转优美的音乐声，禁不住像调皮的小马驹撒开蹄儿欢腾起来，一路向北爬完缓坡到铜门。

慢下来缓缓劲儿，直视前面花坛里绽放的桂花，一簇簇银白的桂花如仙羽般昂然向上，直视苍穹，各自傲然挺立而又紧紧团聚，相偎相依。抬头仰望，蓝天白云。

去时晨光熹微，只闻其香，未见其容；来时阳光灿烂，银白色的桂花熠熠生辉，一穗穗如碎银似玉，又如羞涩腼腆的小姑娘躲在树枝间，不时眨眨眼，莞尔一笑，有一种不可名状的美，且香味更加清醇。

正值顺德民族小学上学的高峰期，欢快如雀的孩子、匆匆忙忙的家长、来来往往的车辆，成千上万朵盛开的桂花，浓郁醉人的花香，交织成一幅美丽动人的图画。

桂树之花分两种，一种如银似月，一种如金似铜，但都香味浓郁，一阵风

* 作者简介：赵世文，男，白族，出生于 1973 年 9 月，本科学历，贵州省毕节市大方县人。1997 年 7 月毕节高等师范专科学校汉语言文学教育专业毕业，同年 9 月参加工作，后于贵州师范大学，教育学专业毕业；先后在大方县达溪中学、东关乡大寨小学初中部、东关中学、大方县第四中学任教。

过，散发开来，十里八乡都能闻到，正如"风吹桂花十里香"，如饮美酒，醉人心魄。

小巧玲珑的大方山城，直径不过三四公里。八月的大方城全被笼罩在桂花的清香里，分享着大自然的恩赐。

正是花开一条街，香满一座城！

家乡的松

梅月奇*

步入老年，渐渐地木讷、迟钝，失眠、岁月的沧桑淡化了一切生命历程中的记忆，而唯一能唤起童年记忆的是那家乡的松。

家乡的松与那太行深处以及大兴安岭等祖国各地的松一样，并不名贵，而对家乡古松的情结并非因其作为西陵世界文化遗产之陪衬而名噪华夏；也不因其独具千姿百态婀娜多姿的隽秀而令人倾慕，对其情有独钟是因我儿时便在古松林玩玩乐乐，长大些，略晓生活的艰辛后，为求生计就开始向家乡的古松林索取。可以说家乡的古松从儿时起就给予了我无尽的乐趣和馈赠。

儿时的家乡，村南是四季绿水长流，被美誉为"易水秋声"的北易水河，跨过紧邻村西的易水支流小溪，就是西陵陵区数十万株人工栽植的古松林。我的幼年除去到村外小河中玩水，绝大部分时光是在古松林或掩映在古松林的雍正陵寝古建筑群中度过的。

家乡的古松林就像镶嵌在北方干旱贫瘠的荒山野岭中的一串明珠，以它独特的地理位置和种子、草籽等丰富的食物，以及太行山前八大山沟，北易水的发源地绿水长流的水源，吸引着近百种鸟类栖居林中。尤其是每年春秋两季，候鸟南北迁徙时节，铺天盖地的候鸟族群来林中驻足、觅食、饮水。届时偌大的古松林就成了鸟的乐园。

每年初春，来得最早的候鸟是一种土名叫作豆绿鸟的食虫鸟类。我村村南涝洼地农田里，由于特殊的水文条件和特定的生存环境，每年都闹虫灾。每逢这一时节，铺天盖地的豆绿鸟都来这里啄虫吃，它们是不用花钱付费的庄稼医生。立秋前后，来北方产卵育雏的候鸟，带着刚刚出窝的雏鸟聚集成群，时起时落，老人们说它们是在锻炼翅膀和飞行能力，培养耐力，以备南迁时能成功飞跃大江大海而不致掉队，或因体力不支而葬身大海。每到这一时节，飞鸟世界给我们这寂静的小山村增添了无尽的生机。

我家村北面仅一千米处的泰东陵，据说是乾隆帝的生母孝圣宪皇后陵寝，陵园里有数十棵古松，那个年代，树上搭满了老鹳窝，老鹳产蛋时节，淘气的

---

* 作者简介：梅月奇，男，76岁，古建筑工程师，发表过文章《异乡祭》。

孩子爬上一棵树，就能捡到半篮子绿色的略小于鸡蛋的老鹳蛋。

记得那时大哥有一群年龄相仿的小伙伴，我尾随着大哥，整日泡在松林中，捉迷藏、掏鸟窝、捡蘑菇、逮蚂蚱、捉蛐蛐，直到大哥上学以后也没间断去松林中玩耍。有一次大哥从树上掏了一只幼鸟，不敢往家里带，就放在教室的煤火炉子里，上面用东西扣上，上课时鸟一叫被老师发现了，多亏大哥人缘好，在同学们的包庇下没被揪出，不然回家后又是一顿饱揍。

那时家父家教甚严，严到只要我们弟兄在学校淘了气或与同学打了架，回了家准挨打。大哥上小学时有一个带着高度近视眼镜的老师，是本家的一位爷爷，经常在父亲面前告大哥的状。

不过，当年未经开发的西陵景区，优雅的自然环境并不能当饭吃，解决不了老百姓的衣食住行问题。相反因大片的良田是不能种田的林区，林区的乡亲们人多地少，靠近林区的农作物鸟害严重，尤其是我家，是土地改革之后从外地回到老家的，没赶上分地。回家之后经父母开垦和村中照顾，开垦了几块松树林边缘的地，不敢种高粱、谷子、麦子等作物，因为到成熟期，裸露的种子大部分会被鸟吃光。再者树下种田，树周围方圆几丈远的地方都长不了东西。我们兄弟姐妹又多，靠着几亩薄田吃饭难以为计，多亏父亲当年在家时就跟着爷爷熬火硝、盐卤和做火药，有这门手艺，于是重操旧业。每到冬闲季节，我和大哥每天天蒙蒙亮就起床跟着爸爸，从大街小巷的地面和老城墙根（那时我村和各营房村围墙还有部分保留），扫来含有火硝和盐卤成分的土，掺入草木灰装进池子里，过滤后，熬那些沥出的水。需要一天的时间把那出印锅（一种特大号的铁锅）一满锅水熬去十之八九，剩余的水淘到瓦盆里，待冷却后火硝结晶析出，其余液体就是盐卤。火硝做火药用，盐卤卖给乡亲们做豆腐用，那时每逢年终乡亲们家家做豆腐，我家房前屋后都会摆满了乡亲们买盐卤的瓶瓶罐罐，我至今记忆犹新。熬盐卤的过程中还有一种从盐卤里遇热分解的副产品——小盐，每年熬出的盐，我家作为食用盐够一年自用，有时还送给街坊四邻和亲朋好友。

用柴灶，需一天的时间熬干一大锅水，柴草的用量可想而知。为此，我们弟兄小小年纪就顺理成章地作为樵夫供熬火硝用柴，父母不舍得让我们休学，就利用早晚课余和星期日去松林中捡松塔、搂松挠儿（松树针叶），稍大一点就开始上树锯枯树枝，用作熬火硝、做饭和冬季取暖用柴。

家乡的古松，因为人工栽植，疏密得当，每一棵树都有自己的生长半径和空间，所以千姿百态、枝繁叶茂、松果繁密。待秋天种子成熟，松果未绽放开裂之前摘下来晒干，再将松子投下来，最多的一棵树能有一斤多干松子。附近林场就有收购，价格是当年玉米价格的十几倍。我们弟兄上学时利用假期，生产队年代利用工余和晌午，每年秋季都要上树采松子卖钱贴补家用，松塔可以当柴烧。当年采松子挣的钱，是我们经济拮据的家庭一笔可观的收入。然而采摘松果并非易事，为了维护古松，使其不受损坏，我们弟兄上树采摘松果几乎是在树杈上下之间窜来窜去，用手一个一个拧下来，有一次大哥在大碑楼西侧一棵树上摘松果时，从几丈高的树上掉下来，多亏年少体轻，树下面是人家种荞麦的熟耕地，没有落下残疾。我也曾有过几次凶险，侥幸没出大事。

那时年少，对于类似的凶险不太在意，现在想来竟有些后怕。在我潜意识中，对家乡古松的情有独钟，很大程度上来自这些生死攸关的细枝末节，对古松的特殊情怀也由此而生。真的，当年年少轻狂，然而面对惨淡人生的无奈，真的很羡慕家乡这有生命而没有思维的古松。因其没有思维也就没有人世间喜怒哀乐的思虑，甚至哀大于乐的折磨；只把迎风傲雪不畏严寒的风骨展示给人生意志的强者，催其奋进不畏挫折；教给奋战在人世间的斗士，给世人以哲理的启示，素昧平生，不特意粉饰，不阿谀迎合；像古松一样，不因四季温差的变迁花开叶落；不计较俗人如何评头品足，只把自己美丽的一面交付懂美爱美的人群，身后之事付与他们发落，让最后一抹香气温暖人类的魂魄。

渐入老龄的古松似乎在轻轻诉说："沉舟侧畔千帆过，病树前头万木春，我们毕竟老了，可喜那当年二十世纪五六十年代的后生们，满怀新时代的热望与激情，在我们身旁栽植了千千万万幼松。如今与我们齐眉并肩，生机勃勃。"

于是我对松说："我也是当年植树人中的一个，而且我愿与你们一同老去，然后葬于你们脚下，此生与青松为伴，虽是默默无闻的一生，却也活得快活。"

梅月奇

2018 年 12 月 7 日

立春偶题

陈良宏 *

朝闻喜鹊闹窗台，忽有霞光透进来。
应是寒冰封不住，只缘春意乱扑怀。

院里丛菊院外松，苍颜不改傲霜风。
嫩芽雪底何须蛰，一夜春回绿郁葱。

青帝遣来春信息，几行鸿爪踏滩泥。
清江水暖鱼先觉，正是垂竿钓佳期。

万里寒风应有涯，犹闻陇上腊梅花。
探春当在早春去，莫待春盈孟浪夸。

东风涌涌作干城，化雪融冰只为春。
扫尽阴霾顷刻事，青山绿水任君行。

---

* 作者简介：陈良宏，酷爱唐诗，尤爱李太白，习诗三十余年，每有所感，诗意盎然，得诗
数百首。闲余自娱，从未尝试发表。《立春偶题》为今年立春偶得，实因今年寒雨过久，
忽见半日阳光，喜出望外，一挥而就。

咏 雪

程兆国 *

不知为什么，每当看到雪，在心底的深处，会涌起不一样的情愫，整个人仿佛立即变得空明，纯粹，一如那洁白的雪。

有人说，雪是白色的精灵，像芦花，像棉絮，像晶莹的蝴蝶在起舞，飘飘洒洒，纷纷扬扬，婀娜多姿。而我想问的是：雪究竟是天鹅的羽毛，还是仙子的霓裳？

漫天飞舞的雪花，温婉而宁静，轻吻着我的脸颊，柔柔地滑进我的衣领。漫步于雪的世界，心已温暖，飞扬的思绪如同雪花凝成的思念。

记得小时候，我住在一个有十三户人家在一起的大杂院，那时候天气比现在冷，雪也下得大，有一次，积雪甚至有两米多厚，把门窗都盖住了，还是邻居们挖了一条长长的雪甬道，我们才得以出门。各家的孩子们可是乐坏了，用各种工具，把雪堆积到大院中央，压实以后，开始挖掘，最后形成了一个四通八达的雪的城堡，然后，用水泼到表面，凝结成冰，非常坚固。那个冬天，孩子们就经常在这城堡里嬉戏、玩耍，开心了一个冬季。

从此，雪就在我心里留下了美好的印记，时常想起那场大雪，想起那座雪的城堡，想起大杂院里面的人和事……

走在雪地里，咯吱咯吱的踏雪声让我心生感悟：雨落有声，而雪的来临总是静静的，只有在和人的亲密接触中，才会表达欢快的声音。

雪是多姿多彩的，窗上的冰凌花，有的像森林，神秘悠远；有的像小溪，静静流淌。树上的雪挂，静卧在树的臂弯，吻着暗香，像一条条簇拥的围巾。

没有冬天的孕育，就没有春天的繁花似锦，老天爷很公平，给我们送来了冬天最美丽的花朵——雪花，它让整个世界银装素裹，让万物黯然失色，让心灵纯洁美丽。

雪是柔弱的，但是雪也是有性格的，才一会儿的工夫，雪就像海潮一样汹涌，淹没了一切。我发现了雪的桀骜不驯的力量，挺拔的灵魂和不屈的意志。

---

* 作者简介：程兆国，男，1962 年 6 月出生，汉，本科学历。

雪遇到温暖柔情似水，遇到寒冷坚硬成冰，这便是雪的性格，我喜欢称其为雪魂。

望着雪地里走过的串串脚印，似乎充满了神秘，看到的人会不会去想：这究竟是怎样的一个人，他有着怎样的故事，他的终点在哪儿？

春寻"彝寿"

蔡炬烽 *

壬寅新春假日，欣闻乌山有摩崖古迹面世，便起择日独往之意，欲图一睹之快。

正月的福州阴雨连绵，偶晴已在初十。登高寻古殷殷期待，借晴而行心舒气畅。匆匆餐罢，公车抵近，沿阶而上，直奔主峰。雨后晨早，游人稀落，加之无心旁观，不时便达新景邻霄台。此处原本省气象台属地，早前为游客禁区，围墙森森、闲人莫入，现今建亭通路，还景于民，此善大焉。

邻霄台即乌山极顶，范围只在数丈之间，整体山势平阔，放眼无碍，远方群山逶迤，四周楼宇林立，近旁丘亭孤矗，边侧新梅未发，愈显闹中之静。"邻霄台"之名，属故景重现抑或今人新命，无从知晓，概喻比邻云霄应不难想见。

"彝寿"才是我寻访之重，它正位于邻霄台之上。"彝寿"乃吾私授之名，其实就是清人章寿彝的"寿"字石刻，尺寸在半米界方，据说它深压屋底70年。此"寿"虽行笔轨迹似是而非，却非常值得细品玩味，信马由缰、一气呵成，形若烛臂擎举，又似健舞徽范，秀腴俊朗，灵动劲挺，为"寿"字最。旁款也极其精彩，楷化之隶饶有趣味，与寿字成联袂合璧。

款记："光绪七年十月，与长乐游学诗、林春倍（培），昆明钱受益，向邑张效宽游此。读唐宋以来名人石刻，兴致超越，镌此为石林寿。善化章寿彝偕夷窗。"

寥寥数言，平实而记，也引人感慨万千。文中所及四人，必为其时名流贤达，距今不过百多年，本欲做"石林寿"，或是时运不济，名讳依旧，德能谁知？此时日之无情矣！人生如梦，沧海一粟，若无惊世举，莫求史留名。

思绪游弋间，时有游人直踏刻石而过，吾欲阻不能，难平心忧。此石因故匿迹，人亦多有微词，只是不好假定，如无这70年之无意之隐，此"寿"仍在否？方今重现于世，石质已风化脆促，字口含糊不力，风侵人踏不时将毁于一旦，强烈呼吁建栏设围，有限游观，以期永寿。

莫沉迷于曾经拥有，珍视当下放眼长久，这才是寿的本意。

---

* 作者简介：蔡炬烽，福建省福州市人。笔名"秋枫醉"，也署"左海秋枫"。从军二十余载，也曾失据迷茫，幸能坚守重生。不为名利所困，此人生之福。

看 杏

陈庆排 *

当炽烈的西南风越刮越热的时候，麦子的清香就从田野上吹进了各家各户。妈妈深吸了一口气，有些酒醉的样子。虽然她从不喝酒，可是这成熟弥漫的气息同样叫人心醉。在痛快地饱吸几口之后，妈妈的视线就从低矮的院墙掠过，投向了东南的山坡，那里是自家的杏园。妈妈的眼睛不由得明亮起来了。自言自语道："杏子也快熟了。"

是的，到时候了，麦黄杏嘛！

杏树是爷爷栽的，花了好几年工夫。爷爷不光栽了树，还盖了一间小草棚，周围培上厚厚的土，冬暖夏凉，待在里面可舒服了。每年杏子上黄色的时候，爷爷就会躺在草棚里听鸟鸣，听着听着就发出均匀的鼾声。当然，听到狗叫的声音，他会重重地咳嗽几声，路过的人走后，狗才不叫，他再沉沉睡去，一直睡到太阳下山。随着爷爷的离去，小草棚塌了，杏园也没人看守了。但杏园未曾荒废，依旧美丽迷人，杏儿的名字也始于这片杏园。

由于是山地，都是羊肠小道，麦地无法使用收割机，还得靠人工收割。妈妈磨着镰刀，身子一起一伏，镰刀在磨石上发出"哧哧"的响声，刀刃逐渐明亮起来。她听到身后有动静，便知道是闺女过来了，头也不回地说："杏儿，该去看杏了。"

杏园不小，好大一片。已经到了丰产期，沉甸甸黄澄澄的杏子挂满了枝头，令人垂涎欲滴，哪个不想吃？哪个不想偷？何况这里又是山野之地，人野着呢，也馋着呢。现在山里的农产品值钱，看好了，是一笔不小的收入。

爸爸去外地打工了，弟弟又小，才刚能满地跑。那成熟的麦子等待着妈妈一镰一镰割出来，用脱粒机打出来。妈妈是村里学校的老师，夜里还得批改作业，忙着呢！自己不去看谁去看呢？

杏儿很利落地答应了。手一招，摇着尾巴的黄狗就过来了。"走，宝宝，看杏园去！"杏儿向黄狗发出指令。黄狗就像箭一样迅速跑了出去。

---

* 作者简介：陈庆排，山东省临沂市人，生于 1965 年。从事过多种工作，饱受生活磨砺。虽一事无成，唯喜读书。

妈妈说："不急，慢慢来，先把小棚搭起来，防备阴天下雨。"

小棚的屋基还在，虽然塌落了，重新垒起来就是。石头都是爷爷一块一块捡来的，是费了力气的。

杏儿说："要是爷爷还活着就好了！"

听着女儿的话，妈不由得抬起头来，看着眼前的杏园沉思了一会儿说："那是，等你爸回来了，商议商议，上坟的时候，给你爷爷立块碑。"

"那爷爷在地下一定会很高兴的。"杏儿说。

一上午的工夫，小棚子就搭起来了。站在杏园里远远看过来，很像一幅画，还挺有诗意。杏儿情不自禁地笑了。

妈说："还缺一样东西。"

"啥？"

"一杆旗。"

杏儿忍不住又笑了："您这是看杏园呢，还是招兵买马？"

妈妈却很郑重地说："插上了红旗，老远就能看见，知道这里有人看着，贼就不敢来了。"杏儿想想，是这个理儿。不由得对妈妈竖起了大拇指。

这个好办。家里院外有的是修竹，都快窜到天上去了，砍一根就是。红旗镇上就有卖的，也就一顿饭的工夫。当红旗飘扬在杏园上空的时候，杏儿拍着巴掌跳了起来。

夜里起风了，风刮得呼呼响，像有无数个妖魔鬼怪来到这里嘶叫狂舞。连黄狗都害怕了，想钻到床底去。杏儿把门顶住，抱着黄狗，哪里还敢出去，就是杏子丢没了，她也不管了。好歹熬到天明，开门一看，妈正领着弟弟在杏树间走动，吃着已经快熟的杏子，十分悠闲。杏儿先是一愣，接着扑到妈的怀里，大声说："妈，这一夜，可把我吓死了。"

"都多大了，还这么没出息。"看着杏儿没有要松开自己的样子，妈妈笑着说："怎么，还要吃奶呀？"

杏儿腼腆地笑了。原来，妈陪着自己看了一夜的杏园，自己还不知道，你说可笑不可笑。

妈扫了一眼硕果累累的杏树。转过脸来，问杏儿："你知道'桃李不言，下自成蹊'吗？"

杏儿点点头，并不知道妈妈的用意何在，有点迷茫地看着妈妈。

妈妈走了几步后，说："我们这园里栽的虽不是桃树、李树，可这麦黄杏比桃李更诱人，也更馋人。甭说小孩子，就是大人也馋得慌。这也是集市上麦黄杏的价格那么高，却仍卖得很快的原因。从今天起，你把那熟得好的，又漂亮的杏子摘一些放在路边，再提桶水放在那里，谁愿吃就吃，谁想拿就拿。"

妈又说："这也是那句俗语'人是敬怕的，不是吓怕的'的道理！"

杏儿使劲地点了点头，算是明白了妈妈的意思。

杏儿照着妈妈的话做了。

一连两三天，路边的黄杏既没有人吃，也没人拿，园里的杏子也没有人来光顾。杏儿就想，这个社会很好呀。妈妈是不是多虑了。

其实，不是妈妈多虑了，而是杏儿太天真了。你想啊，正是抢收抢种的农忙时节，谁会为了一时的口腹之欲，而把全年的口粮弃之不顾呢！

太阳下去了，夜幕合拢了，远处的天空出现了几颗星星，像小孩子一样不时眨巴着眼睛，四周静悄悄的。杏儿轻松惬意，觉得这一天就像电影里说的"平安无事"一样过去了。

突然，黄狗竖起了耳朵，汪汪地叫了起来。叫人奇怪的是，狗儿一会儿跑向这边，一会儿跑向那边，跑着跑着又折身转向另一边，这是怎么回事呢？杏儿突然明白了，来的不是一个偷杏贼，而是一伙儿。狡猾的偷杏贼从三个方向同时下手，叫自己顾此失彼，无法应付，而他们可以放心大胆地偷杏。

就在杏儿无计可施、暗暗发愁的时候，只听"嗖嗖"几声，几个偷杏贼尖叫着跑出了杏园。就连偷杏的家伙什儿也不要了，落荒而逃。显然是被弹弓射到，打到了痛处。那人弹无虚发，精于此技。

不远处，响起了呼哨，还有笑声。

杏儿笑了，向着那声音跑去。那是她同学，隔壁村的小赵，两人刚相恋。

杏儿，开心地对小赵说："我就奇怪这杏园怎么看着平安无事，原来是有你这位保护神，大侠！"

小赵只会傻笑。

同时笑的，还有站在不远处的妈妈。

杏儿一转身，羞涩地说："妈，你怎么也来了？"

妈边笑边说："听到狗在大叫，我能不来吗？"

杏儿恍然大悟："妈，您这可是一箭双雕啊！"

妈笑着说："我是当老师的，能看不出来嘛！杏也熟得差不多了。你们明天就摘杏卖杏去吧。"

两个人同时说："好。"

一只猫

郝俊荣 *

在老屋住的时候我曾经养过一只猫。因为在一次回娘家的时候，我说我家里有老鼠，经常咬坏东西。之后没多久，父亲便手提一个透气口袋来了我家，说是给我送来一只小猫。这时我才注意到这口袋瘪瘪的，只有一个小的东西坠在袋底，不时动一动。我高兴地正要隔着口袋去触碰一下小猫，父亲挡开了我的手，说："现在不能摸，它跟你不熟悉，会抓伤你的，等喂熟了，它自然会跟你亲近的。"

父亲把小猫放出口袋，我就只看到一个快速逃离的身影，是什么花纹的都没看清。接下来的四五天里，小猫就像消失了一样，有时我刻意地找一找，在我觉得它可能隐身的地方，没有。静静的时候也听不到一点关于小猫的动静，给它准备的水粮几天都不见少。我心想，难道小猫逃跑了？我防守得挺严密啊。饿死了?!想到这，我不禁心生怜悯：我只是要你来我家捉捉老鼠而已，何必呢。

有一天，外出回家的我意外发现我给小猫准备的食物少了许多，碗里的水也少了些。虽然几天都不见小猫的影子，可我每天还是坚持更换水粮，一个是怕食物放久了坏掉，再一个就是可以观察小猫有没有进食。哈哈，这下 ok 了！

小猫在隐藏了半个月后沉不住气自己出来了，远远地看着我。这时我才看清它的面目：这是一只白毛中有几块黄毛的小猫，黄毛也不是碎开在全身，而是只有稀疏的几片，像几朵淡淡的黄云轻浮在白色的空中，柔柔的。我近不得它的身，手也不能感受那一身的光滑柔顺，因为离得只要近一点，它那小巧的身体便轻盈地跳开了。我心想，不着急，你小东西会来找我的。

小花（这是根据它的毛色花纹起的名字）慢慢地把对我的心理防线自己一点点地撤销了，一点点地接近我，并且开始黏着我。只要我在家，它就不离我左右，而且还总是用那柔软的身体来回地蹭我的腿，抬着头，清澈的眼睛望向我"喵喵"地叫。我的心总是能够被它萌化，也总是放下手中的活计，拦腰一

---

* 作者简介：郝俊荣，女，山东省东营市人，喜欢用文字记录生活中的点点滴滴。爱生活，用心生活，在生活中寻找本真的自己。

把把那柔软的身体托在我的怀里，轻抚那一身的柔顺，它也就闭上眼睛一副很享受的样子。小花完全接受了我，我们都很享受在一起的时光。可是小花还有一个劲敌——我家的一只大狗小黑。

小黑对小花的到来一直耿耿于怀，就像小花争了它的宠一样，心里那个难受，只要一看到小花就会狂吠着追去。一开始，小花在小黑的追赶下总是轻盈地逃开，从不与之正面交锋。时间久了，小花有时也不逃，站在那里背毛直立地与小黑对视，小黑也不敢贸然下嘴，因为小花锋利的爪子时不时地在它眼前晃过。

有一天，我闲来没事，正赶上它俩又发生了战争，我就在旁边饶有兴趣地观战。这次战争挺激烈的，小花背毛直立，利爪飞舞，小黑上蹿下跳，狂吠不止。激战了好久，在来来回回中，小花的利爪再一次探出，不偏不倚地正中小黑的鼻子，这是真的疼了，也是真的怒了，小黑疯了似的满院子追小花。最后，小花一起身轻盈地跳到了一人多高的院墙上头。小黑可能以为自己也行，或者晕了头，到院墙下也如小花似的起跳。我一捂眼，没敢看，只听"砰"的一声，紧接着一声惨叫。我挪开了手，好戏还没错过：只见小黑被碰得反弹了出去，摔倒在地，然后慢慢地爬起来，一脸茫然地傻在了那儿。我大笑，此时仿佛在小黑的脑袋上有许多的金星旋转。

在势不两立的天天磨合中小黑和小花居然成了朋友。它们再也不张牙舞爪地打架了，而是一片祥和地在一起嬉戏，困了乏了就你枕着我，我压着你呼呼大睡。

自从小花来到我家，烦人的老鼠没了踪影，并且还给我们带来了欢乐。日复一日，小花从来到我家时的手掌长，长成了一只一尺多长的大猫。长大的小花少了小时候那么多的好奇心和顽皮，喜欢睡觉。即使你在它睡觉时玩弄它的四肢，它也不会睁一睁眼睛，四仰八叉地躺在那里，一副爱咋咋地，却十分享受的样子。有一次，我在抚摸它柔滑的身体时感觉它的肚腹有点大，仿佛里面塞满了食物。渐渐地它的肚腹越来越大，噢，我明白了，小花要当妈妈了！

将要生产的那天，小花整日地黏在我身边，我走到哪它跟到哪，还一直对我"喵喵"地叫。平时小花是很黏人，但是也不会像今天这样，都大半天了不曾离开我半步，还一直地叫个不停。有点反常啊，看着它走路时一甩一甩的大肚子，忽地，电光火石般，我一下子明白了，小花可能要生产了！我立马找了个大纸箱，里面放了一些不穿的旧衣服，找了个还算隐蔽的地方把纸箱放好，小花立刻跳进去趴下不动了。

生产后的小花，每天除了出来吃点东西，寸步不离自己的孩子。另一个可以接触小猫的人便是我。每天我都要去看几次小猫，它们总是趴在妈妈的怀里贪婪地吸奶，要不然就是相互枕着睡觉，粉嫩的小嘴还时不时地仿佛滋滋有声地作吸奶状。情不自禁时，轻拿起一只放在手心里，在我好一阵子的欣赏后它还在睡觉。温温软软肉乎乎的小东西，在我手掌里张嘴打了个大大的哈欠后才发觉它没在妈妈的怀里，便开始慌乱地四处乱拱着，吱吱地叫起来。小花这时候也只不过是懒怠地睁一睁眼睛，头也不抬地又睡过去。

但是如果换作别人，小花的表情就不一样了。先是睁大眼睛戒备地看着你，见你有所向前，它便慢慢地站直身子，双目犀利地盯着你，如果你还向前，它脊背高高地弓起，背毛直立，嘴里同时发出"弗弗"的声音，这时脚趾上已经露出了寒光。此时还不知趣的话，后果可想而知。有此经历的是我的邻居，当然，邻居也是在谨慎地逗逗它。也就是这次后，当我再去看小猫时，窝里不见了它们母子，我四处寻找呼唤，但是没有回音。就在我担心时，小花不知从哪儿已然来到我脚边，肚子瘪瘪的，在我小腿肚上蹭来蹭去，喵喵叫着抬头看着我。我知道它饿了，连忙拿来吃的，待它吃完后又伸了个大大的懒腰，轻盈地走了。我跟着它走到南屋里，又七扭八拐地绕过一堆堆杂物，在最里面靠墙的地方我听到了小猫的叫声。原来，小花为了躲避打扰自己找了个隐蔽的地方，这下就是我也不能随意地看小猫了。

数日后的一个晚上，阴沉的天下起了雨，雨下得很大，天幕下只见一串串豆大的雨珠急速下落。夜深了，就在我睡意浓浓的时候，在哗哗的雨声里，我好像听见几声猫叫，开始我不以为然，可这叫声一直不停，并且分明离我很近。睡意顿消，脑子清醒起来，我起床开灯，循着叫声发现小花就站在窗台上，透过玻璃正眼巴巴地看着我，还在叫，那声音有点闷，还时不时用爪子挠着玻璃。这种天气，不在窝里看孩子来这里干吗？我把窗户开了一条缝，小花又冲我喵地叫了一声，同时一个东西从它嘴里掉下来。看时，却是一只湿乎乎的小猫，小猫瑟瑟地抖着，不安地乱拱着。我还没明白这是咋回事呢，小花已经一口叼起小猫冲进了屋，直奔地上的一个纸盒子，放下小猫它没有停顿，转身一下子又跳到了窗台上。就在这时，小花回头两眼坚定地看着我，冲我喵喵叫了两声，然后冲出窗户，消失在雨幕里。我愣愣地看着小花，可一瞬之间就明白了，心里一阵莫名的感动。我立马找来一块软布给哆嗦不停的小猫擦着身体。

接着第二只第三只小猫很快被小花转移了进来，它们全身湿透，在纸盒子里不安地吱吱叫着乱拱着。小花也顾不得舔一舔安慰它们一下，调头就又冲了出去。不知怎么了，这次小花出去没有很快地回来。左等等，右等等，我又焦急地趴在窗口向外张望，眼前除了密密直泻的雨帘什么也看不见。还好不是太久，小花叼着最后一只小猫回来了。我悬着的心放下了，只是最后这只看上去身体冻得已经有点僵，不过，没大碍。

孩子们都在这里了，小花开始不停地舔着孩子们，也不顾自己已经湿透，躺下让宝宝吃奶。一切安置停当后，小花安详地望着我喵喵叫了几声。我知道，这是对我的谢意。

第二天，我去南屋看了下，由于昨夜雨太大，排水不及时，雨水从门缝里倒灌进屋里，地面上已是一片汪洋。

二〇一三年的时候村里拆迁，那几日一直忙着收拾东西搬家，至于小花什么时候不见的我也不记得了。几天后，一切安排妥当了，我这才发觉小花没有跟我们来新家。想来也是，那几天村里就像一个战场，到处机器隆隆，到处房倒屋塌，可能把小花吓到了，藏到了什么地方。可是我租住的地方小花不知道啊，原来的地方又是一片狼藉，看不出原貌。唉，这养了几年的猫恐怕再也见不着了。

一个多月后的一天，我突然很想去看看我曾经住过的地方，毕竟住了十几年了，还是很想那个地方。曾经一片整齐的房屋现在已是满目狼藉，断壁残垣兀自独立在各处的破砖烂瓦中，昭示着曾经的坚固。

当我踏着砖头瓦砾来到我家旧址时，在一处兀立的断壁上我看见了小花，它蜷缩着静伏在断壁顶端。我一阵的欢喜，近了，细看它静静的背影，它瘦了很多。我不由得心里又有些酸楚，这许多日子里，它是怎么熬过来的？我轻轻地唤它，小花回头定定地看了我好久，没动。没有如我想的那样，小花见到我后会像以前一样来到我怀里，可是它没动，只是静静地看着我。我向前，想要靠近它，它竟倏地站起来头也不回地跑进了断壁下的一大片杂草中。我一再地呼唤，却没等到它回来。我站在那儿，望着它离开时进入的杂草发呆，心中默念：我不是不要你，我不是不要你。

三年后，在旧址建的楼房完工，我又搬回来。不同的是再来入住的是楼房，这里成了一个崭新的小区。再后来，我在小区里发现了几只小猫，一次我还看到一只如小花一样花纹的小猫：一身白色的毛里面散浮着几朵黄毛。小小的它，让我倍感亲切。只是这些小猫都不亲近人，只能远远地看它们玩耍。这些或许是小花的孩子吧，这样想的时候略略地心安了些，这证明小花还在，生活得还行吧。虽然自从那次后我再也没见过它。

有一次，我在小区里看到几个半大的孩子在围追堵截一只小猫。他们大呼大叫，挥舞着手里的长木条，吓得小猫四处逃窜，但是总是逃不出他们的包围圈，有好几次长木条都快要打到小猫的身上了。忍无可忍，我呵斥着把那些熊孩子赶跑了。小猫趁机总算是逃掉了。望着惶惶逃远的小猫，我默默叹了口气：不爱，请别伤害。

故乡的雪

许晓中*

清晨，当我拉开窗帘时，漫天遍野飞舞着雪花，随柔风洋洋洒洒，摇曳多姿，像飘飞的柳絮，像九天仙女打落的碎玉，晶莹透亮，洒落在人间。低头望去，小区内"忽如一夜春风来，千树万树梨花开"的诗意顿时映入眼帘。

我怀着激动的心情，坐在阳台边赏雪、边品茶，思绪随雪花弥漫，千姿百态的雪景在脑海中映放着。快到正午时分，雪花的舞蹈缓缓停了下来，我赶紧打点好行装，拿起相机，融入白茫茫的天地之间。

放眼望去，"北国风光，千里冰封，万里雪飘"的景象诠释在眼前，天地间白茫茫一片，银装素裹，万物显得肃穆庄严，磅礴壮观，气势恢宏。

雪，竟然如此神奇，是九天仙女的化身？还是大自然的灵魂？将人间装饰得如此美丽！

雪，像天女散花，飘飘洒洒，用晶莹的花瓣将大地上静立不动的万物巧妙地勾勒成一幅幅清纯绝美的水墨画。

你看，漫山遍野，错落有致的田埂成了一条条优美的曲线，或平行、或交叉，如行云流水，似无数条洁白的哈达。

你瞧，山坡上，一块块鳞次栉比的梯田，盖上了一片片洁白的棉被，软软的、厚厚的，使浮躁的大地顷刻间静静地睡去，是那么的安详和静谧！

你再看，是谁把村庄建在了水墨画中？是人类？是雪魂？村庄里，琼花玉树，忽如一夜绽放了万树梨花，给大地增添了不少动感画面，恍若嵌入人间的仙境，又似宏伟瑰丽的童话世界，景色秀丽，如诗如画，梦幻醉人。

雪，是诗人弥漫的思绪，像轻柔飘拂的面纱，无声地掠过宁静的大山，穿过树林，斜过屋脊，落入农家小院，像时光一样悄无声息，滑入人们如水的心境，滋润着人们的心田。

雪，是一种诗意的象征，农家升起的炊烟，在雪的映衬下，如仙气袅袅升

---

* 作者简介：许晓中，男，汉，生于1962年12月。祖籍甘肃省渭源县，现居住于陇西县巩昌镇。先后在陇西、漳县、渭源农村信用联社工作。业余喜欢写作、诗歌、散文，爱好摄影、玩石，偶有拙作见诸报刊。

空，给清纯的水墨村庄又增添了一道动感亮丽的画面，使整个村庄更富有诗情画意！

雪，是大自然的投影仪，用圣洁的光芒将天地间万物的影像清晰地折射到一双双眸子中，一座座山峰轮廓更加清晰，更显得肃穆伟岸。你看，踏雪赏景者也成了风景，饱经沧桑的树干和枝条竟然成了玉树琼花，独具魅力，让人流连忘返！

雪，是人间的邀约，是人们劳累时歇息的驿站。曾经的劳累与枯燥，曾经的无奈与烦恼，此时被纷纷扬扬的雪花轻轻拂去，尽情享受着雪天独有的宁静和安详。每一次落雪，都是对人间浮躁的洗礼。

雪，是童年的追忆。雪天的故乡，堆雪人、滚雪球、打雪仗等熟悉而遥远的儿时记忆油然而生，令人往事翩翩，激动不已。

雪，是春天的希望，"瑶台雪花数千点，片片吹落春风香"，雪花不仅给人间创造了清纯绝美的水墨画卷，更传递着春天的信息和希望！

雪，秀了村庄，润了田野，浪漫了人间，寄托了人们太多太多的情感和希望！

大地之情

故乡的小路

刘卫国*

"背起我的行装，走在那老路上……异乡的山水虽然是好，可我更爱我的故乡……"每每走在家乡村头的小路上，我常情不自禁地唱起陈星的这首《流浪兄弟》来。这个习惯大概是小学毕业养成的。而今记忆的复苏显得更加强烈了，因为家乡的小路接纳了我许多荣耀、屈辱、痛苦、辛酸。

童年是梦中的真，真中的梦。夏天来了，炎炎烈日炙烤着大地，天际泛起淡淡的微波，整个大地像在蒸笼中一般。只有故乡的小路是我们这些孩子的乐园。知了在微微蠕动的树叶丛中动情地歌唱着，林荫道上奔跑着我们这些光身抓知了的顽童。小路旁，一望无际的西瓜地在太阳的炙烤下，泥土清香扑鼻，守园老人常常会遭受我们的侵扰，但孩童的敏捷使老人也无可奈何。小路不远处有一小池塘，原是浇地用的，而今成了我们的游泳场。若想小憩，便走到小路旁大槐树下的林荫下躺一会儿，凉快至极。

春夏秋冬，花开花落，童年时光悄悄溜走了，无论哪个季节，都有那么多动人的故事，而今回首，尽是甘甜，唯一感到遗憾的是未尽兴却即逝。啊，家乡的小路，我童年的乐园！

上中学了，时常披星戴月，经风雨雪霜，真正踏上了求学的征程。九月天雨纷飞，有时整月下个不停，披雨衣，穿雨鞋，每天踩着满是坑洼的泥土路奔波在村头的小路上。冬天，白雪皑皑，晚上放学回家，白茫茫一片，看不清路而走向池塘，才恍然大悟。获得好成绩了，走在小路上飘飘然，是那样轻松愉快。获得差成绩了，坐在小路旁的大槐树下沉默好久，不想回家。

中学毕业了，偶然参加了镇教师招聘考试，幸得聘用。晚上徘徊在村头小路上，激动不已。呵，终于找到了一条通往远方的路，走向我梦寐以求的城市生活，这么多年的勤奋努力，顽强拼搏不就是为了这么一天吗？走在小路上，仿佛脚下踩的是玉瓦金砖，走的是锦绣前程。身后的父老乡亲，儿时的同学玩

---

* 作者简介：刘卫国，西安市临潼区铁炉乡下刘村人。1990年曾任乡村教师年余。1993年入临潼区针织厂学习裁剪技术，2000年入陕西一针裁剪师。2012年入西安市涟漪饮用水配送公司职员至今。

伴，亲爱的父母姐妹，还有那破旧沧桑的破土村庄，用不了多久，我们就再见了。贫穷，这个比大山还沉重的包袱压了我快二十年，我要走向远方的天空，走向大城市，去追寻属于我的世界。

我满足，潇洒……

许多美好稍纵即逝，有时候命运往往如此，给人留下无奈和遗憾……一年多后，我们几位招聘教师都离开了学校，因为镇上解决不了学校的许多实际问题。随后我也进了工厂当了裁剪师，收入相对还高些，这时，我才真正地走进了城市生活。

城市，灯红酒绿，车水马龙，川流不息，人群熙熙攘攘，在晚上霓虹灯的映照下，更加绚丽多姿。对于一个刚踏入城市的年轻人来说，这是多么充满诱惑，新鲜而陌生。就这样，我在城里打拼了好多年，但我并没有找到我所向往和追寻的一切。城市，没有小路旁一望无际的西瓜田，没有小路边高大雄伟的大槐花树；城市，没有儿时游泳的大池塘，更没有母亲亲手做的千层鞋底和馍馍，留给我的只有薄情和冷落。一天，我很累了，走在灯红酒绿的街道上，也不知道走向何方，走着走着好像有点饿了，便走进了一家饭馆坐下来。我无意中听到老板娘音响里放着陈星的歌曲："背起我的行装，走在那老路上……异乡的山水虽然是好，可我更爱我的故乡……"我的眼泪唰唰地落下来，待老板娘把饭端上桌子了，我赶紧用袖口拭去泪水，哽咽着吃完了那碗饭。

而今，在城市打拼了二十多年的我，回想起一路走来的点点滴滴，真是泣不成声，自己那时是多么天真无邪和幼稚无知。生活催我自新，叫我惭愧，便增长了见识和勇气！

每当遇到挫折时，我便要回家，走近村头水泥马路时，便又想起那条小路来。本来不是很远的路，却要走很久很久。今天，再也看不到泥土小路和路旁的池塘了，宽敞明亮的水泥路笔直地伸向天边，马路两旁整齐的小楼房在梧桐树的映衬下碧宇生辉，高高耸起的太阳能灯杆银光闪闪，家乡的夜晚也成了"不夜城"。最令人欣慰的是我们村在新农村建设中获得了排头兵的光荣称号，受到临潼县委的多次表彰和奖励。

我曾想带走我的所有，可我什么也没有带走，我曾想飞向远方，去追寻梦里的向往，可飞得离家乡的小路越近越走不了，哦，原来是这曾经的小路爱恋着我，不让我走。

啊，世上的路有无数条，最难忘的还是故乡的路，小路牵着我思乡的梦幻，丈量着我人生的旅途，是我今生今世的情人，更是我今生今世的爱恋！

啊！故乡的小路，我永远走不出的路……

观延安游汉中与导游游记感悟

史延宁*

陕南、陕北各领风骚。陕南汉中的秀美，青山江湖色相诱人，秦巴环水，盆中江湖，天汉宜居，数风流才人隐士在此饱写春秋，印记着两汉三国的辉煌；陕北黄土丘陵绵延不断，沟壑纵横，贫瘠的山峦下蕴藏着黑色流金，造就一方的经济繁荣。曾记得，河流泛起的石油花，洪水过后裸露的煤炭如同泥土石块……

来延安能看到古代黄帝睡卧黄龙，能看到现代伟人毛泽东窑洞的油灯通明，点亮了神州大地，照耀着亿万民众走向光明。黄河在壶口汹涌、嚎叫，叫响了延川乾坤湾，叫响了延川文安驿走出的伟人新秀！南泥湾的沃土是当年丰衣足食的写照，一代精英壮士开启了席卷全国的洪流征程，彰显着"延安精神"，照耀全国一片红彤彤。如今红色延安更具风情，融入开发大潮，城乡并举，万马奔腾，红色圣地延安崛起一座座时代新城，新城新区引领城乡面貌，万达红街印记红军旗飘吴起之城，政府打造的金延安和花园河畔酒庄，展现出宝塔下延河依山傍水的风情。

汉中得天独厚的景秀风姿，植被丰茂，天汉之府，西蜀要道让人流连忘返，乐此不疲。民间饭食要比延安实惠四分之一。陕北就是这样一块神奇的土地，许多人来红区学传统，做传人，我想这就是旅游旺线的作用吧！汉中延安很值得一游。

陕北人的粗犷豪爽是有其一贯的传承的。没有陕南的秀雅，没有汉江的滋润，只有四季洪水的喧闹和时常干渴无奈的闲聊抬杠，望游友们，不相信陕北人，可以无语，但不要质疑，若跟你杠上了，就要赢你！抗日战争时期这片土地就产生了无数个豪爽耿直、有远大抱负理想的仁人之士，跟着毛主席闹革命，打天下。延安精神是华夏强盛的瑰宝，是中华江山的基石。

西安中旅汉中旅行社导游何小慧协作

2021 年 12 月 20 日

---

* 作者简介：史延宁，笔名"史自然"，从宁夏水利部门退休，后回了延安老家，现居陕西省西安市。经常旅游。

西 安

王安志*

秦岭的涓涓细流孕育了一个城，这个城有一个很威猛的名字——十三朝。在这个城里，定义了一个民族——汉族。还是这座城，它的分号遍布世界各地——唐人街。长安，在这座城曾经发生了多少惊天动地的大事，演绎了多少悲欢离合。

傍晚散步，我从家附近的文景路逛到了贞观路，不经意间穿越了两个王朝。在文景路我仿佛回到了文景之治的年代，休养生息，富国强兵，使大汉重振雄风。在文景路我仿佛听到了卫青、霍去病率领骑兵冲锋的马蹄声，看到苏武挂着磨掉了毛的节仗，缓慢而坚定地踏上归汉的背影。"犯强汉者，虽远必诛"这宣言是多么豪迈而自信。

我坐在贞观路旁的石凳上，体味着贞观之治、励精图治的精髓，回味那走上世界之巅的年代。大唐，如今成为繁华、包容的代名词。八方来宾，万国来朝，我仿佛听到从古波斯漫漫黄沙传来的驼铃声，看到日本遣唐使络绎不绝的樯橹。还有李白、杜甫、白居易、王维、杜牧、李商隐吟诵着千年不朽的篇章。

如今长安洗尽铅华，改名西安，千年沧桑，从何谈起，我来到路边的一家泡馍店，"老板，来碗泡馍，再来瓶小红西凤。"西凤酒，始于殷商，盛于唐宋，已有三千多年历史，羊肉泡馍，古时称"羊羹"，关中汉族风味美馔，源自陕西省渭南市固市镇，据史料记载，羊肉泡馍是在古代羊羹的基础上演变而成的。

今天周日，推开窗户，马路上车流稀疏，行人稀少。西安就是这样淡定，从容不迫，只有这样才能走得长远，走得洒脱！

---

* 作者简介：王安志，男，52岁，湖北省武汉市人，大专学历。自己写的最喜欢的一句话：春天，她既不是时间，也不是季节，她是一种希望！

奉天的雪

孙业增*

"床前明月光，疑是地上霜；举头望明月，低头思故乡。"

读过唐代诗人李白的《静夜思》这首诗，总会让人想起自己的家乡，想起家乡月光下美丽的夜景。

银色的月光，抛洒在路上，留下了熟悉的屋影。宁静的月夜，秋虫的鸣唱声，唤起了我心中的思绪。仿佛有一根无形的线悬在心间，从这头牵拉到那一头。无论是风雨漂泊，还是岁月沧桑，总不会改变。

我的家乡，已经好多年没有回去了，常常想起。记得在很久以前的一次大雪，雪花纷纷扬扬地下了好几天。路上的行人，踏着厚厚的积雪，苦于难行。奶奶坐在窗前，她停下了手中活计，凝神望着窗外飘落的雪花，自言自语道："奉天的雪可真大！在俺们老家的时候，可从来没有见过下这么大的雪。"

我坐在桌前写作业，听到了奶奶说的话，只以为她是在说"雪"。

几年以后，学校毕业，我来到了杭州工作。杭州也有冬天，冬天也下雪。站在门外，我望着飘落的雪花，想起了奶奶当年说过的话："奉天的雪……"天上的雪花，激起了我心中的灵感，让我明白了奶奶话中的含义：她嘴上说的是雪，心里思念的却是家乡。

天上的雪花无声地飘落。我看着一片片飘落的雪花，仿佛看到了一封封家乡的来信，述说着家乡的冷暖。

我没有机会回家乡，只好从电脑里看看家乡的变化。今天我无意中在网络上看到了三台子的文化宫，它依旧还在那里，还是那副熟悉的样子。那是一座又老又旧的建筑。看到它，勾起了我不少的回忆。我在那里读过几年书，许多当年的情景，又浮现在我的脑海中。虽然经过久远的岁月消磨，都成了零碎的片段。然而，现在回忆起来依然还是很有趣味。

学校里，有一位教数学的老师，皮肤有点黑，他的一双大眼睛特别引人注目。同学们都传他是个话剧演员，不过我没有看到过他的演出。可是他每次来

---

* 作者简介：1967年毕业于部属专科学校；1968年分配到杭州工作；1980年进修；2006年退休。爱好写作，喜欢用文字来记录自己的生活。

上课，都会引起我的猜想。我总觉得他在戏里扮演的一定是张飞。他讲课与别的老师不同，生动有趣。他喜欢用一双手比画着，示意要讲的东西；又用低沉好听的嗓音，向我们讲解几何中"线段"的概念。这时候，我又会想到，他真的是个话剧演员。

教语文的老师，总有一副老学究的气派。讲起课来有板有眼，一丝不苟；在讲台上，他迈着方步，一只手端着书本，另一只手托着他的胳膊弯，很有韵味地读着课文："庆历四年春，滕子京谪守巴陵郡。越明年，政通人和，百废俱兴……"语音朗朗。当他读到"是进亦忧，退亦忧。然则何时而乐耶？其必曰'先天下之忧而忧，后天下之乐而乐'乎……"他的脸色凝重，语调低沉，似乎在告诫着我们什么，使我感到压力。在我空空如也的脑海里，突然浮现出"匹夫有责"几个字来，我的心情异常沉重。

我就读的学校，是一个简陋的学校。在不太大的校园里，北面只有一个简单的篮球场；而教学楼的南面，更加狭窄的地带里，种有三两棵桃树和柳树。春天来了，也是一样的桃红柳绿，春色满园。

在课间休息时，爱玩的同学在篮球场上抢着篮球。我不去参与有我的理由。那时候，社会上已有不少的人，由于吃不饱饭而得了浮肿病。为了保持体力，体育课以外的体育活动，我就都不去参与了。仅和几个同学在树下聊天，久而久之，养成了不爱体育活动的坏习惯。

三台子的春天，见不到"春风又绿江南岸"那样如诗如画般的景致。到了春天，干燥的风，裹挟着沙土漫天地飞舞。刮得人睁不开眼，张不开嘴，搅得天昏地暗。细小的沙粒从衣服的领口和对襟处钻进了衣服里，将手伸到衣服里可以摸得到一颗颗的沙粒。那时候上学，抹布是必带的用品。进了教室第一项事情，就是擦抹桌椅上落下的尘土。

等到沙尘暴的天气逐渐消止的时候，田野里已经被绿色的庄稼和野草所覆盖。

一年一度的春季支农劳动又开始了。

几个同学站在地头，挂着锄头，望着长长的田垄。开始干活吧！一个人，一把锄头。从这头铲到那一头，再从那一头铲回到这一头，要用半天时间。半天时间只能铲两条田垄。扛着锄头回住地去吃午饭，下午回到地头，又是一去一回半天时间。

大地在阳光的烘烤下，散发着土壤的气息，闻不到肥料的臭味，也没有草木的芬芳。站在田垄的这边，远远地向那一头望去，空气在阳光的作用下，演绎着海市蜃楼的假象。一片水波粼粼的画面，在田垄的那一头如幻似梦地呈现出来，迷离的景象，会让人们以为那是一片湖泊。一直在阳光下暴晒着锄草的同学们，都很想跑过去，在水塘里洗洗手脚凉快凉快，解一解心中的烦热。

在支农劳动中，生产队只提供给我们一把锄头和能躺下一个人的住处，其他的事情，就都要由我们自己解决。在那几年的支农劳动中，我们住过许多场所。有老乡的家里，生产队的仓库里，还有一次是睡在烧砖瓦窑的窑洞里。地上铺着稻草，同学们一个挨着一个睡在稻草铺成的大铺上。当时我们都还是孩子，对什么都感觉新鲜、好奇，感觉这样的日子，好像是在过军旅生活。累了一天的同学们，不管躺在哪里，都是一样睡得很香。

"锄禾日当午，汗滴禾下土。"几年的支农劳动，使我感受到了农民的艰辛。

从支农劳动回来，已经入夏。气温一天比一天热起来。放"暑假"又成了同学们的新期盼。

等到真的放"暑假"了，又感觉假期的日子过得更为乏味无聊。

一轮红日从东方缓缓地升起，透过淡薄的雾气，将金色的阳光洒向绿色的田野；田野里的庄稼，高秆的玉米和高粱，低秆的大豆和水稻，一片连着一片。微风吹过绿浪滚滚，枝秆上的叶片摇曳着光芒，眼前是一片令人欣喜的景象。两年前，我还和伙伴们走过西大道，钻进高粱地里去打乌米吃。现在全没有了这样的兴趣。做完了当天的暑假作业，闷在家里无所事事；走出家门，在街上瞎逛，感觉特别无聊。顺着路走，迎面遇到了李同学。

他问我："在干吗？"我说："没事！瞎走走。"他说："我也是。"两个无聊的人走到了一起。他也觉得假期的日子过得没有意思，还不如上学。上学每天还有点事情做。

三台子的北面是苗圃，稀稀拉拉地种着一些树苗，长得不怎么好。苗圃的东面是"陵北航校"。在苗圃和航校之间有一条大路，大路旁有一条水渠。水渠的两岸生长着茂密的灌木丛。灌木的枝条细长，剪下来可以用来编柳条筐。不知不觉我们走到了水渠旁，灌木丛里传出青蛙的叫声，此起彼伏，仿佛是在招呼我们过去。钻过灌木丛，我们看到有一条潺潺的小溪。青蛙听到我们的脚步声，停止了叫声，纷纷跳入水中。李同学似乎以前到这里玩过，他十分老到地折了一枝灌木树条，剥下树皮，抓来一只蚂蚱绑上，伸向水面去逗引青蛙。贪嘴的青蛙，抵不住美食的诱惑，扑向蚂蚱。这些傻瓜只看到了美味的蚂蚱，却没有想到，这是有人给它设下的陷阱。真是悲剧。

我想，那是一条美丽的水渠，不知道现在是否还存在？

过了暑假，又上学。上过几天课，又轮到要去支农劳动了。一年两次的支农劳动，春天一次，秋天一次。春天支农劳动（其实季节已经入夏），去帮助生产队夏锄，秋季支农，是去帮助秋收。

我第一次的支农劳动，就是在秋季。去的地方，是法库县调兵山。调兵山在民间有许多传说，但都与支农劳动无关。

我们来到调兵山没过几天，就赶上了中秋节。过节的事，生产队长很重视。他特意把我们师生召集在一起开会，跟大家讲了一番话，又说了一些感谢学校师生来到他们这里支农和祝贺节日的话语。我们学校带队的是个女老师，姓李，湖南人，白净的面孔上挂着一副眼镜，很文静。她接着队长的话说："过中秋节了，生产队里今天拿出一些麦子来给我们碾面粉，今天我们可以改善一下生活了，不吃玉米饼子了，晚上吃黑面馒头！"她还满怀着对队长感谢的激情，接着继续说："晚上的菜也很好，队长给我们做的是驴肉菜汤。"

在我们到来前几天，生产队里死了一头驴，驴肉被社员们分了，只剩下驴下水，正好被我们赶上了，队长拿来给我们做菜汤。一头驴的驴下水，几百只碗，如何分？怎么样才能让你的碗里分到一丝肉？

那时候，农村吃面都是自己用石头碾子碾。碾出的面粉粗糙，没有面粉厂里的面粉细。麦子里的沙子也投不干净，碾在面粉里吃起来很牙碜。

到了开晚饭时，同学们手里拿着碗排队，每个人领到一个黑面馒头和一碗菜汤。菜汤里捞不到肉丝，汤面上飘浮着虫的尸体。我偷偷向其他同学望去，只见他们都不看碗里有什么东西，只管端着碗向嘴里倒下去。我也学着他们的样子，倒进嘴里。

毕竟是过节，无论怎么样都会感觉到与平日不同。

在调兵山，最为惊险的事，是我与猞猁的一次偶遇。

那一天，我们收割大豆。到了收工的时候，早已腰酸背痛，倍感疲劳。大家都往回村子里的路上走，我拖着疲惫的脚步，落在了人群的后面。别人都已经进了村子，我还落在村外。在快到村口的时候，我看到了一只大猫迈着悠闲的脚步，悄悄地向村里走去。对于这个突然出现的大猫，我当时确实以为它是猫。在城市里从来没有见过这么大的猫。只见它扭动着脑袋四处张望，它突然向我一瞥。一双凶恶的目光向我逼来，眼睛里充满了杀机，让人不寒而栗。我顿时紧张起来，感觉遇到麻烦了。我手握紧了镰刀，眼睛紧紧地盯着它，担心它会向我扑过来，心里在想象着一场生死的搏斗。

真是"麻秆打狼，两头怕"。它不但没有向我扑来，反而扭头跑了。它跑了，我也松了一口气。回到住的地方，我把刚才的遭遇讲给同学们听的时候，身边一个村里的中年男人，插嘴道："那是猞猁，有时候会溜进咱村里来偷鸡吃。"猞猁！我愣了一下，对了，应该是猞猁。被他这样一说，我也马上想起来了。短尾巴，耳朵上有一撮黑毛，和书上画的一样。书上的猞猁却没有"凶恶的目光"。没想到，这么凶煞的猛兽也要到村里偷鸡吃。

在调兵山十几天的支农劳动中，这些都是插曲，收割庄稼才是主要的。

大田里种的是高粱、玉米和大豆。熟了的高粱，挺着红红的高粱穗子，远远地望去，像一片红色的海洋，随着风吹过，波浪起伏。在高粱熟了的时候，高粱穗上，时常会有鸟儿落在上面啄食。在我们进村之前，队里早早地就安排社员将高粱收割了。当我们来的时候，田地里只剩下玉米和大豆等着我们来收割了。玉米好收割，一个人包一条垄，掰下来的玉米棒子堆成一堆，镰刀割倒的玉米秸秆堆在另一边。队里会派马车来拉走。

在收玉米的时候，偶尔会有包皮还绿的嫩玉米，一般都会被藏在衣服里，找个没有人的地方，偷偷地"啃青"。我也尝过，一口咬下去，乳白色的玉米汁顺着嘴角流出，一股生腥的气味在嘴里令人作呕，我马上吐了出来。这么难吃的生玉米，总还是有人在偷偷地吃。难耐的饥饿，无奈地改变了人们的习性。

轮到收割大豆就遭罪了。低矮的豆秧，得弯着腰来收割。干硬的豆荚壳像钢针一样坚硬，握在手里，手心不小心会被刺得渗血。这样的劳动，即使是一个全劳力，干一天也是要累得腰酸腿痛，难以招架。我们年纪还小，承担这样的劳动，自然倍感吃力。有一天，我弯着腰割豆秧，觉得吃力时，用两手扶着镰刀把子，直起身来歇歇腰。看到放倒了庄稼的田野，开阔空旷，心情豁然开朗。展眼望去，远方田野与蓝天相接处，有一条缥缈神秘的地平线，展现在那一端。我看着那条地平线，常会产生一些遐想，在地平线的那一边会不会有一座山，爬到山的顶上，会不会再看到一座我没有见过的城市。

以前上地理课时，老师曾经说过："从脚底下算起，到地平线的距离是八公里。"八公里的距离，说起来也不算远；但是，我却一直没有机会走到那里。

若干年以后，我坐着火车走出了那条地平线，来到了江南工作。江南的美丽山水和稠密的房屋挡住了视线，没有了虚无缥缈的地平线，也没有了虚无缥缈的遐想。

在那几年，农田里大秋收之后，村里的社员，和附近来的人，会再去田地里搞小秋收，拾捡漏在地里的粮食。等我们支农劳动回来，庄稼地里，早已经被多次搞过小秋收了，再也没有什么东西可以去捡拾了。

一天表弟和我说："听人说，去挖田鼠洞，如果运气好，一个田鼠洞就可以起出七八斤的粮食。"这倒是个诱人的主意。我们约好了时间，一起去挖田鼠洞。扛着铁锹走出了三台子，继续向北走，觉得已经是很远的地方了，才开始找田鼠洞。表弟比我运气好，挖出了几斤粮食，虽然没有像传说的那么多，但毕竟还是粮食啊。而我就没有那么好的运气了，只挖出一些草籽来。草籽也好，家里正好还养着几只鸡，拿回去当作鸡饲料吧。

田鼠洞被挖，田鼠吓跑了，现场一片狼藉。寒冷的冬天就要来了，难以想象在饥寒交迫中的田鼠，将是如何度过这一冬。人鼠争粮，田鼠的悲惨遭遇令人心酸。那几年连续的自然灾害，使得农业歉收。吃不饱肚子的教训，让人们知道了粮食的珍贵。认识到了珍惜粮食，就等于是珍惜生命。

冰天雪地的冬天，不可阻挡地走进了我们的生活。冰上运动是冬季体育课必上的课程。当你把一双温暖的脚伸进冰冷的冰刀鞋里时，心里想的却是今天在冰上要少摔几个跟斗。同学们都是冰上新手，来到了冰上都像是婴儿学步一样，战战兢兢地立在冰上，跌跌撞撞地向前移动着脚步。一不小心就是一个跟头。在冰上学滑冰，没有不摔跟斗的，只是多少而已。

在文化宫的对面，有一个冰球场，时常会围了许多人看冰球比赛。我也喜欢看。穿着武士铠甲般运动服的球员，在冰球场上，如同燕子一样灵活矫健，在冰上左右穿行，互不相让，勇敢对峙。有时我看得入迷，竟然忘了寒冷。突然感觉脚趾尖痛，方才醒悟到在雪地里站的时间太长了。

下雪是冬季里必有的天气，若这一年不下雪，人们必然感到诧异。雪花是美丽的，落在哪里，哪里就有美丽的雪景。"骑驴过小桥，独叹梅花瘦"，是文人笔下的江南雪景，如今没有了驴，这样的画面是见不到了。然而"孤舟蓑笠翁，独钓寒江雪"，这样的雪景偶尔还可以见到。

东北与江南毕竟不同。出了山海关，一望无际的东北大地覆盖着皑皑白雪，"北国风光"气势磅礴，宏伟壮观。

记得，当年我所见到的是另一番的雪景。大雪从夜里开始下起，到了早上还没有停下来。我背着书包去上学，雪花飘落在地面，也飘落在了我的身上。地上的雪，被我的脚踩得吱吱响。这响声听起来不像来自脚下，而是响在身后。就好像是有一个人跟在身后走，你走得快，他也跟得快。使得我的心里紧张起来，不敢回头去看。直到对面有人来了，我才敢回过头，向后看去，身后也是白茫茫的一片雪，雪地上只有一行我踏出的脚印。

许多年过去了，雪地上的脚印随着雪的消融而消失在岁月中。然而，那一段经历的足迹，却留在我的心中，虽经数十载岁月风雨的消磨，却仍然依稀可见。

今天，坐在桌前从电脑的地图上，我似乎又看到了三台子的文化宫。我想起了二十世纪五六十年代，我们的父兄们在这块土地上工作生活的许多情景。我感觉他们好像是一座座雄伟的纪念碑，迎着风雪屹立在白茫茫的雪地里。他们的存在给了我许多的回忆，让我对他们感到崇敬。

　　每当和朋友们在一起谈及家乡时，总免不了想到一句话："天上的月亮，家乡明。"家乡的点滴变化都牵挂着我的心，从媒体的报道中我知道，近几年家乡的变化很大，城市的容貌已经焕然一新，家乡的变化让我感到欣慰和向往。

　　我坐在桌前，看着窗外的天，天上浓云积厚，没有下雨，也没有雪。在杭州，十二月寒冷的风，吹落了干枝上的枯叶；在家乡，十二月寒冷的风，是否已经吹落了奉天的雪？我又在遐想。

　　一片枯叶经过窗口飘落……

　　我又想起了奶奶的话，"奉天的雪……"

　　故乡——我的牵挂！

难忘的爱

黄荟帆 *

　　在人生的这一刻，这生与死的较量，我又险些掉进那悲离的窗口，这悲与痛的时刻，我又险些掉进那黑色的深渊，这一切都像一场梦一样，飘过我的枕边，又像一场情景剧演绎着我的生活。人生是旅程，总是行色匆匆，留不住岁月的痕迹。如果是年华，也只是随风一阵，我不甘心，于是便要写下这段匆匆的留恋，当我回忆过去的那段时光，那是我这一生最难忘的事情。或许您并没有淡忘这一切，又或许已经淡忘了这一切，但我的心中会永远铭记，因为是您将我的人生之路改变。就算随着时光的推移，我们的交往少了，心中的交谈少了，我们更加成熟了，脸上的笑容与悲伤都与往日不同，穿着各具鲜明的特色的衣服，这一切都变了，也许在某年某月的某一天里，我们可能会在离别十几年的城市相遇，但我们却认不出对方，并且随着时光的流逝，我们也会为各自的生活忙碌，但我的心中一定不会淡忘你我的那段回忆。

　　曾经，您是一名音乐老师，也不知道您现在是否还记得我这个胆小羞涩的小女孩？在那段小学的时光里，因为有您的存在，我开始不孤单，性格变得开朗了，因为您一个浅浅的微笑都能打动我孤独而失落的内心世界。不仅仅是这样，从您的音乐中我感到了音乐的美妙，感到了世界的美好，从那一刻我爱上了音乐。并且也非常喜欢您——亲爱的朝霞老师，时光匆匆，过了这么多年，但我依然忘不了您啊！不管您还记不记得我，但曾经的那段难忘的回忆对于当时那个小小的我来说是很珍贵的，虽然相处的时间还不到三年，但这段时间您的音乐给了我无穷的力量与爱，不仅让我开朗，学习成绩也提高了很多，更重要的是让我从小就树立了一个"音乐之梦"，不管它是否能实现，我总要去拼搏奋斗，同时，您也给予了我创作诗篇以及写作的灵感。感谢您——亲爱的谭朝霞老师！

　　当风吹过您的发丝，在花香淡淡的季节里，您的身心散发出高雅的清香，从弥漫的空气中从容而来，当树叶飘落在您的头发上，但您又何曾停住您的脚步。

---

　　* 作者简介：黄荟帆，自小热爱音乐、写作，性格阳光、活泼、开朗。

那时的您是那么的高雅、美丽，您的形象深深印刻在我的心底。

时光的飞逝，让我离别时匆匆地走了，淡忘了您我之间的情意。以前我不懂得如何去珍惜这段感情，现在我已经明白您对我的爱，甚至是对所有同学的爱。

您的那份爱，让我感到了快乐，您讲过的那一个个动人的故事和弹奏过的那一曲曲悲欢离合，让我对人生的道路充满了梦想，在我那五彩斑斓的神话梦幻中，有您那高贵的身影，我对您充满着无限的感激。

在那个花香淡淡的季节里充满了无限的爱意，就在您陪伴我的岁月中悠然而过。在我的记忆中，最深刻的就是您弹奏的那一曲曲动人心弦的乐曲和您给我讲的风筝线的故事。

那时，在那个宽敞明朗的音乐室里，那架黑色的钢琴前，您静静坐在钢琴前给我们弹奏乐曲，对我露出了微笑，慢慢地我深深地爱上了这个音乐室，在这间美丽的音乐室中，不仅仅只有这些乐曲的回忆。写到这里，我有点想哭。在那里的感动实在太多太多，千言万语汇成一句话："亲爱的朝霞老师，您是爱我们每一个学生的，又特别是对我的关心，同时我也爱你。"现在，每当我听到音乐，都会有一种特别的感觉。当我听到那激昂高亢的旋律，我就会为之振奋。当我听到那欢快轻盈的乐曲，我就能和着节拍和旋律一起跑动。动人的乐曲和歌声会使我想到痛苦或欢乐，会使我回忆起难忘的往事您会给我带来精神上的悲伤或快乐。正是因为有您给予了温柔的爱和弹奏的美丽音乐，以及你所演唱过的每一首动人的歌谣，从此我便爱上了音乐，音乐既丰富了我的生活，又给我带来无限的快乐，我从此有了一个完整的音乐梦想，不管它是否能实现，我都会努力去拼搏。

曾经您给我讲的风筝线的故事。您微笑着告诉我："风筝线，快乐中却含有苦涩，它却嬉戏一群快乐的孩子，千万别小看这小小的风筝线，它的寓意深刻。只要当你拿着风筝线，抓住手中的风筝线，把握手中的风筝线，就会了如指掌。风筝就越飞越高，快乐就在我们的身边。也不要太紧，该松的时候应该谨慎地去放开。如果线丝折断，我们的梦却飘走，就没有那份快乐和幸福了，也只有哭泣了。如果在我们手中的线，我们了如指掌，风筝就飞得更高、更远了，快乐就在我们身边回荡，梦也就更远了。"

不要看这只是一个小小的风筝线的故事，但它的寓意非凡，风筝代表我的梦想，拥有目标就拥有快乐，把握目标，努力地去奋斗并实现，便会拥有幸福。如果仅仅有梦想，不把握机会去实现它，甚至是不去付诸实践，梦想便会落空。不仅仅是梦想，生活中的情感，也是这样的。比如我与您的这份师生情，我们在一起的时光，我们应该好好珍惜，才会得到更多的幸福与快乐，当时或许我没有好好地珍惜。除此之外，还有亲情，友情甚至是爱情，这个故事都给我带来一种不同的领悟！

您的那份幸福是暖暖的，充满无穷的爱与魅力，在那段岁月中，生活是一个七色的彩瓶，充满酸甜苦辣，却发出七色的光芒。因为我们都从中吸取精华，这样的岁月中充满意义和内涵，如果在我的日子里没有您，或许我就无法找寻快乐的真正含义。

正因为这爱，这一神圣的力量瞬间爆发，我也会永远珍藏在心中，正应有那爱，我对您充满无限的感怀，对您充满无限的感言，我感怀您给了我快乐和幸福。我对您的感言充满无穷的爱意——我的感言：我感怀您在我最孤单的时刻陪伴我，我感恩您在我最忧郁的时刻给我讲好听的故事，我感激您弹奏那一曲曲动人心弦的乐曲让我拥有音乐之梦，我感激您用您那善良的心地感染了我。

我一时无法用语言形容您的好，我把深深的爱意表示在我的诗中：

> 曾经给的那一朵花轻易飘香
> 对于那千年的许愿花
> 即将开过的瞬间
> 那一段，令天地动容
> 令日月生悲
> 在那个沾满泪珠的心灵里
> 讲过——风筝线的故事
> 听过——您弹唱的一曲曲悲欢离合
> 深深地感到了爱和幸福的存在
> 在那高贵而迷人的香味中而幸福

我和我的老师

吴帅 *

翻开相册！

成长岁月，历历在目。

思念如泉，浸润心田，湿润了眼眶。

人生就像乘车旅行，在随意、留意、无意与失意中度过。

照片记录着生命中每个片段。

现在翻开，时而傻笑，时而沉思，时而望向远方。

翻到您，我的老师时，

我思绪万千。

第一次见到您，您长发及腰青春靓丽。

您活泼开朗，时常和我们在一起。

但随着时间的推动，我们走到了针尖与麦芒的时刻。

或许老师和学生本来就是对立的，

一个我是为你好，一个是只要我开心就好。

翻开第二张照片，

老师！您乌黑的长发已剪短，并略见泛白，

您为了我们能考个好成绩，开始疯狂督促，

我为了我们所谓的自由，奋起反抗，

从此您活泼的颜色，逐渐消逝，

笑容被惆怅取代，您最多的一句话永远是：

"你们现在不努力，还要到什么时候才努力？"

翻开第三张照片，

让我想起了那个无聊的"赌约"，

现在看来只是您精心的"布局"，

为了那个"赌约"，为了让您出个丑，

年少且无知的我们总是怀着"仇恨"，

---

* 作者简介：吴帅，18 岁入伍，现居住于湖南省湘潭市。本科学历，现于湖南工程学院招
生与就业指导处负责网站宣传报道编写工作。热爱写作。

发愤图强，不是为了自己，只是为了让您认输，

多少次，当我们准备放弃时，您又来刺激我们，

当我们后悔当初学习懈怠时，您又悄悄地给我们补课，

就这样，我们迎来了高考，并用成绩赢了您。

赢了，我们和您的赌约。

当我们和您准备兑现赌约时，

我们都明白您的苦心，

为此我们精心制作了巧克力蛋糕。

翻开第四张照片，

是您和我们一起吃蛋糕的照片，

照片里我们和您笑得那么开心，

但仔细看，我们能看出"青春的交接"，

我们是那样青春朝气，

而您两鬓的白发已越发浓密。

翻开第五张照片，

是我们和所有曾经教我们的好老师，

在照片里，老师您在最底层，我们在您之上一层，一层，

老师！您知道吗？在照片里，您的青春之光现在已黯淡无光，

是您用黯淡无光衬托着我们的光芒万丈，

老师！您用容颜老去，换来的是我们的丰富青春。

翻开第六张照片，

那是我们毕业 10 年的聚会，

我们已经兑现您当年的教诲，开始在祖国的各处发光发热，

可是再看到您时，

孤灯下闪光的银发已爬满青丝，

就好像求学时的我们，刚一走神，

黑板上的白色粉笔字，就爬满了整个黑板，

粉笔字映衬下的面孔，已凿刻下了数条岁月的皱纹，

但您还是我们心中最美的"源泉"。

呵护我们成长，每当看到您脸上的皱纹就会联想到我们成长的印记。

顿时泪水模糊了眼睛。

夕阳余晖映蓝天，蜡炬成灰照青春。

关闭相册，心中呐喊："老师，祝您一生平安。"

凌云志

杨丹 *

"年少气凌天，为国戍疆边。"这是我非常喜欢的一位现代诗人所写的《白马篇》中节选出来的诗句，意为少年意气风发，壮志凌云，愿为祖国戍守这大好河山。对于十六七岁的少年来说，最美好最宏远的愿望，莫过于投身军营，以身报国。

在无数神话故事的浸渍中度过童年，又在无数英雄的熏陶下步入年少，"00后"的"小屁孩"们坚信，自己的身体里流淌着英雄的血，更坚信自己终有一日会成为英雄，有英雄的舍生忘死，有英雄的气壮山河，有英雄的凌云之志，有英雄的百折尤刚。

二十世纪初，日本发动全面侵华战争，无数的无产阶级革命者，以血肉之躯筑起新的万里长城，才有了如今的山河无恙。他们流的血，不只是守卫了中国人民，正如鲁迅先生说的那样，他们的血，至少浸渍了年轻一辈的灵魂，至少成了无数少年心中割舍不掉、抹除不了的印记。

当年用血染红的河如今清澈见底，鲜血没有消失，它随长河流淌，点点沉积，变成墨，以史为笔，在中国少年的魂魄上，写下四个鲜红的大字：家国情怀。

什么是家国情怀？书上说：家是人生开始的地方；国是人生理想的源泉；情怀，是一种感情，一种寄托，一种希望。而在我看来，家国情怀，是天下兴亡，匹夫有责的大任担当，是家祭无忘告乃翁的忠诚执着，是辛稼轩病榻之上声嘶力竭地杀贼，是那群不愿看见祖国积贫积弱的青年飘荡在南湖的红船，是中国人民对中华民族深入骨髓的爱意，是吾辈少年必将报国的矢志不渝。

无论是文天祥的人生自古谁无死，留取丹心照汗青；还是张载的为天地立心，为生民立命，为往圣继绝学，为万世开太平；抑或是林则徐的苟利国家生死以，岂因祸福避趋之，哪个不是将家国情怀四个字演绎得淋漓尽致。可这还不够，我泱泱华夏，一平一仄皆为情怀，我泱泱华夏，一撇一捺皆是脊梁。梁

---

* 作者简介：杨丹，字雅辞，笔名"九殇子"，2006 年出生于陕西省咸阳市郴州市，现就读于西安交大郴州市阳光高级中学，擅长写散文一类的白话文，偶尔也会写写诗歌。

任公先生尚且说过，少年强则国强。少年是国家的希望，是民族的脊梁，少年的心里应当有凌云之志，少年的灵魂至死不忘使命，少年的肩要担起家国大任，少年的青春必将精忠报国。

少年报国，岁月无悔正青春；少年报国，携笔从戎赴疆场；少年报国，敢以热血搏天命；少年报国，生逢盛世必不负。

我辈中人，当有岳飞之忠勇，当有曹操之大志，当有叶挺之无畏，当有左权之热血。

我愿将热血洒满祖国大好山河，任它在每一条河流里奔腾；我愿将足迹踏遍祖国万水千山，任它在每一寸土地上繁衍；我愿将青春献给祖国湛蓝的明天，任它在每一方天空翱翔。因为我是炎黄的子孙，因为我是华夏的儿女。

我的祖国，是扶摇直上九万里的大鹏，是历尽创伤涅槃重生的凤凰，盛世将至，祖国必将无畏前行。

中式浪漫有春节

尹梦军*

　　"团圆"是万千家庭之所盼，生活在中华大家庭的我们，对于回家团圆，更是有着深深的执念。每每春节临近，都是家里老人和外面游子，在归家之路的双向奔赴。作为华夏儿女，所盼"团圆"为何？回家执念为何如海深？归家之路上双向奔赴的脚步为何如此急促？曰：缘于我们热烈地想沉浸在浓浓的温情中。

　　盼春节，是内心对熟悉的呼唤。熟悉的味道在呼唤，想尝尝老人烹饪的家常菜，虽然简单，却独一无二，是只有一家人在一起才能吃出的味道；熟悉的声音在呼唤，浓浓乡音冲进耳，是一家人的闲聊，也是家乡老友的热聊，说说旧年事，讲讲新年愿；熟悉的环境在呼唤，想再走走上学的路，想看看珍藏已久的老照片，想去老家小时候就已营业的超市置办年货，更想使劲地吸一口老家的空气……呼唤愈强烈，内心愈欢喜，由此脚步听从内心，抵达归家终点站。

　　庆春节，是全家的项目。打扫屋舍，备好果盘，以便迎接亲朋好友。写对联、贴对联，挂灯笼，满屋红色点缀，瞬间有了喜庆的味道，对联中美好的寓意，激励着大人向上，教育着小孩做人。看春晚，吃年夜饭，是最具仪式感的环节，一大家子整整齐齐，围坐一桌，伴随着电视中春晚的声音，小辈给长辈拜年，祝福长辈健康、平安、开心，长辈给小辈红包，愿小辈新一年，胜旧年，有成长，有进步。除夕夜，千家万户，灯火通明，欢声笑语中，子时钟声敲响，亿万华人，完成守岁，结束了一个周期的岁月，迎来新一个周期的岁月。我们也都希冀，在新的岁月中，有新气象、新面貌、新生活，同时，我们更会难忘今宵，难忘今宵的团聚和相守。

　　思春节，是不舍春节档的时光。春节档的时间总是短暂又匆匆。人们都还徜徉在欢腾喜悦的乐章中，乐器声音戛然而止，突然安静下来，我们又要整理行囊，踏上充满期待的路途。纵然还想听听老人讲的老故事，这些故事中蕴含着勤劳勇敢的品质，激励着下一代，也很留恋老家的生活，乡土气息萦绕在旁，一切都是那么的美好。虽然难分难舍，但终归是要再启程。春节的记忆，又一

---

　　* 作者简介：尹梦军，来自河北省沧州市，27岁，热爱文字的女生。

次地封印，留在脑海中，成为下一年的谈资。

"欢乐过春节，烟花灿九天"，春节让华夏儿女，有着强烈的归属感。我们在节日中，感受着祖国的强大和家庭的温暖，也能清晰地看到个人的价值。所以，我们要珍惜节日时光，并砥砺前行，为下一个春节，增添属于自己的烟花。

栀子花

赵繁 *

华灯初上的傍晚，风很轻，温度刚刚好，随处可见的绿色让人觉得格外舒服和惬意。

街上车水马龙，行人匆匆，有刚下班着急赶回家与家人共享晚餐的打工人，有吃过晚饭后出来悠然散步的老年人，有写完作业出来蹦跶放风的学生党……街边的奶茶店里弥漫着浓郁的青春与激情交融的浪漫味道。

我从糕点店买了吐司和卡布奇诺正往回走，迎面走来了一位老太太，她面露难色近乎哀求地说："大姐，买栀子花吗？"天已经黑了，我想赶公交车回家。老太太满头银发，穿着红白相间的格子棉布短袖衫，两手捧着几束大小不一的栀子花，斜挎着布袋和一个装着栀子花的塑料袋。双手布满了老茧，近乎恳切的眼神让我毫不犹豫地问："多少钱一束？袋子里有多少？全部都买了，马上成交。"老太太惊喜又感动地说："姑娘你一定会有好运的！"我一边有条不紊地把花束装好，一边盯着对面的公交站。夜色已晚，望着她的背影，唯一的心愿就是愿她早点回家。

在电梯出口，碰到了邻居，她惊奇地问："这么晚了，去哪里采摘的？而且还这么多？"就顺手送了她几束，开玩笑地说："让花香满楼。"

温暖的灯光懒洋洋地撒在清香扑鼻的栀子花上，仿佛给栀子花披上了一层金色的薄纱。

房间里，听着轻柔美妙的音乐，看着那一束束洁白无瑕的栀子花，闻着缕缕的清香，持一本旧书慢慢翻阅，嘴角情不自禁地漾起了一抹浅浅的微笑……

---

* 作者简介：赵繁，1975 年生人，四川省广元市人，四川省毛泽东诗词研究会会员，爱好旅游、运动、学习。曾就职于绵阳电视台高塔管理办、广元华尔文化传播公司，现任成都呈睿品牌设计有限公司艺术总监。一个纯粹的文学爱好者，喜欢以随笔的方式记录生活。

文学之花

不容易

李婷玉 *

　　刘英子年纪大了，满头白发，行动再也不能像以前那样风风火火、利利索索。身体的器官像她的年纪一样老了，她膝下无儿无女，生活的希望就是和老伴儿守着几亩地，供着唯一的孙女苗苗读书，希望苗苗能够出人头地。苗苗为什么起名叫苗苗，她是家里的独苗儿了，更是寄托着刘英子希望的苗。

　　苗苗一直把爷爷奶奶看成两棵老树，长年地里干活，面朝黄土背朝天，大风吹、烈阳晒，皮肤皲裂得像老树的树皮，也像老树一样老。皮肤干得像缺水裂开了的土地。

　　外人看老树老，小树苗也小，这上上下下，怎么看都是缺了坚韧挺拔的大树。

　　刘英子和老伴原是有个儿子的，排"富"字辈，取名为富强。他们这个儿子像生长得茂盛、挺拔、生机勃勃的大树，模样白净，个子和家里的门框一样高，上别家串串门、做做客，想要进门都要低低头。人年轻，脑子灵光，学的也快，拜了十里八村有名的木匠做师傅，学得一身好手艺，凭着好手艺，接了不少活，还自己攒钱娶了媳妇，婚后开了个快餐店，一家子把日子过得红红火火，真真地遂了富强这个名字的意。

　　刘英子当年多风光啊，每天笑呵呵地出去，又带着笑回来。儿子争气，娶了个漂亮媳妇，在街上走路时遇到的哪一个人不夸她好福气，全村这么多家，第一个彩电还是她家先买的。她的笑容掩饰不住，嘴巴都要咧到耳后根去了，她多为她儿子骄傲啊！

　　可是生活又哪里一直遂人意。好生活还有可能是老天爷为了以后打你巴掌先给的甜枣儿。

　　儿子给丈母娘家帮忙修吊粮食的机器，一个踩空，从屋顶上掉下来了，瞬间的失重感让富强连反应的时间都没有，身子硬生生地摔到了水泥地上，后脑勺着地，血瞬间染红了地面。

---

　　* 作者简介：李婷玉，女，一位平平无奇的文学爱好者，也在努力让自己有一天不再平平无奇。

刘英子每每想到这里就满眼泪花，更多的是气愤，按照刘英子的说法，是那个坏女人，也就是苗苗的亲妈，看见苗苗爸摔了，也不叫人送医院，邪门儿似的和自己爹妈把人抬了床上去，给胡乱地擦了擦，当刘英子再见到自己儿子的时候是他已经躺在床上，变成了植物人。苗苗对刘英子的话将信将疑，她亲妈为啥要害她亲爸，那时候她才两岁不到，害了自己的丈夫自己以后是个什么样的生活她没想过？

刘英子越想越生气，就差跳起来骂了！右手指着西南边，狠狠地说："你以后可不能与那个女的往来，她就是个白眼狼，我和你爷爷对她这么好，她还害死你爸爸，你不到两岁就没了爹，她真狠的心啊！你也别挂着她，你爹还没死她就闹着离婚了，早又结婚生了两个孩子了，两个都是姑娘，早就没你事儿了，以后找你也是设计你。"

刘英子想起往事来气到水也喝不下，重重地摔了下手里的杯子。陶瓷和钢化玻璃桌面碰撞的声音让苗苗听了皱着眉，她早就不想听了，从她能够记事儿到现在这些话她都可以下来了，接下来无非就说苗苗一岁多发烧生病，给了那个女人钱让她带苗苗看病，那个女人却带着钱转身给娘家买了东西吃，不管苗苗继续发着烧，这是一个亲妈该做的？

苗苗一边想一边继续听刘英子唠叨，老人年纪大了，说出来总比憋在心里好。她也没想过再和她亲妈往来，要是她奶奶说的都是真的，那就是她亲妈根本不爱她爸爸，更不爱她，所以做了很多猪狗不如的事儿。更何况苗苗觉得再和亲妈往来就是麻烦，而苗苗讨厌麻烦，一方面是她早就接受了没爹没妈的生活，爷爷奶奶隔辈亲，对她简直就是在伺候皇帝，她也不缺爱，她要是再和害的她家支离破碎的亲妈近了，不是寒了老两口的心吗？苗苗越想越多，甚至想到了以后万一那个女人非要来认她，她不愿意，双方打官司的局面。

苗苗抬头迎上刘英子的目光，岁月在刘英子的脸上留下重重的痕迹，苗苗看过刘英子年轻时候二十来岁的身份证，梳着两条黑亮黑亮的大辫子，眼睛像黑葡萄一样水灵灵的，长相像新疆人的模样。

一提起当年，刘英子说得更来劲了，刘英子出生在大地主家，家里很富裕，村里的地从西边到东边都是她家的，地底下埋着好几缸银圆。那好日子仅限于她六岁之前。刘英子六岁没了爹，十一岁没了娘，是她哥哥把她拉扯大的，她那些亲戚看她们没了爹，势单力薄，一个女人带着两个孩子，好欺负，占了她家的院子，把她们娘仨轰到一件小破屋，她娘死了之后日子就更难过了。从某种角度来说，这祖孙两个也算有点缘分——都是没爹没娘。

刘英子长大后，哥哥托人给她说亲，说到了现在苗苗的爷爷，苗苗爷爷祖上也是大地主，整个村子差不多都是他家的，不过他那个老爹和叔迷上了赌，一夜输了地，又赔了银子，刘英子嫁过来的时候家里已经家徒四壁了。

爷爷家里五个兄弟姊妹，除了苗苗她爷爷都不是善茬，分家之后，老大哥撺掇着老三、老五来苗苗她爷爷家里偷粮食，刘英子她哥哥心疼妹妹送来了一瓶香油，都让那几个小偷偷走了，老太太也睁眼瞎，吃刘英子的，住刘英子的，也帮着那几个小偷偷东西，换了一袋白面粉也要偷舀几瓢给闺女。这是压根没把刘英子当自家人。

知道给妹妹的东西自己妹妹都拿不到，刘英子她哥也不送了，刘英子怀孕后就把刘英子叫回家里去，给点油水吃，刘英子的丈夫，也就是苗苗她爷爷，虽然看媳妇这样，也心疼，但是生性软弱，根本无所作为，就只偷摸地给刘英子买肉吃。刘英子出了月子后算是看透了，她往常也是个逆来顺受的，但是出了月子后她就刚了，脾气也暴了，老婆婆不是偏心吗，只要看到她偏心就不给饭吃，吃她的、住她的、还偷她的？

家里要是再少了东西，她就到街上去骂，什么话都说，什么话也敢说，她的声音像带了扩音器的喇叭，全村的人都听得见，她这么一骂，那几个小偷就算脸色难看也说不出什么，说了不就自己承认了吗？只能隐晦地给苗苗她爷爷提那么一两嘴说他娶了个泼妇。苗苗她爷爷虽然软弱，但是也不是不知道自己兄弟姐妹是什么货色，况且他也没什么话语权。

刘英子脾气暴了几十年，大家伙都知道她是个"炮竹"，有时候不点也炸，也没人敢欺负这一家子。苗苗觉得她奶奶脾气不好也是有原因的，要是成了软柿子，谁都能捏一把，这日子还过吗！要么说这祖孙俩像呢，苗苗从小就被刘英子宠坏了，脾气也大，稍有不顺心就闹，街坊四邻都能听到她咋呼。不过苗苗十四岁之后就很少发脾气了，或许是长大了，更能理解刘英子的不容易了。

刘英子发完牢骚抬头看了看时间，"已经三点了，你收拾收拾，等会就该回学校了！"

苗苗出了家门，刘英子在后面嘱咐："你可得好好学习，爷爷奶奶供你这么大可不容易，就指着你争口气呢！"

苗苗头也不回地走了，让她也清静清静吧。

我就是家

金小阿 *

　　"啊——"胡小蝶从睡梦中惊醒，她睁大双眼，躺在床上有些茫然地看着天花板。她不断喘着气，过了好一会儿，才将心情平复下来。

　　胡小蝶伸手将床头柜上的闹钟拿过来，一看，凌晨 3 点，再看身边空荡荡的位置，她不禁苦笑起来。

　　她神情有些呆滞地看着这豪华的卧室，不禁在心里自己问道：这还是个家吗？

　　作为家，这间卧室应有尽有，甚至其他女人用不起的奢侈护肤品，她都有满满的一桌，更不用说此刻挂在衣柜里的各种名牌衣服……当然，男士的衣服也整齐地挂在衣柜里，卫生间里的男女洗漱用品一应俱全。

　　是的，这个家什么都有，唯独没有男主人！

　　她有些麻木地点开手机，老公在凌晨 1 点时回了一条信息：今晚有应酬，估计回不去了，你自己先睡，不用等我。爱你，老婆！

　　胡小蝶嗤笑一声，应酬所以回不来？不过又是在哪个女人那里厮混罢了！

　　是的，她的老公出轨了，她一直都知道，但她没有哭没有闹，不是她不伤心难过。恰恰相反，她因为这件事夜不能寐，整个人都憔悴不安。

　　可是，她和大多数女人一样，小心地为自己的老公辩护着："说不定他只是一时贪玩，最后还会回归家庭呢？毕竟我们有一个 10 岁的儿子，为了给儿子一个完整的家，我不想离……"

　　滴答——

　　一颗滚烫的泪珠掉落在她的手背上，胡小蝶清醒了过来，用手抹了下眼睛，上面竟然全是泪水。她苦笑着，她都不知道自己什么时候多了那么多泪水。

　　什么孩子还小，为了孩子；什么老公只是一时鬼迷心窍……全是放屁！只

＊　作者简介：金小阿，女，原名吴敏瑜，广西壮族自治区南宁市人，广西金小阿文化传播有限公司执行总监。2009 年开始从事网络文学创作至今，先后在潇湘书院、起点中文网等将近 10 个网站签约发表 10 多部约 500 万字的作品。代表作有《暗帝的禁宠》《我家棋神呆又萌》，现为阅文集团签约作家、广西新联会网络作家分会会员、湖南省网络作家协会会员。

有她知道真实的原因——

那就是，她根本没能力离婚！

曾经，她也是重点大学的高才生，当初那个男人那么信誓旦旦地和她保证，以后就由他来养她，他的女人是用来呵护的，怎么能去上班那么辛苦呢？

她信了，所以毕业后的她连一天班都没上，就嫁给了那个男人。那个男人确实也做到了他的承诺，一步步地打拼，拥有了现在的身份地位与金钱，让她衣食无忧。

她不是没有想过，那么优秀帅气的老公身边一定不缺投怀送抱的女人。但她很自信，无论是她的学历、相貌、身材等，她都可以秒杀外面的庸脂俗粉。

所以，她把自己每天的时间都安排得满满的，健身、美容、看电影、逛街、购物……

直到有一天，她收到一封小三寄来的信件，里面全是她老公出轨的证据和小三洋洋得意的炫耀。就在那瞬间，她为之信赖的东西崩塌了……

可她的老公一如既往，人前还是一副恩爱夫妻的表现。只是在那之后，她开始关注，发现老公竟然会在不经意间流露出对她的不屑！

他出轨的对象是他公司的一个女下属，那个女人也是名校毕业生，年轻、漂亮、有能力。看得出，老公很欣赏那女人的工作能力。

不知不觉就到了早上，今天她并不想去上舞蹈课，而是找了个咖啡厅，坐在窗边独自一人喝咖啡。

就在这时，她竟然看到老公搂着一个女人从一辆车下来。她心一惊，却依然不忘颤抖着拿起手机对着那边乱拍照一番。

她认识，那个女人就是照片上的女人，正是老公的出轨对象。如果之前她还能自我欺骗，可如今自己亲眼看到这一幕时，她还能再欺骗自己吗？

她全身颤抖，手机都快拿不稳了，但还是强忍着内心的剧痛，按下了老公的电话……

没有接。

胡小蝶就这样眼睁睁地看着自己的老公搂着另一个女人进了对面的高档餐厅。

自己的老公和情人就在对面，快去啊！你是原配，见不得人的是小三，不是你，你为什么不敢去？你在怕什么？

蓦地，她号啕大哭！

是啊，她怕！她怎么可能不怕？她这个原配竟然害怕去捉奸，说出去都会让人觉得可笑！

可是，她能有什么办法呢？10多年的全职太太，她早就丧失了工作能力，真离了婚，她能去做什么？去给别人洗盘子吗？

可她还是想再试一下，颤抖着手，给老公发了一条信息：老公，我现在心情很不好，你能陪下我吗？

胡小蝶死拽着手机，然后10分钟过去，老公还是没有回信息，她忍不住又打了电话。没有任何意外，男人还是没有接听。

此时的胡小蝶精神有些恍惚，她好像又再次拨打了电话，又好像没有。不太记得了……

直到泪水模糊了双眼，看到自己的老公搂着那个女人从那个餐厅里走出来，她才猛然看向时间，竟然已经过去了两个多小时！

她凄然一笑，最终还是发了一条信息过去：既然你不愿意陪我，那就转钱过来吧，我还没吃午饭。

这次，男人秒回了信息：你又在发什么神经病？我在忙！哪有空陪你？

胡小蝶没有回他，而是再次复制粘贴那句话过去。

这次，男人连字都懒得打，直接发语音过来：你就知道天天睡觉天天去玩，还心情不好？没有工作的人就是不知道工作的人的辛苦！

随后，男人发了一个视频过来，那是他在指挥员工卸货。

胡小蝶哈哈大笑起来！她冤枉他了呗！所以他才如此愤怒！看，我确实是在工作，是你这个女人不知好歹，不关心他工作忙就算了，还一天到晚地作。

男人在工作那么忙的情况下，都还能抽空出来陪小三吃饭，却连一点时间都不愿意给她这个原配。

胡小蝶大脑一片空白，她再次机械地复制粘贴了那句话。

然后，男人秒转了2000元过来，还不忘羞辱她一下：就知道花钱，都不知道赚钱的辛苦！

胡小蝶含泪点了收款。

她但凡有点尊严，都不该开口问要钱，更不该在老公说出羞辱自己的话以后，还要收下这笔钱！

第一次，她好讨厌自己，她恨自己没有工作没有收入，什么都没有！所以老公一旦出轨，她就天塌了一样！

骂吧骂吧！骂得越狠越好！

她将头埋下，分不清是鼻涕还是眼泪，全部都蹭到了衣袖上……

"你死心了吗？胡小蝶，你还要抱希望吗？被自己的老公看不起，你就是一个一无是处的女人！"她喃喃自语。

这段时间，韦家汉发现胡小蝶变了，但又具体说不上是哪里变。胡小蝶和平时一样，依然每天将日常排得满满的，去上各种课程，美容 SPA 也没落下。

不，还是有哪里变了，就是他发现胡小蝶不再关心他的行踪，以前只要他不按时回家，电话绝对会响个不停，要不就是总是问他在哪里，和谁在一起，在一起做什么。但最近她统统都不问了，连自己通宵不回，她都不再过问。

有时男人就是这样！女人关心他时，他觉得烦，觉得你是在缠着他，但当女人不再关注自己时，他就开始乱猜测，这是发生了什么事吗？

这天，韦家汉特意早早回到家，发现胡小蝶竟然没在大厅里看剧，就去卧室，也没见她在里面捣鼓自己的那张脸。正当他奇怪胡小蝶在哪里时，他发现书房里亮着灯，他好奇地推门而入，胡小蝶竟然在里面看书？

胡小蝶时而翻阅，时而拿笔在纸上写着什么，她那认真又专注的样子，竟让韦家汉的心一触，莫名觉得这样的胡小蝶是那么好看。仿佛回到了学生时代，看到了胡小蝶那刻苦学习的样子。

"你在看什么呢？"韦家汉走到她身边，吓了胡小蝶一跳，丝毫没在意他今天为何回来那么早，只是淡淡说道："没什么。"

韦家汉拿起书桌上的那沓资料，"人力资源师、国家营养师？你怎么突然看这些书了？"

"哦，准备要考试了，我现在在复习，你要是没什么事的话，就别影响我复习。"胡小蝶连头都没抬。

"你怎么突然要考这些证？"韦家汉来了兴趣。

看来他暂时是不会走了，胡小蝶只能放下手中的书，和他说道："我已经 10 多年没再学习过了，感觉自己有些跟不上社会了，所以需要学习一些新的知识。"

"跟不上社会？你每天不就是逛街、看电影、做美容吗？"韦家汉的嘲讽异常明显，就差没说，不过是个家庭主妇，学这些东西有什么用？

往事一幕幕在眼前闪过，胡小蝶有些恍惚，是啊，这么多年来，她究竟是怎样一步步走到如此的呢？每日虚度光阴，以为只要保持好相貌身材，老公就不会变心，但她却忘了最重要的一点。

如果你的另一半还在继续进步，你却停滞不前，甚至退步时，你被他抛弃也是正常的。

韦家汉扫了一眼，看到胡小蝶手腕上戴着一只卡地亚的手表，他脸色有些不好，"你还需要买那么好的手表吗？"

胡小蝶将手抬起，把手表露在韦家汉面前，"哦，你说的是这个吗？"

韦家汉有些不高兴了："平时你买那些奢侈护肤品、衣服包包什么的就算了，你又不用出去做什么事，戴什么手表？你就不能为我省点钱吗？"

"已经为你省了啊，这是我用自己的钱买的。"胡小蝶淡淡说道。

"怎么可能？"韦家汉下意识地反驳，"你哪来的钱？"

"赚的啊！"胡小蝶笑了笑。

韦家汉有些发怔，似乎在问，你去哪里赚的？怎么赚的？

看到他那副表情，胡小蝶感觉有些搞笑，说道："你是不是忘了我是重点院校毕业的大学生了？真想找点事来做赚点钱不是很容易的吗？"

这下，反倒是韦家汉说不出话来了。

其实，赚钱一点都不容易！即便她是名校出来的，但那也是曾经。尤其她还闲了十多年的时间，想出去赚钱更是难上加难。可她还是咬紧牙关，重拾英语。好在她基础不错，咬牙辛苦了一段时间，英语水平逐渐恢复，可以帮人翻译赚些零用钱了。

"乱弹琴！"韦家汉骂道，"我没给你钱用吗？还需要你出去赚钱？"

那一瞬间，书房的空气凝固了起来，特别安静。然后，胡小蝶淡淡说道："曾经，你也是这样承诺的，男人负责赚钱养家，女人负责貌美如花。"

"难道不是吗？我不是一直在给你钱花吗？"韦家汉理直气壮。

"是的，曾经是……"胡小蝶的话只说到一半。

韦家汉还想说什么，却突然想到前段时间，胡小蝶曾经问他要过钱，说是想买台钢琴。当时他还嘲讽她，都那么大的年龄了，还学钢琴干吗？简直就是浪费钱。

他像是想到了什么，连忙环顾四周，果然，一台钢琴正摆放在书房的角落里。

看到韦家汉略微震惊的脸，胡小蝶说道："这琴是二手的，没那么贵。"

"你！"韦家汉想说什么，却什么都说不出来。

却见胡小蝶说道："其实你说得对，我都那么大的年龄了，还学什么钢琴呢？只是这段时间我确实心情不好，总想做些事来打发下。"

"那就继续上你的瑜伽课啊！不是已经交钱报班了吗？"韦家汉有些生气了，什么意思？他是那种不讲道理的人吗？

"是的，其实还有很多……但都是要经过你同意的，你不认可的，就不会给我。"胡小蝶说道。

那天，她是故意问他要钱的，她就想看看他到底要怎样骂她。骂得越狠，她才能越死心，也才能深刻意识到，如果自己没有赚钱的能力，做任何事情都必须经过眼前这个男人的同意。但一旦自己做的事不符合他的预期，他就会拒绝。比如学钢琴，他觉得没必要，所以她就不能学。

凭什么？她的兴趣爱好也要被他掌管？就因为她靠他养吗？所以他指挥她做任何事都是理所当然的，如果她拒绝，他甚至会愤怒：你的钱都是我给的，你凭什么拒绝？

虽然伤人，却是事实！

10多年了，第一次见胡小蝶如此，他莫名觉得他再也掌控不了她，他有些恼羞成怒："就你赚的那点钱能买什么？二手钢琴？这卡地亚的手表也是二手的吧！"

"我们离婚吧。"没有任何征兆，胡小蝶突然说道。

"你……你说什么？"韦家汉几乎来不及反应。

"这是离婚协议书。"胡小蝶从抽屉里取出一份协议，"其实没打算今天给你的，只是没想到你今天会回来那么早，那就提前说了吧。"

"胡小蝶！你哪根神经出毛病了？"韦家汉没接离婚协议书，而是直接开骂。

"这不是你一直在想的事吗？我不过是提前帮你做了决定。"仿佛离婚的是别人，胡小蝶云淡风轻。

韦家汉一怔，他承认，他确实动过离婚的念头。情人比她年轻漂亮，工作能力也很强，还懂他、崇拜他……但不是没真的和她离吗？她又在做什么！

不对，她怎么知道自己动过离婚的念头？韦家汉满脸惊愕："你……"

"我知道你在外面有女人的事了。"胡小蝶有些不耐烦了，"你看下，没有什么问题的话，就签了吧！"

"你这个疯女人！"韦家汉将协议夺了过来，揉成一团纸，然后砸到了胡小蝶脸上。

随后，韦家汉也觉得自己理亏，开始在书房里来回踱步，似乎在思考着怎么解释这一切。"我和她就是玩玩而已，我从没想过和你离婚。"

嗯，不错，所有出轨男的固定台词。胡小蝶没有搭话，就静静地看着他。

韦家汉也觉得自己奇怪，如果是之前胡小蝶提出离婚，他肯定是巴不得就同意。但最近她变了后，他对她开始产生好奇，甚至觉得自己的妻子其实也挺不错的，所以没再动过离婚的念头。

"离婚对你没好处……"韦家汉刚想说，离婚后，你拿什么来生活，却想起现在的胡小蝶已经开始自己赚钱。

"原来你最近会有那么大的改变，是因为要和我离婚？"韦家汉恍然大悟，"胡小蝶，我想不到你是这么有心机的一个人！你太可怕了！"

看看！男人都是如此，明明是自己的错，却要反咬一口。如果自己赚钱自己花就是有心机的话，那寄信给她的小三岂不是比她更可怕？胡小蝶都懒得和他争执。"明天我会重新给你一份离婚协议书。"

"胡小蝶，你真的要离婚？我们还有一个10岁的儿子啊！"韦家汉开始反复无常，这话是在挽回她吗？

他见胡小蝶没有反应，继续说道："孩子还需要一个家啊！"

"家？"本来胡小蝶都不愿意再搭理他，可听到家这个字，胡小蝶的情绪一下子就上来了，"你有把这里当成家吗？一个没有老公没有父亲的地方，叫家吗？"

韦家汉解释道："我又不是不回家。"

"对，只是经常不回家。"胡小蝶反驳道。

"那……那孩子呢？如果家都不完整了，对孩子的伤害有多大？"韦家汉开始试图用孩子说话。

胡小蝶冷笑道："如果你真的有为这个家考虑过，就不会出轨。"

她站了起来，走到韦家汉面前，直视着他，一字一句道："男人敢出轨无非两个理由：一是不害怕失去老婆，二是不害怕伤害她。很显然，你两样都占了！"

一时间，韦家汉再也说不出话来。

"从你第一次出轨开始，就该想到有这样的后果。不，也许你想到的后果是，我不敢离婚。"胡小蝶自嘲着，"没错，刚开始的我确实不敢离婚，用小孩不能没有一个完整的家来做借口，但真相不过就是我没有离婚的能力。因为我离开了你，连基本的生存都做不到。"

对此，韦家汉哑口无言，因为她说的都是对的。他就是想着是他养着她，觉得她就该逆来顺受，他在外面玩一下怎么了？她有什么资格来管自己？

"我养你——果然是这世界上最毒的情话！"胡小蝶蓦地大笑起来，"能养多久呢？随着时间推移，我不再拥有青春年华，感情开始平淡后，就开始嫌弃妻子只会花钱不会赚钱。从刚开始的可以随便买买买，到后来的各种限制，要省着点花，这不得买那不得买。"

韦家汉动了动嘴巴，像是要辩解什么，却被胡小蝶打断，"可是，妻子省下来的钱去哪了呢？如果妻子不舍得花老公的钱，自然有外面的女人帮你花——这可是真理呢！"

"至于你说的家……"胡小蝶停顿了一下，说道，"曾经的我以为，只要你在哪里，哪里就是家，只要有你在，无论贫穷和富贵我都不怕。因为你就是家，你就是天！可是我错了！"

"那叫依赖！一旦你变了，天就塌了！因为，感情是这个世界上最不可控的东西，今天你可以爱得死去活来，明天你也可以对我弃之如敝屣。所以，当我所依赖的你出轨时，我无助，我痛苦，我甚至连去质问你的勇气都没有。"

那么久以来，胡小蝶终于把心中所有的不忿发泄了出来，竟然如此酣畅淋漓，难怪那些"女强人"离婚的多，不是因为"女强人"的婚姻问题多，而是因为她们有离婚的能力，她们不惧怕离婚！所以不爱了就可以离，根本就不用缩手缩脚！

如今，她全部都说了出来，瞬间就轻松了很多。看来今天不能继续复习了，胡小蝶撩了下耳边的碎发，淡淡说道："就这样吧。"

话毕，她转身就走，韦家汉在身后想说什么，却又什么都说不出来。

离婚是大人的事情，与小孩无关。家也不是谁给的，没谁或有谁，都不影响是不是有个家。所以，她的儿子以后可以和她住一起，只是爸爸不再和他们一起住。

经济独立、能力独立、思想独立的女人，她不但就是一个家，而且她还能给予自己最爱的人一个家。

"因为，我，就是家！"

不忘来时路，方知去何处

高茹霞 *

> 习近平总书记说过："一个时代有一个时代的主题，一代人有一代人的使命。新长征路上，每一个中国人都是主角、都有一份责任。"
>
> ——题记

"生了，生了，是个大胖小子……"石柱悬着的心总算是落了地，呵呵地傻笑着，没有过多的言语来表达心中的喜悦，只是一遍又一遍地重复着："这个孩子就叫石头，石头……"前来帮忙的乡亲们看到母子平安，也就安心地离开了。没有人在意这个孩子为什么要叫石头。此刻孩子的母亲虚弱地躺在自家的土炕上，待众人散去才不解地问："为什么给孩子取名叫石头呢？"石柱闻声，终于从无限的遐想中收回思绪，笑呵呵地说："石之为物，秉性坚贞，表里如一。即便是风雨洗礼，历经磨难仍不改初衷；哪怕是烈日炎炎，冰雪严寒也不为所动。现在中华人民共和国刚成立，需要的不正是像石头一样坚贞不屈的人吗？"

1950 年冬，石柱兴冲冲地跑回了家，急不可待地跟老婆说："咱们终于能吃饱饭了，再也不用给地主当长工，被他们无情地剥削和压迫了……"工作组已经召集村干部开过会了。我国土地制度改革的基本目标是废除地主阶级封建剥削的土地所有制，实行农民土地所有制。"听到了没？这就是土地改革的新政策，我们农民真的翻身做了主人，再也不用忍受饥寒交迫的生活了。"

丰衣足食的美好生活在向他们招手。土地改革结束了几千年来的封建地主所有制和剥削制度，农民在经济上做了主人，极大地解放了农村生产力，使农村经济得以恢复并且迅速发展。

1980 年夏，三十出头的石头浑身充满了干劲儿。黝黑的皮肤泛着油光，粗糙的手掌紧紧地握着锄头，大大的脚掌稳稳地踩在这烫脚的土地上。他时而弯腰辛勤地劳作，时而抬头看看半空中火辣辣的太阳。豆大的汗滴像断了线的珠子似的，从他的额头一路向下直至落到土里消失不见……过了一会儿，石头坐在田边的地垄上抽着旱烟，为三个孩子下学期的学费发愁……农民的辛苦是众

---

* 作者简介：高茹霞，27 岁，喜欢文学，擅长用文字记录生活的点点滴滴。

所周知的，但他们的收入也是极为有限的。一年到头除了一家老小的温饱，几乎存不下几个钱。就这样周而复始，日子还是过得紧巴巴的……

与此同时，同村的刘奎却抱了一台熊猫牌的黑白电视机回来，瞬间成了村里的风云人物。村民们蜂拥而至，就为了一睹这个名叫"电视机"的新奇玩意儿。看着屏幕上的小人一点一点变得清晰，还会说话、走动，心里都乐开了花。"这玩意儿可比只能听声音的收音机强多了啊！"众人忍不住议论纷纷，拍手称奇。石头默默地看着这一幕，心里直犯嘀咕，却又不好意思细问刘奎。"为什么他同自己一起长大，就出去了一年，回来后咋就变得这么有钱了呢？"刘奎也发现了站在角落里的石头，见他心事重重的样子，就上前与他攀谈了几句。

石头飞似的冲回了家，抓着老婆的手激动地说："孩他娘，咱们终于不用再节衣缩食地过日子了，这些年跟着我委屈你。今天刘奎给我指了一条挣钱的好门路，他现在在城里倒腾衣服呢，挣了不少钱，他说来年让我跟他一起干。他今天还抱回来一个叫'电视机'的玩意儿呢，那玩意儿可神奇了，等来年挣了钱咱也搞一个……"

改革开放，是 1978 年 12 月十一届三中全会中国开始实行的对内改革、对外开放的政策。国家允许自由买卖，大力支持个体经济发展，使农村和城市发生了巨大的变化，直接影响和推动了经济社会全面进步，使我国的经济迅速发展，综合国力迅速增强，人民生活水平大大提高，从衣食住行等各个方面改善了人们的生活……

2018 年夏，石头拄着拐杖颤颤巍巍地领着一家老小搬进了亮堂堂的新楼房里。看着眼前的这一切，仿佛在做梦一样。明亮的大窗户，洁白的墙壁，光滑平整的地面……这一切是那么美好，那么真实。这样的场景曾在石头的梦里出现过无数次，他不禁老泪纵横……

"农民脱贫喜洋洋，窑洞换成新楼房。道路宽敞路灯亮，载歌载舞大变样……"精准扶贫政策从衣食住行等各个方面入手，大大地提高了人们的生活水平，改善了人们的生活环境，丰富了人们的业余生活……

在社区周边成立"爱心超市"，以公益性的形式开展，由政府出资，以企业爱心捐助的形式运营。鼓励贫困农民用积分免费兑换所需要的商品，直接解决了贫困农民日常生活的刚需。

各种不间断免费提供的职业技能培训，给广大农民群众创造了无数的就业机会。争取做到培训一人，上岗一人，做到真正意义上的"一技在手，脱贫不愁"。

在医疗方面，贫困户在定点医院可以享受先就诊后付费的全新结算服务方式。除了基本医保、大病医保外，还可以再额外享受一些补助。每家每户都有固定的家庭签约医生专门上门服务，彻底解决了看病难和看病贵的两大难题。

贫困家庭的子女，每个学习阶段都能享受到国家发的补助，从 1000~3000 元不等，学校还能免除相应的学杂费。

"惠民政策暖心房，歌舞升平心飞扬。异地搬迁挪穷窝，扶贫救困拔穷根……"石头慢悠悠地走在惠民小区的大道上，回想自己的人生，历历在目。他是陪着祖国一起成长的一代人，也是亲眼见证祖国如何腾飞、蜕变的一代人，他不禁感慨道："东方巨龙已腾飞，不觉已是半百人。"

"不忘初心，方得始终。"没有共产党就没有新中国。砥砺奋进，继往开来，不忘初心，牢记使命！我们每个人都要烙着石头的印记，怀着石头的性情，凭着石头的精神，奋力拼搏，勇往直前！做一块新时代潮流下"又臭又硬"的坚韧磐石。

"不忘来时路，方知去何处"，让我们携手共创美丽中国梦！

暖

杨建国 *

　　秋风吹落了枝头上最后一片叶子，黄叶缓缓地飘落，敲开了冬天的门。

　　在寒冷冬夜里，老人佝偻着背，脚步蹒跚，推着一辆破旧的小三轮车，在马路边的垃圾箱里翻捡着能卖点钱的东西，纸壳、饮料瓶……如果运气好，还能捡着点烂铁头，在这个繁华的城市，这些住在城市的人们丢弃的废品垃圾是老人生存下来的希望，只有深夜出来捡拾才能捡到更多的东西，明天才不会挨饿……

　　老人是从一个偏远的小山村流落到这个城市的。老伴已过早地离世，他只有一个儿子，但却不务正业，偷鸡摸狗，又染上了赌博的恶习，四十多岁了还没能成个家，赌博输了钱或稍不顺心，回家后，老人必定会遭其一顿暴打，老人心想：日子没法过下去了，只有离开这个看不到希望的家，才能活着，走到哪儿算哪儿吧！

　　老人来到这个城市已整整三年了，那片长满荒草已废弃的烂尾楼，是老人的栖身之所，"俺一个人待这么好的家，也算是有福……"老人常常带着满足的笑容自言自语道。

　　在这寒冷的夜里，唯一陪伴着老人的是一只黑色的流浪狗，它个头不大，憨憨的体态，很是招人喜欢。老人刚来到这个城市时是冬天，在马路边上一个冒着热气的井盖上看到一只狗正蜷缩着身子取暖，老人见它可怜，就把它带回了"家"，索性给它取名叫"井盖"，此后，老人有了一个可以说说话的伴儿，不会再孤单了。"井盖"与老人结下了深厚的感情，寸步不离地跟着老人，就这样走过春、夏、秋、冬……

　　这个冬天出奇的冷，冰天雪地……清晨，老人颤颤巍巍地把积攒了几天的废品，堆满小三轮车，随后把"井盖"用绳套拴在车前轮的车架上说，"'井盖'咱走噢……卖钱……咳咳……咳……"老人一阵阵地咳嗽，头上戴着的单

---

　　* 作者简介：杨建国，网名"心清无尘"，山东淄博"心语针织"床上用品店、女装店店主。淄博市作家协会会员、中国网络作家协会会员、中国散文学会会员、中国新诗协会会员，《青年文学家》杂志社作家理事会理事。喜欢诗歌、散文，爱好创作，诗歌、散文作品散见于文学微刊及纸刊。

薄棉帽,就要被这剧烈的咳嗽声震落。老人稍微缓了口气,定了定神不再说话,他慢慢地移动着车,"井盖"很通人性,它能感受到老人的哀愁与痛苦,感受到老人此时正在承受着什么……老人扶着车把推,往前推,"井盖"就在前面拉。

在长长的冬日,为了生存,在卖废品换钱的路上,对于一个体弱多病又上了年纪的老人来说这比冬天还要漫长,因为老人得到最多的就是蔑视、冷漠,还有一张张面无表情的面孔。到了一个小上坡路段,老人咳嗽得厉害,他实在推不动了,"井盖"看见就反着身子半蹲,用两只后爪紧紧地撑着地,脖子直直地用力挺着,用套在脖子上的绳子使劲往后挪动拉着车,一滑一拉,一拉一滑……尽管路上还有行驶的小轿车,马路两边不远的距离还有开门营业的门面房,里面的他们就像是在看一场戏……

老人重重地摔倒了,头磕在了车把上。一滴滴鲜红的血溅在了洁白的雪地上,就像风雪中傲然挺立坚强的梅花在绽放……

有句话这样说:"有一种高尚叫'德行不必人见',有一种欣慰叫'善心自有天知'。"此时正好有个路过的好心人,打了急救120,呼啸的车驶来,把他抬上担架接走了……"井盖"一路紧跟着车狂奔,一路哀叫着,"汪汪……汪……"空中飘飘洒洒的雪花迎着风吹入了"井盖"的眼睛里,霎时间变成了一颗颗晶莹透亮的泪珠在闪烁……

老人他再也没有回来,再没回到他和"井盖"那个温暖的"家",在这陌生的城市里,没有人知道老人后来怎么样了。也不会有人知道的,或是,人们也不需要知道,这个和自己不相干的人是死了还是活着。

老人离开"井盖"已经四天了。

"井盖"没有了家,已失去了那个和它相依为命的人。在这寒冷的冬天,一旦没有了爱的呵护,失去了温暖的依靠后心会更加寒冷。可怜的"井盖"又回到了当初,回到了老人把它带回家的那个井盖上,只是盖子下不再冒热气了,"井盖"已经在这趴着四天了,像是在等待着老人:"不要找不到我,我还在这里,带我回家……"

"井盖"不吃不喝,蜷缩着一动不动,身上落满了白雪,在风雪中,毅然变成了一尊洁白的人类忠诚者的雕像……

后 记

　　本书由感人至深的亲情故事、难以忘怀的人生经历、念兹在兹的山河游历、独一无二的风土人情、诚恳真挚的祖国礼赞等内容组成，简单的遣词造句文字在将作者的遣词造句中，真挚的情感跃然于纸上。本书的内容未经浓墨重彩的渲染，源于生活，融于生活，于细微处见真情。

　　本书是由一篇篇文章形成的书稿，文章的作者在平凡中用笔记录人生的点点滴滴，他们并不是作家或专业的写手，他们热爱书写，在平凡生活中用真心、真情、真意的文字记录人生的点点滴滴，表达他们对生活的热爱和礼赞。书中的作者他们是一群可敬的文字书写者、文学爱好者，勇于追梦者，故在文稿的编辑中我们保留了作者淳朴的文风，没有刻意追求语言的精练和华丽。本次文章的征集的初心是"平凡中的我们用文字来礼赞我们的生活和我们所生活的美好时代"，在编辑本书的过程中我们删去了很多虽文字优美但表达另类的文章，在此也想向这些作者致歉。本书的出版得到了很多投稿作者的热情支持，特别是文章收录"好文章书系"的作者们，没有你们的鼎力相助，以及那份对文学的孜孜以求与无限热爱，便没有本书的出版，在此，向你们鞠躬致谢！在此还要感谢那些为本书的出版付出辛勤劳动的编辑和工作人员。

　　"文化兴国运兴，文化强民族强。"在提倡文化强国的今天，新时代需要平凡普通人用自己的语言和手中的笔去感染我们身边的人和事书写不平凡的人生，用正义的声音去传播正能力量。编委会总想把"好文章书系"出好，不辜负作者和读者们的殷切期望，但考虑的事情众多诸事繁杂，且书中作者大多出于自身对文字的热爱，非专业作家，书中不足之处在所难免，我们怀着虔诚的心请求读者朋友在欣赏本书时，宽容待见，批评指正。

"中国好文章"大赛编委会